XL

の女

赤松中学

MF文庫J

口絵・本文イラスト●こぶいち

1弾　新奇な包囲網《エンサイクリング・フォリ》

――ノーチラスとイ・ウーが撃沈された――

深夜、俺《おれ》の部屋のＰＣでスカイプ越しに伝えられたセーラのメッセージは……

衝撃的だが、俄《にわか》には信じがたいものだ。

なにせノーチラスには俺やアリアにも負けなかったネモも、レクテイア人たちを束ねるカリスマ性のあるルシフェリアも乗っている。イ・ウーに乗っているのは、歴史に名高いシャーロックとワトソン１世のタッグだ。

弾道《Ｓ》ミ《Ｌ》サ《Ｂ》イル《Ｍ》や魚雷を満載し、核武装さえもしていかねない原潜２艦が――

どっちも、やられるなんて。

（――そんな事、あってたまるか……！　それに……）

この、伝言人《メッセンジャー》。

セーラ・フッド。

彼女が連絡してきていること自体が不審だ。

セーラは弓矢を使うヒットガールで、依頼人から稼いだ大金を貧者たちにバラ撒《ま》くのを生業《なりわい》としている。つまり金を動機に動く女だから、高い金さえもらえるなら大抵の仕事はするんだろう。

だが、彼女を伝言人に使うのは奇妙な行為だ。それは上等な矢にインクを付けて手紙を書くような事で、使い方を丸っきり間違えてる。誰にでもできる仕事をセーラがしてる事自体に、何らかの作為を感じるぞ。セーラはネモからの伝言だと言っていたが、そもそもネモがセーラを使うだろうか？

『伝言は以上。私の仕事は完了した。では通話を切る』

そのセーラがそんな事を言うので、俺《おれ》には驚くヒマすらない。

このままスカイプを切られたら、こっちは〝信じ難《がた》いが放ってはおけない怪情報〟だけ伝えられて、何の手がかりもない状態で放り出されてしまうぞ。

「——待て、切るなッ。聞きたい事が山ほどある」

『質疑応答をしろとは依頼されていない。余計なミスをしないために、私は余計なことは喋《しゃべ》らない主義』

「少しは融通を利かせろ。お前と俺は知らない仲じゃないだろ」

『ヘンな言い方をしないように。フッド家の人間は、仕事に人間関係を持ち込まないため引退するまで友人も恋人も作らない。私は今の伝言のような簡単な仕事であっても完璧に完遂する。一度でも依頼人との契約を完璧に守れなかったら、引退しなきゃならないのがフッド家の掟《おきて》。だからだめ』

自分ルールをドヤって語るセーラが、その余計なことを喋ってくれている間に——俺はネモに携帯をかける。するとすぐ、〝おかけになった番号はサービス圏内にいません〟の自動音声がフランス語で流れた。シャーロックにも掛けるが、英語で同様の音声。

潜航中は圏外でも、ワンチャンどこかに寄港してたりで繋《つな》がれば——両艦が撃沈されていない裏取りができると思ったんだが、ダメそうだ。

今現在、この件の手がかりはセーラしかない。

とにかく、通話を続けさせなければ。

「——じゃあ言うがな、お前はその仕事を完遂できてないぞ」

『ん？』

「伝言人《メッセンジャー》の仕事は俺に伝える事だろ。でも俺には伝わってない。だから不完全だ」

『ちゃんと伝えた』

「伝わったかどうかは俺の主観で決まることだろ」

『聞こえたはず』

「ああ聞こえた。でも伝わってない。俺が理解してないからだ。だから誰が何と言おうと、お前のこれはミッション未達成だぞッ」

『ん……んんん？』

セーラは脳ミソの容量《キャパ》が小さいのか、想定外の出来事を前にするとすぐアップアップになる。そんなポンコツのくせに意識だけは高く、疑念をスルーできない完璧主義なタチだ。

俺《おれ》はそれらのセーラの短所に付け入るために、得意の屁理屈《へりくつ》をまくし立て——

『じゃあ、キンジは何が理解できないというのか』

よかった。なんとか、ヤツが通話を切らず言い返してくるところまで誘導できたぞ。

必死感のある俺の声に、このPC通話がトラブル含みだと気付き——部屋にいた妹たち、かなめとメメトがデスクにやってくる。俺が〝重大事。音声のみ、映像なし。調査中〟とメモ紙に走り書きして見せると、かなめはすぐにラップラウンド型のサングラスみたいなテラナ——高次情報インターフェースをスカートポケットから出し、装着した。

かなめが二重《ふたえ》の大きな目で視線入力をすると、MIDIシーケンサっぽいエフェクトが半透明のHMD《ヘッドマウントディスプレイ》内で蠢《うごめ》く。セーラとスカイプ通話中の俺のノートPCの画面内では、テラナと接続された通知がポップアップした。

「何がも何も、俺には理解できない点だらけだ。そもそもお前はノーチラスとイ・ウーが撃沈されたところを見たのか」

『見てない』

「お前、前に富嶽《ふがく》の機内で俺に言っただろ。〝自分で見たものだけ信じる〟って。だからお前は俺に伝えた話を信じていないって事になる。話し手が信じていないメッセージは、不完全なメッセージだぞ」

『そう……なのか？』

セーラは俺の話を聞いて、考え込んじゃってる声だ。丸め込んでるこっちが心配になるぐらい、丸め込まれやすい子だよ。今に限っては助かるが。

「ネモからの伝言って話も、不可解だ。ノーチラスが海中で撃沈されたなら死亡するから伝言の残しようもないし、生きてたらネモは自分で連絡してくるハズだ。お前はネモから直接メッセージを託されたのか？」

『ちがう。私は代理人からネモのメッセージを託された』

――ネモ本人からの依頼ではない。

となると、この話の信憑性《しんぴょうせい》は急激に落ちる。何者かによる偽計、情報戦を仕掛けられた疑いも生じてくるぞ。

「ネモの代理人？　誰だ」

『名前は知らない。尻尾のある女』

尻尾……レクテイア人か？

「さっき言ってたが――お前はその尻尾の女から〝あるケースが起きた場合に〟俺にすぐ連絡しろと言われたんだな」

『うん』

「その〝あるケース〟ってのは何だ」

『協定世界時11月27日12時に、ある場所をノーチラスとイ・ウーが通過しないこと』

「通過しないって、どこをだ。今お前がいる場所がそこって事だな？」

『それは、そう……う－ん。なんだか、キンジに喋《しゃべ》らせられている気がしてきた』

チッ、そろそろセーラが口車に乗せられてるって事に気付きつつあるな。これでも驚くほど気付くのが遅いが。

『もう通話を切りたくなってきた』

「切ったら、お前を探し出して続きを直接聞くぞ。こっちはこの情報を無視できないし、お前しか情報源が無いんだからな」

『くるな、くるな』

「……？　俺《おれ》が来そうなら逃げればいいのに、〝来るな〟って言うって事は……お前は、そこから動けないのか？　なんでだ」

という俺の質問は、半分はカマかけだったのだが──

『私は11月30日から2日間、カ……首都か、その近郊に滞在し、そこで尻尾の女から次の依頼を受ける契約をした。一度した契約は絶対に守る。信用は何より大事。尻尾の女は、こんな伝言をするだけの仕事にも金地金《インゴット》30kgを払った上客。取引をジャマするな』

金地金30kg。セーラがターゲットを1人射る報酬の半額、日本円にして約1億か。

「首都って言ったな。今はノーチラスとイ・ウーを監視する港かどこかにいるみたいだが、どこだ」

『言わない。言ったらキンジが来る。来たら絶対ろくな事にならない』

という会話の途中で、かなめの操作により――俺のPCに、コマンドプロンプトの黒いウィンドウが開く。そこに表示されたIPアドレスらしき数列をかなめが指でなぞると、別ウィンドウで世界地図が開く。セーラがネットに接続している地域が特定できたんだ。

――地図上のアジアとアフリカの境目辺りで、青い点が点滅している。

それを見るなり、メメトがメモ紙に〝スエズ〟と書く。

「そこはスエズ運河だな？」

『え、なんで分かった』

セーラが語るに落ちて、確認が取れたのはいいが……俺の心には、一抹の不安もよぎる。

俺が先日インドを発《た》った時、ノーチラスの副長エリーザは次はスエズに行くと言っていた。セーラが通過の有無を監視していたのは的外れな場所ではなく、確かにノーチラスとイ・ウーの航路上なのだ。

『くるな、くるな。絶対カイロに来るな。私の仕事をジャマしたら必ず報復する。お前に矢を沢山刺してハリネズミみたいにした写真をネットに上げて、セーラ・フッドは強いんだぞっていう宣伝に使ってやる。どうだ怖いか。怖いだろう。怖いなら来るな』

居場所を見抜かれたセーラはビビリ散らかしてスカイプを切り、すぐ俺がコールバックしたものの出ないどころかアカウントを消しやがった。セーラのスカイプIDでググってみたが、さすがに使い捨てIDらしく、他のSNS等にそれらしきものはヒットしない。

スエズ運河の方は……どこの国の運河なのか、ググるまでもない。

首都とかカイロとか、セーラ言っちゃってたしな。

それはパトラ・メメト姉妹の故郷――エジプトだ。


俺《おれ》はかなめとメメトにノーチラスとイ・ウーのこと、それとセーラ・フッドについてを概説し、この件は何者かに仕掛けられた情報戦らしいという見立ても伝える。

実際、『ノーチラスとイ・ウーが撃沈された』という情報のインパクトは、俺にとって絶大だ。それは最初の印象通り『信じ難《がた》いが放ってはおけない怪情報』で、セーラという高額な伝言人を使って伝えられてきた以上、イタズラと断じて一笑に付す事ができない。

絶対に、真偽を確認しなければならない情報だ。

だが――撃沈されたという情報が『真』だった場合、その確認は不可能に近い。『偽』だった場合はノーチラスとイ・ウーが浮上して通信可能になれば確認できるが、いつ浮上するのかが分からない。原潜は何ヶ月だって潜っていられるものだし、浮上しても戦略上通信を遮断する可能性はあり得る。

つまり俺がその情報の確認をするには、発信源の線を当たるしかない。

（……たった1つのメッセージで、見事に追い込まれたな）

いま分かっている、事の真偽を知り得る者は——『尻尾の女』だけだ。

そして彼女に接触するには、会う予定があるというセーラを手がかりにするしかない。

○×しなければならない。○×だけ。○×しかない。それが数珠繋《じゅずつな》ぎになってる。俺は、動かされているぞ。

——罠《わな》だ。

それも、掛からざるをえない罠。

俺の脳裏を……『近々お兄さまはエジプトに行きますよ、私と』『砂嵐の中で——決して勝てない敵に会うことでしょう。お兄さまは死に、敵は生きる。それが定めです』という、先日のメメトの占いの言葉がよぎる。

長射程の弓を持つセーラは、拳銃使いの俺の天敵だ。決して勝てない、グーとチョキの関係。あの占いが当たらないよう、作戦を考えていかないとな。セーラの矢は俺に届き、俺の弾はセーラに届かないんだから、考えてどうなるものでもないのかもしれないが。

メメトは自分がした予言について思い当たっているようだったが、それについては何も言わず——

「——カイロに行かれるのでしたら、メメトがご案内いたしますわ。金銭を目当てに罪の無い者さえ射るような悪党を、祖国エジプトにのさばらせておくわけにはいきません」

自分こそ後で報酬をせびってきそうな事はさておき、勇ましく参戦を申し出てくれた。

　土地勘のない国で地元出身の仲間がいるとどんなに助かるかは、オランダ《リサ》やアメリカ《ジーサード》で学習した事だ。一緒に来てもらおう。これはセーラをとっちめて尻尾の女の尻尾を掴《つか》み、情報の真偽を確かめるミッションだ。大規模な戦闘は想定されない、比較的安全な任務になると思うしな。

「行くとなったら気になってきたんだが……エジプトって、英語は通じるのか？」

「観光業の人々なら最低限の英会話や読み書きができるものですけれども、一般人はムリですわね。エジプトは自国語の識字率ですら70％の国ですから」

「そもそもエジプト人は何語を使ってるんだ？　あの……鳥とか太陽の絵文字が並んでるヒエログリフか？」

　素で聞いた俺《おれ》に、こけしみたいな前髪のメメトが見下すような笑顔を向けてくる。

「うわ無知♡　それは古代エジプトの文字です。公用語はアラビア語ですが、話し言葉はエジプト語と言われちゃうぐらい方言が強いのですわ。あと、文語《フスハー》と口語《アーンミーヤ》が大きく異なる二言語使い分け社会《ダイグロッシア》です」

　もうその時点で、ちょっと何言ってるのかすら分からないな。通訳としても、メメトはついてきてもらう必要がありそうだ。と、メメトを頼もしく思っていると……

「――あたしも行くから。お兄ちゃんが困ってる時には力になりたいし、こないだ嘉手納《かでな》基地に行ったジーサードも『兄貴に何かあったら助けてやれ』って言ってたし。セーラを探すなら、先端科学兵装《ノイエ・エンジェ》が必要なのは今さっき分かったでしょ？」

　かなめがプクゥとほっぺたを膨らませ、俺を袖クイというか袖グイグイしてきた。

「あとね、政情不安だからっていうんで、ちょうど今年は修学旅行Ⅲ《キャラバン・スリー》の行き先にカイロもあるんだよ。それで車輌科《ロジ》で飛行機のチケットが安く売ってたと思う。いま調べるね」

　テラナを脳波や視線で操作しつつ、かなめはちょっと焦るような顔でデキる妹っぷりをアピールしてくる。

　政情不安だとむしろ修学旅行の渡航先として生徒に推奨しちゃう武偵高《ぶていこう》の教育方針には溜息《ためいき》を禁じ得ないが——街中《まちなか》に潜むターゲットを探すのにロスアラモスの力が有効なのは、マッシュにローマでベレッタ＝ベレッタを追跡してもらった時に思い知ってる。

「よく考えたら……勢いで現地入りしても、俺一人じゃセーラを見つけられっこないよな。かなめも是非力を貸してくれ。２人とも、武偵高には俺——フリー武偵の依頼による海外赴任って書類を提出しておけば、欠席扱いにはならないから」

　俺がそう言うと、かなめは幸せいっぱいって感じの顔で「了解。あーあ、お兄ちゃんはあたしがいないとやっぱりダメなんだなぁ」と栗色《くりいろ》ボブカット頭でスリスリと俺の左腕に頬《ほお》ずりしてくる。メメトもだけど、うちの妹って俺がダメなことを喜ぶヘンな性癖があるよね。あの聖天使かなでにすら、そういう面ある気がするし。

で、かなめをおかっぱ前髪の下から睨《にら》んで、ボソッと「チッ、ついてくんのかよ」とか呟《つぶや》いたメメトは……イラッとした顔で俺《おれ》の右肩に人差し指の爪をグリグリ押しつけてから、

「役に立ちそうではあるので、帯同は許可しますが。かなめお姉さまと過度に仲良くしていらしたら、粉雪《こなゆき》さま経由で白雪《しらゆき》お姉さまにあることないことチクりますからね。って、あらあら。すぐ顔を青くなさってる。そんなに白雪お姉さまが怖いんですね。よわ♡」

これはこれで俺の弱味《よわみ》を握るのが快感らしく、ゾクゾクした笑顔で体をすり寄せてくる。

そしたら――ぷよぁ。あどけない顔をしてるのにしっかりある丸いピラミッド（？）が2つ、俺の右腕で蕩《とろ》けるように拉《ひしゃ》げてるぞ。羽毛のような柔らかさで……！

「――あっ、こら！」

かなめがそれを見て、俺の左側から右のメメトをパンチで離そうとする。その動きで、むにょ。かなめの丸ピラミッドも俺の左腕に密着しよった！　こっちはよりコシのある、弾力性に富んだ妹胸ェ……！

対するメメトは、かなめのノドを「えい！」と右手で押して攻めてる。同時に、左手でスピンさせた水晶玉を床に転がした。水晶玉は一旦かなめの後ろに回り込み、ターンして――ゴツンッ！　かなめの裸足《はだし》の踵《かかと》を払うように激突して、ノドを押す力と偶力を成す。

それでかなめは「わっぷ！」と声を上げて、ごてんっ！　俺の左側でひっくり返る。

「ウフフッ。ざーこざーこ♡　ザコお姉さま♡　しましまパンツが丸見えですわ♡　って

「ふぁーっ！」

こっちはこっちでレースの黒パンツが丸見えですわ。

床に落ちてたんだが——を左右の足の指で器用に掴《つか》み、メメトの踵を掬《すく》って転ばせたのだ。

真後ろに転ぶ。かなめが磁気推進繊盾《P・ファイバー》——バッテリー切れらしく、ただの布キレみたいに

かなめを囃《はや》してたメメトもまた、長い黒髪を空中に靡《なび》かせて——どたっ！　俺の右側で

——あゎきゃっ⁉」

「シャーッ！」

かなめとメメトは、俺を挟んで左から右から——仰向《あおむ》けに倒れたまま、裸足同士で蹴り合い、足の裏同士で押し合い、足首とか足指で関節技らしきものも掛け合ってる。

「ああもう、義妹《ぎまい》は遺跡の奥で石の棺桶《かんおけ》に入ってな！」

「実妹こそ、サーバールームで電子化されてなさいな！」

うちの科学の妹と魔術の妹……仲、悪っ。ていうか、これじゃあ俺のチームあるあるの仲間割れ待ったなしだな。兄として、チームリーダーとして、何らかのケアを考えないと。あとさっきからキックの流れ弾が俺の脛《すね》にバチバチ当たってて凄《すご》く痛いんですが？

なんとか妹たちを引き離した俺が「ケンカをやめるならこれをやるぞ」とガリガリ君の当たり棒２本を与えたら、かなめとメメトは仲良く手を繋《つな》いでコンビニへ出かけていった。

それから、パートナーとして状況をアリアに電話連絡すると――

『ネモのノーチラスはともかく、曾《ひい》お爺様《じいさま》のイ・ウーが撃沈されたりはしないと思うけど……とにかく、あたしも後でエジプトに行くわ。そういえば不知火《しらぬい》から電話があってね、あんたとあたしの接近禁止令は2日22時に解除よ』

アリアも直感でこの話の不審さを見抜き、鵜《う》呑《の》みにはしない。しかし無視はできないという反応も俺《おれ》と同じだな。

「了解だ。レキはどうしてる。そこにいるなら電話を替わってくれ」

『なんか、お絵描きしてるわ。ああ、あんたが描かせてるのね。――レキ、キンジよ』

『替わりました』

「描けたか」

『はい。今ホテルなので画材が手元に無く、フロントで借りた鉛筆で描いたものですが。今からコンビニエンスストアに行き、スキャンしたものを送ります』

との事で、待つことしばし。レキがメールしてきたのは……

さっきスカイプを切られてすぐに俺が依頼した、セーラの人相書きだ。

セーラを探すにしても、俺の手元には写真の一枚も無い。ああいう仕事をしてるヤツは人に顔写真を撮らせたりしないし、ネットに自撮り写真を上げたりもしないしな。

しかし聞き込みをするのにだって、似顔絵ぐらいは必要だ。なので昔ローマでセーラと組んで俺を狙撃拘禁していたレキに『記憶を頼りにでいいから、セーラの似顔絵を描いてくれ』と頼んだんだが……そのスキャン画像をPCで開いたら……

「……う、うおっ……上手《うま》っ……！」

リアルすぎて白黒写真かと思った。レキに絵心があるのは知ってたが、どういう脳ミソしてたらこんな絵が描けるの。しかも鉛筆描きで。すげえな。

……今回のエジプト行き、弓使いのセーラに対抗してレキを雇う編成もあり得たが——レキは今、政府筋の依頼でアリアと共に未来から来た妖怪を捕らえるミッションの最中だ。

それにセーラとレキはジャンケンでいえばチョキとチョキなので、戦わせたら膠着《こうちゃく》してしまうだろう。セーラのチョキには、遠くだとパーでも近づけばグーになれる近接戦屋の俺が何とかして肉迫しよう。

だがセーラには、近づけたとしてもまだ課題がある。

アイツは弓使いでありながら、『颱風《かぜ》のセーラ』の二つ名を持つ——魔女でもあるのだ。

魔女に対抗するには、魔女が必要だ。

魔女たちにはグーチョキパーどころではない複雑な属性と相性があるらしく、その辺の詳しいことは俺には分からないが——調子に波のある未熟なメメトにセーラを任せるのは荷が重いだろう。極東戦役《FEW》の代表戦士《レフェレンテ》クラスの魔女を誰か連れて行かないと、ロンドンでやられた時みたいにまた竜巻地獄《ヘルウルウインド》で一本取られるぞ。

（俺《おれ》のコネで、強い魔女だと……）

まず思いつくのは白雪《しらゆき》なんだが、あれは出張中だと粉雪《こなゆき》が言っていたな。

次に思い当たったカツェに電話して、「おいカツェ、エジプトでセーラ狩りやるぞ」と言ったら、『アホやる時はアホ仲間を誘えアホ』と、にべもなく断ってきやがった。

「だからお前を誘ってるんだよ。ていうか機嫌悪いな」

『いまクリスマス休暇前のテスト勉強でイライラしてンだよ。しかも生理中。あーあ《ブゥー》』

「勉強するか整理するかどっちかにしろ。ていうか、お前の残念な頭で勉強なんかしてもバルバロッサ作戦ぐらい不毛だろ」

『オメーもインパール攻略戦ぐらい不毛な受験勉強をやってンだろ、こないだアリアから聞いたぞッ。退学になったアホと違って、あたしは現役の女子高生なんだよ死ね！』

と、なぜかやたら不機嫌なカツェに電話を切られてしまった。メーヤもローマ武偵高《ぶていこう》の仕事があり、ヒルダはインドで別れたきりで行方も連絡先も分からない。うーん。颱風《セーラ》と張り合える強い魔女で……砂礫《妊娠中》、火焔《出張中》、厄水《勉強中》、祝光《仕事中》、紫電《失踪中》……他に力を貸してくれそうな魔女というと……あっ、そうだ。

――銀氷の魔女。ジャンヌがいたぞ。

ジャンヌに電話したところ、話は聞いてくれそうな感じで――『今夜は出先で特殊捜査《CV》研究科《R》の自由履修があり、そのまま会場の客船に後泊している。竹芝《たけしば》桟橋に碇泊《ていはく》しているアスタルテ号だ。来い』とのことだ。

（CVR、客船……美人船《びじんぶね》か）

女武偵は企業や政治家の催すパーティーの会場に潜入《スリップ》してターゲットに近づき、情報を盗み取ることがある。その際は美人である方が成功率が高いため、武偵高では女子たちにおめかしをさせて人を騙《だま》す訓練をするのだ。その授業の機密性は高く、CVRが提携した中型客船――男子禁制の、通称・美人船で行われる。

そんな船に入るのは、あたため中の電子レンジに入るより俺にとって危険なんだが……授業後なら美人どもも解散してるわけだし、後泊する生徒もメイクを落として寝る頃だ。

武偵憲章5条、行動に疾《と》くあれ。と、俺は終電間際のゆりかもめで竹芝駅に行く。

そして潮の香る小さな公園を横切り、船窓の灯《あか》りも概《おおむ》ね消えている客船アスタルテ号のタラップを、『関係者以外立入禁止』のチェーンを跨《また》いで上がった。

なんちゃってアンティークの内装がされたホテルっぽい船内で、客室のデッキに上がり、ワインレッドの絨毯《じゆうたん》が敷かれた細い廊下を渡り……

（……ルーム№30）

ジャンヌのメールにあった番号の部屋を、ノックする。が、返事は無い。

時刻は23時半。もしかして、俺《おれ》を待ってる間に寝ちゃったか？

（鍵は……掛かってないな）

そっとドアを開くと、花柄の壁紙で飾られた客室は——船室とはいえ、そこそこ広い。

ミニバー、深夜の東京湾が望める丸窓、シーツがピンと張られたままのセミダブルベッド。

前面の壁がハリウッドミラーになってるデスクには、コロンのミニ瓶《オ・ドウ・レジエール》と、幾つかのメイク用品と……*Jeanne*《ジャンヌ》の名が刺繍《ししゅう》されたハンカチに、縁なしメガネが載っていた。あいつは少しだけ乱視らしくて、たまにメガネを掛けるからな。

（いたは、いたみたいだが……船内のどこかで、自販機のジュースでも買ってるのかな）

しかし、この室内。ジャンヌはここを化粧部屋にしてたらしく、女そのものって感じの化粧品の匂いが籠もってるぞ。残り香のメス感が高すぎて、寒気がしてきたよ。そしたら寒気で小用を催してきた。

（……ジャンヌが戻ってくる前に、トイレを借りておくか）

と、俺は——この部屋にあるユニットバスルームのドアを、ガチャッと開ける。

そしたら、

「——！」

「——！」

すぐ中にいたジャンヌと、目が合ってしまった。

真珠のバレッタでポニーテールを飾ったジャンヌは、光沢のあるブルーのドレスの後ろ裾を孔雀《くじゃく》の羽っぽく上げてトイレに座ったまま、

「……ッ……！」

サファイア色の瞳をまん丸にして俺《おれ》を見上げ、顔の周囲にパッと氷の結晶を散らせる。

心底ビックリすると、そういうのが出るのね。

心底ビックリしたのは俺もだ。ジャンヌは女子なので、身体構造上の理由により座ってオシッコをしないとならない。そのため俺は、至近距離でこっち向きに座ったジャンヌの上半身を斜め上から見下ろす位置関係になっていた。

その上半身が、夜のパーティー用の正装——袖が無く、胸元も背中も大きく露出させるイブニングドレスのせいで、まるで裸。艶《なま》めかしい鎖骨の周りで、肌色よりベージュよりずっと白いジャンヌの乳白色の生肌が輝いてる。

ツヤツヤした青いサテンドレスのバストカップから零《こぼ》れてしまいそうな胸には、小型の携帯ぐらいなら余裕で挟めちゃいそうな深い谷が覗《のぞ》き込《こ》めてしまう。この谷、前にパリで見たものより深くなってるぞ。成長してるんだ——

「〰〰この、バカ者！」

下げたショーツが足かせになって身動きが取れないらしいジャンヌは、ヒュッ！　鋭く笛を吹くように白い息——吹き矢みたいな冷気を吹いて、それを俺の顔面に命中させた。

そしたら、痛ッ、痛たた！　俺の鼻や瞼《まぶた》にドライアイスを押しつけられたような痛みが！　やっぱり魔女は怒らせると怖いもんだな！

ぶんむくれてユニットバスルームから出てきたジャンヌは、普段は白い頬《ほお》を真ピンクに赤面させていた。

アリアは1／4、安達《あだち》ミザリーは1／2だけど、ジャンヌは1／1の白人女子なので、赤くなる時はマンガみたいに赤くなるね。

ちなみにジャンヌの後にトイレを済ませた俺も、鼻と瞼が赤い。霜焼《しもや》けで。

「世界には作り直した方が良いものが3つある。ピサの斜塔。EU法の二重規制《バイロケーション》。それとお前の頭だ」

ジャンヌはムスッとしたままベッドに座り、ダイヤのイヤリングをキラつかせつつ足を組む。授業があってバッチリお化粧した顔は映画女優みたいに綺麗《きれい》で怖いが、スカートが長くて布量が多いのはヒス的に助かる。主にジャンヌの下半身を見ながら話そうっと。

「俺だって、人生やりなおし機があったらもっと賢く生まれ直したいさ。言っておくが、わざとじゃないぞ。俺もそこまで高次元のヘンタイじゃない」

「さてどうだか？」

「ていうかだなッ、なんでこんなパウダールームみたいな所に呼んだんだ。俺が女子感の強い場所がニガテなのは知ってるだろ。そもそも美人船は男子禁制なんだし」

さっきのハプニングについてチクチク言われるのがイヤな俺《おれ》は、逆ギレの話題逸らし《スラッシュⅢ》。

「化粧部屋は機密性が高く、密談をするなら穴場だ。常識だろう？　ところで今度は何だ、私の下半身ばかりジロジロ見て。深夜に男女で会う以上私も少しは考えたが、もう今夜は甘い出来事を期待するな。お前は初手から私の気分を害する、悪趣味なおいたをしたのだ。もはや挽回《ばんかい》不能。今夜は仕事だけにする」

「元からそのつもりだ」

ペナルティを与えてるつもりらしいが俺的には助かる事を言ってくれたジャンヌに――俺は早速ノーチラスとイ・ウーについて、それとセーラのメッセージについてを大まかに説明し、エジプト遠征に力を貸してほしい旨を伝えた。言うほど高くはないが、俺なりに頑張った報酬額も提示しながら。

するとジャンヌは、

「受けよう。お前には竜の港《オランダ》での借りもあるしな。それに私は、フランスの聖女の末裔《まつえい》。イギリスの悪女を懲らしめるのは義務のようなものだ。修学旅行Ⅲ《キャラバン・スリー》の都市をどこにするか迷ってもいたが、それもカイロで決まりだな」

と、白銀に燦《きら》めくポニーテールを揺らして頷《うなず》いてくれた。よかった。

「それにしても、エジプトか。お前の運命は常に先行きが予測不能だな、遠山《とおやま》」

「いずれ運命をネジ曲げて、先行きの見通しが立つ人間になってやるさ」

「それはエネルギー保存法則に逆らうぐらい無意味な試みになるだろう。では形だけには なるが、契約書を作らせてほしい。知っての通り、正式に依頼として受ければ武偵高《ぶていこう》での単位取得に寄与するのでな」

と言うジャンヌは、なんでかベッドから立たず……うーん、と、座ったままストレッチするように上半身を思いっきり前へ倒し、ぴーんと手を伸ばして机の上のメガネを取った。

立って一歩歩いて取ればいいのに。

メガネを掛けたジャンヌは、これも立ち上がらずベッドに寝っ転がるようにしてサイドボードのメモパッドを取る。足や腰を挫《くじ》いたワケじゃなさそうだが、何か立てない理由が急に生じたのかな？

しかしジャンヌは立たない件についてはコメントせず、腹筋で起き上がり——サラサラ。日仏２カ国語で簡素な契約書を書いていく。日本語の文字はぎこちないが、フランス語の文字は流麗なレタリングで美しい。これが書けるのになぜあんなに絵が下手なんだろう。

（……それにしても、美人はメガネを掛けても美人だな……）

しばらく何もする事が無い俺は、ボケーっと突っ立ったまま、メガネっ娘《こ》のジャンヌを眺める。レアなんで。

ジャンヌは契約書を書き上げると俺の視線に気付き、「な、何だ？」とメガネの下からこっちを見上げ、まごついてから――外す方向と反対に顔を振るようにして、せっかくのメガネを外した。

それからまた、うーん、と、立ち上がらずに腋《わき》の下《した》を丸見せにしながら腕を伸ばし……六本木《ろっぽんぎ》や麻布《あざぶ》のちゃんとした店で売ってそうな白革のケースにメガネをしまう。

俺《おれ》が契約書を読んでサインすると、ジャンヌは、

「では互いの任務中の無事を祈り、乾杯しよう。フランスでは武偵《ぶてい》同士が契約を締結した時、そうするのだ。そこのミニバーの冷蔵庫にシャンパンのミニボトルが入っていたから、グラスと一緒に出せ」

とか言うんだが……冷蔵庫もグラスホルダーも、ジャンヌの方が近いじゃん。

「一応法律もあるから、酒は舐《な》めるだけにするぞ。ていうかお前が取れよ。近いんだし」

「私は立ちたくないのだ、今」

「なんでだよ？」

俺は少し困り顔で返す。イブニングドレスで低いベッドに座られたままだと、深い胸の谷間が丸見えで気まずいんですが？

「私はハイヒールが嫌いなのだ。だがこのドレスのスカートはヒールの高さを前提にした長さの丈に仕立てられてある。それで今、仕方なくヒールを履いている」

「だから何だよ。話が見えないぞ」

「見えろ愚か者。ヒールを脱ぐと床にドレスの裾を引きずり、あるいは自ら踏んで転んでしまいかねない。それで私は今ハイヒールを脱げなくて、普段以上に背が高いのだ。その状態で男性の──お前のそばに立ちたくない」

そういや思い出したけど、ジャンヌは背が高い事にコンプレックスを抱いてるんだよな。とはいえ１６０㎝チョイなんで、目立って高いとは俺は思わないけど。

「俺の前だからって気にする事ないぞ。俺は背が高いとか低いとかで女子を判断しない」

女子である時点で、全員等しく危険と判断してるからな。

「……本当か？　小さい女子が好きだろう、お前は」

ジャンヌは俺についてヘンな誤解をしてるらしく、むくれてそんな事を言うので──

「お前には、俺の事をもっと知ってもらう必要があるみたいだな」

今回のエジプト行きで、弁明の時間を取らなきゃな。と、俺はヤレヤレのポーズだ。

そしたらジャンヌは今の俺の発言に眉を寄せ、

「──もっと好きになれと言っているのか？」

赤くなって、ワケの分からん返しをしてくるんですけど？

「な、なんでそうなるんだよ？」

俺とジャンヌは赤くした困り顔を向け合い、黒い瞳と青い瞳で見つめ合って、ドギマギしてしまう。相手が自分という異性を前にして今何を考えているのか、分からなくて。

男と女は分かり合えない。だからこそ、お互いのミステリアスさに惹《ひ》かれ合う——とか、昔カナが言ってたが……俺《おれ》とジャンヌはしょっちゅうディスコミュニケーションを起こし、お互いをミステリアスに思ってる男と女だ。それがこんな真夜中に、こんな狭いお部屋で惹かれ合っちゃったら一大事。『今夜は仕事だけにする』と言ってたジャンヌが前言撤回して男女のミステリーを解きに掛かってくる前に、契約締結を乾杯で祝ったら急いで退散しよう。

有り金をはたく事にはなったが、俺・ジャンヌ・かなめ・メメト——新奇なパーティー4人分の成田《なりた》＝カイロ便のフライトは、その夜の内に車輌科《ロジ》のサイトで予約できた。直行便なのは良かったものの、買えたのはフライト直前にキャンセルが生じて投げ売りされてたチケット。なので出発は明後日《あさって》の朝で、準備時間が1日半もない。

翌朝から俺はトランクに荷物をバタバタ詰め、朝食の時にメメトからなぜか買っておくよう言われた日本製のボールペン……ボールぺんてるも数本突っ込んでおいた。

そうこうしている内に、夕方。フライト14時間前。まだ面識のないジャンヌとメメトを出発前に顔合わせさせておこうと思ったら、今メメトは駒込《こまごめ》にある武道場——戦前からのコネで、たまに遠山《とおやま》家が稽古場として借りる場所だ——に、かなめと雪花《せつか》と3人でいるという。ちょうど雪花に会いたい理由もあった俺は、ジャンヌを連れてその武道場へ電車で

向かった。で、

「この落ち着いた色彩と機能美、素晴らしい《トレビアン》。おお、全て木造だ。神棚もある」

ジャンヌは道場というものの日本っぽさが気に入ったのか、着くなり写メを取りまくり。

俺的には夏は暑いし冬は寒いんでイヤだけどね、道場《ここ》。

師走も近い今日は肌寒く、氷の魔女のくせに少し寒がりなジャンヌはセーラー服の上にコートとマフラーを引っ掛けている。おかげで肌の露出が少ないのは良かったんだが、

「あれあれ～？　お兄ちゃんが背徳的な眼差《まなざ》しで妹のオシリ周りをジロジロ見回してくるんだけど～？」

「お兄さまは意志がよわよわなので、視線を慎めないのですね。コスチューム代も含めて2千円になりますわ♡」

ニヤニヤしつつ俺の周りに集《たか》ってきた妹たちは、どっちも体操着。それも武偵高《ぶていこう》の指定体育着でもある昭和の遺物ことブルマーをはいていた。パンツと全く同じ形状をしたこの悪《あ》しき体育着は生きた化石シーラカンスのように平成の今も絶滅してくれず――寄付金の納付者に女子の体育の授業風景写真集を返礼品として送る事で荒稼ぎしている我が母校が、その保護活動の一翼を担ってしまっている。

紺色ブルマーがやたらに似合う黒髪ロングの美少女メメトと、臙脂色《えんじいろ》ブルマーで理子《りこ》的ゲームキャラっぽく仕上がってるかなめ……ブルマー妹の妹ブルマーはどっちも形のいい

お尻と下腹部にぴったり密着し、そこからスラリと伸びる生脚の健康美を際立たせている。このプリプリ感とピチピチ感、兄としては悩ましい。さらに『遠山《とおやま》』『メメト』の名前の布が縫い付けられた丸首シャツから、それぞれの微《かす》かな汗のニオイが混ざって香ってくる。このキレとコクのある妹ブレンドの香り、馨《かぐわ》しすぎてツライ。イライラ。

「ジャンヌ、これがメメト。まあ、俺《おれ》の妹みたいなやつだ。がめつさは俺とソックリかもしれんが、血の繋《つな》がりは無い。メメト、これがジャンヌ・ダルク30世。こいつが描く絵はジャイアンの歌みたいなもんで、ある意味スゴイぞ。2人とも明日から仲良くな」

不機嫌な俺による紹介には軽く八つ当たりのディスりが入ったものの、

「ジャンヌさま、はじめまして《フルサ・サーイーダ》。メメトです」

「以降よろしく頼む。遠山の妹はみんな美少女だな」

この2人は誰と接しても第一印象（だけ）は非常に良いので、お互い笑顔で挨拶してる。今のところメメトはカワイコブリッコしてるし、ジャンヌは後輩女子にやたら憧れられるタイプだからな。とりあえず2人の間にハートマークが1つ点灯した手応えはある。来た甲斐《かい》があったよ。

日本《俺》、アメリカ《かなめ》、エジプト《メメト》、フランス《ジャンヌ》の多国籍軍によるイギリス《セーラ》包囲網は――どうあれ急拵《きゅうごしら》え。こうして結束力を高めさせ、連携を促し、仲間割れ予防をしておこう。香港《ホンコン》でもヨーロッパでもインドでも、俺はその辺でけっこう苦労させられてるんでね。

しばらくジャンヌとメメトが仲良く喋《しゃべ》っていると、そこに……袴姿《はかますがた》がやたら似合ってる剣道着の雪花《せっか》が現れた。

「君がジャンヌ・ダルク30世か。フランス救国の聖騎士の後胤《こういん》と会えて光栄である。私は遠山雪花、キンジの戸籍上の母である。愚息が世話になっているようだな。礼を言う」

長い黒髪をポニーテールにした雪花は、防具は無いものの木刀を携えている。

どうやら、かなめとメメトに何かの稽古をつけていたみたいだな。

「いえ、こちらこそお目にかかれて光栄です。遠山女史はナチスの魔女ラプンツェルから世界を救った英雄と聞き及びました。心より敬服します」

雪花とジャンヌは、どちらも完璧と言うより他にない美貌とスタイルの持ち主。東西のオトナっぽい美女が並ぶこの光景は、胃によろしくないですね。ただでさえいつも近くで東西の美少女かなめとメメトが並んでて胃が痛いのに。

で、女子が4人集まってトークが始まると……延々と続く。そのキャッキャウフフには男子はなかなか入れず、俺は輪の外から4人を眺めるしかない。だがそうなるとメメトとかなめのヒップのシルエットを丸見せにしてるブルマーが目の毒。ジャンヌのスカートも武偵《ぶてい》女子の例に漏れず短い。なので俺は雪花のはいている濃紺の袴に視線を逃がすんだが、これも上部が腰周りの丸みに沿って女性的な曲線を見せておりなかなかどうして色っぽい。つまり女性の下半身というものはブルマーでもスカートでも袴でもヒスいものなのだ。

などと宇宙の哀《かな》しい真理を悟り、鬱になってても得は無いので……

「雪花《せっか》、その得物――木刀ってのは珍しいな。なんの訓練をしてたんだ？」

俺《おれ》は現実逃避のためにも雪花に話しかけ、会話に加わっておく。

実際、遠山《とおやま》家では剣術の鍛錬は真剣でするものなので、木刀を使うことは希《まれ》だ。

「これは自身の整理体操に振るっただけだ。ここではかなめに返對《へんたい》の異変形を教えていた。娣對《まいたい》しか知らないようだったので、まずは姐對《だつたい》の心得をな。メメトには、返對者《へんたいもの》と呼吸を合わせて戦う要領を手解《てほど》きした。２人とも飲み込みが大変早かったぞ」

マイタイ、ダッタイ……詳細は不明だが、ヒステリアモード関連か。だがそんな事より、ヒステリアモード中の遠山の事を昔『ヘンタイもの』と呼んでたらしい事の方が大問題だ。その言葉も決して使わないようにして、俺の代で絶やすリストに加えておこう。

「――ところで、明日からエジプトに遠征するそうであるな。貴様が電車賃を使ってまでここへ来たという事は、大方路銀の無心であろう？」

ポニーテールを揺らして雪花が振り向き、年上なのに可愛《かわい》くクスッと笑い……

「……やっぱり親にはすぐバレちゃうもんだな。実はそうなんだ。渡航費はギリギリ捻出できたんだが、現地での作戦費が心許《こころもと》ないんで――」

幾らか貸してほしい、と言おうとした俺の前で、ずぼッ。雪花が剣道着の合わせ目から胸元に手を突っ込んだもんだから、ブラ抜き（上衣のスキ間から胸の下着を自ら取り出す痴女行為。俺は昔理子《りこ》に目の前でやられて気絶した事がある）でもするのかと思った俺は気絶しかける。

だが幸い雪花が懐から出して渡してくれたのは、現金入りの茶封筒！　と、謎の巻物だ。

「これは小遣いに呉《く》れてやろう。それと、この巻子本《かんすぼん》は『鏡裏《キョウリ》』を神通力抜きでも使えるよう自分が考案した『鏡拳《きょうけん》』の極意である。学んでおくように」

鏡裏とは自分の能力を倍増させる、雪花がレクテイアで習得してきたチート技だ。

この巻物は、その非超能力《ステルス》版――ヒステリアモードの効果を倍増させる手引きらしい。

ありがたい話ではあるんだが、鏡裏は脳神経系への負荷も倍増する……對卒《たいそつ》のリスクが爆上がりしそうな技だったから、教えてもらっても安易には使えなさそうだけどな。

渡された巻物をちょっとだけ開くと、『一、自己《ジコ》ガ弐人《フタリ》居《イ》ル物《モノ》ト強《ツヨ》ク心理《シンリ》ニ念《ネン》ジル事《コト》』『二、意識観念《イシキカンネン》ヲ弐《フタ》ツ同時《ドウジ》ニ持《モ》チ各々別個《オノオノベッコ》且同時《カツドウジ》ニ思考《シコウ》スル事《コト》』等々……毛筆・文語体で書かれた文を冒頭の数行読んだだけでも、もう難しすぎて對卒が起きそうになってきた。飛行機の中でゆっくり読むとしよう。ていうか何で巻物に書くの？　読みづら。

一方、茶封筒の中を見ると――経費には十分な額が入っていた。ので、俺は改まって雪花に頭を下げる。

「ありがとう。帰国したら必ず返す」

「気にするな。自分には先日またユーチューブから入金もあったしな。金は天下の回り物。

メメト
遠山

義のために励めよ」

天下を回ってる割には俺《おれ》の前を素通りする事の多い金だが、それはそれ。これで銃弾も買えるし、チームの宿代、食費には事欠かないで済みそうだよ。

何より俺的には、親から小遣いをもらうという事自体が十数年ぶりだから嬉《うれ》しかったな。小遣いでまず買うものが９㎜弾っていうのは、荒《すさ》んだ話だけどさ。

2弾　ナイルの賜物《オールド・カイロ》

——翌日、朝。

空の神ホルスが描かれたエジプト航空の機内で、俺《おれ》たちの席は2席ずつに分かれていた。かなめとメメトは「あたしを愛するのがお兄ちゃんの幸せだからぁぁあ」と俺の右手を中指と薬指の間から裂こうとしたり「キレイで可愛《かわい》らしいメメトがそんなに好きなんですかぁ～？　お兄さまきも♡」と額の聖蛇《ウラエウス》の髪飾りで目を突いてきたりと意味不明な攻撃をしてきたんだが、それはどうやら2人とも俺の隣に座りたくて天邪鬼《あまのじゃく》な行為をしているという事らしかった。難解な上にハタ迷惑である。で、どっちかの隣に座るとケンカになりそうだから、俺はジャンヌを自分の隣に座らせた。さらに妹たちからちょっかいを出されないよう、奥の窓側の席に避難しておく。

後輩女子にウケがいいジャンヌは、集中攻撃を受けたりはせず……かなめとメメトは、おとなしく自分たち同士で並んで座ってくれた。こういう意味でもジャンヌを連れてきて良かったよ。成田《なりた》からカイロまでは13時間30分。うちの妹たちも半日ああしてくっついていれば親睦を深めてくれるだろう。

暖かい機内でコートを脱ぎ、半袖の夏制服姿になったジャンヌは、

「それにしても、お前はいつでも女に囲まれているな。まるで城堀《しろほり》に囲まれた難攻不落の要塞だ。ちなみに『棚からぼた餅』は、フランス語で『焼きウズラが口に落ちてくる』というう」

手首の内側にした女性用の小さな腕時計を一早くエジプト時刻に合わせながら、何だか分からんことを言って色っぽくウィンクしてくる。

「なんの事やら……あれ？　お前、ちょっと髪切ったのか？」

真っ隣に座ったたんでそれに気付いた俺が指摘すると、ジャンヌは一瞬ドキッとした顔をしてから、

「き、昨日、美容院へ行ってきた。ビジネスであっても男性と旅をするのだから、事前に身だしなみを整えておくのは女性の義務だ。それに向こうは暑いらしいから、少し涼しくしておいたのだ。ふふ」

自分の銀髪を揉《も》むようにしながら、ヘンに嬉《うれ》しそうな調子で言ってくる。アリアの時もそうだったが、女子には外見の変化に気付かれると喜ぶ習性があるんだろうな。

「なるほどね、それでお前は夏セーラー服を着てきたのか」

「メメトにそうしろと勧められてな。ただ冬服もあった方がいいと言うので持参した」

見ればジャンヌと同様、かなめもカイロ仕様で半袖の夏セーラー服を着ており――赤い紙袋に入れて手荷物にした冬セーラー服を天井の荷物入れに上げている。留学生のメメト

だけは夏制服をまだ仕立ててないので長袖の冬服姿だが。

「俺《おれ》も携帯で調べたが、明日のカイロの最高気温は29度らしい。でも最低気温は14度なんだよな。まあ、ジャケットを脱ぎ着して調節するつもりだ」

「昼夜の気温差の他にも知っておくべき事はいっぱいある。どうせエジプトと言われても、お前はピラミッドとミイラぐらいしか知らないのだろう？」

と、ジャンヌに『地球の歩き方』を渡されて——考えてみれば、実際その通りだ。俺はエジプトについて何も知らない。付け焼き刃にはなるが、機内で勉強しておこう。

エジプトの観光ガイドと、手でスクロールしづらかったから写メを撮って電子ブック化した『鏡拳《きようけん》』の巻物を機内モードにした携帯で読み……それからこれも画像化して携帯に入れていたテキストで受験勉強をして……消灯された機内でウトウトしていたら……ガチ寝入りしてしまって……そして……

…………

…………

（……っ……？）

シトラスっぽい香りのする息や、若草みたいなコロンのニオイ——それと機体の揺れで目を覚ますと、眼前すぐの所にジャンヌの美顔があってギクッとした。窓の方に身を乗り出したジャンヌの碧眼《へきがん》はしかし俺ではなく、外に向けられている。

なので俺も——何やら眩《まぶ》しい窓の外を見ると、「うおッ……」と小さく驚きの声が出てしまった。

そこは地平線まで、見渡す限りの大砂漠。

座席前のモニターによれば、ここはもうシナイ半島の先。エジプト東部だ。

いつしか機体は着陸に向けて高度を下げており、雲一つ無い青空の下、午後の陽射《ひざ》しで鮮明に見える黄土色の大地は——イメージよりずっと、平坦《へいたん》だ。見えるものは前も後ろも全てが砂漠で、地表には薄い雲のように黄土色の煙が立ちこめている。あれは、砂煙か。

そしてオランダと同じで、地平に標高の高い山岳がない。砂は、山にならないんだ。

「おはよう遠山《とおやま》。これが砂漠——私は初めて見たよ」

そっちも寝起きっぽいジャンヌが、ちょっと緊張感のある声で言ってきて——

「俺はアメリカのネバダで見た事があるが……ここはもっと不毛の地らしいな」

暑そうな光景とは裏腹に、俺も背筋に寒いモノを感じる。

２人で黙って眺めていると、砂の大地には灰色のスジ……まっすぐな車道が、それから点々と人家が見え始め、カイロへの航路を進むごとにその密度が増していく。次第に団地なんかも見えてきた。植物も現れて、それがすぐさま、みるみるうちに増えていく。今、ナイル・デルタの農村地帯の上を飛んでいるのだ。

モニターによると機体は首都カイロの南から回り込むように旋回しつつ降下しており、眼下は人家の密集した大都会へと変わっていく。街路の伸び方は迷路みたいに不規則で、カイロが計画都市ではないことが分かるな。地表に近づくと、建造物が少なからぬ割合でアラブ風の形状をしているのも見て取れた。

そして、カイロ国際空港の滑走路――

――ずしんずしん。日本航空《JAL》や全日空《ANA》では有り得ない、イタリア航空《アリタリア》を思い起こさせる荒めの着陸。それでもアラブ人の乗客たちは安着を賞賛する拍手喝采を機長に送っていて、これもイタリア便を彷彿《ほうふつ》とさせる文化だな。あ、メメトも指笛吹いた。

で、機体が減速して空港内を走行《タキシング》する段になると……まだベルト着用サインが消えてもいないのに、すぐ乗客たちがワイワイと席を立ち始めた。これはあのルーズなイタリア人たちでさえやらなかった、そこそこ危ない事だぞ。エジプト航空ではルール上ＯＫなのかとも思ったが、そうではないらしい。座席に戻るようＣＡさんたちが大声で指示しても、アラブ人の乗客は誰も言うことを聞かず、荷物を下ろすわ、トイレに行くわ。電波干渉のリスクがあるため固く禁じられている携帯電話での通話・通信も一斉に始めるわだ。

この幼稚園児みたいなルール無視っぷり……香港《ホンコン》でも欧米でも見た事のない、明らかに異質な文明の片鱗《へんりん》を感じるぞ。褌《ふんどし》を締めてかからないといけないな、きっとエジプトでは。

エジプトの面積は日本の2・7倍あり、概《おおむ》ね四角いその国土の97%が砂漠だ。首都カイロの年間降水量は25㎜。つまり雨は降らないんだが――かわりに、ナイルの水がある。古代からエジプト人はナイル川流域の、ほんの僅かな土地に生きてきたのだ。2010年現在、その人口は8千万人を超えている。

この土地はツタンカーメンやクレオパトラの時代の古代エジプトを基層とし、ペルシャ、ギリシャ、ローマに次々と支配され、7世紀にイスラム教の洗礼を受けた。そのまま今もアラブの世界が花開いているが、そこには過去に営まれた様々な文化風俗が堆積している。

……と、ガイドブックで説明されても……その辺の感覚は、概ね単一民族・単一文化・単一国家を2千年以上ずっとやってきた日本人にはピンと来ないな。まあ、百聞《ひゃくぶん》は一見《いっけん》に如《し》かずの精神で――実際に見てみよう。今から。

「後ろの席のお客さまから順番に降りて下さい！　順番に！　危険ですから順番に！」

数カ国語で叫ぶCAさんなんか丸っきり無視で押し合いへし合い、時々ド突き合いつつガヤガヤ出ていく乗客を……機内に残って入国申請書《イミグレーション・カード》を書いてやり過ごす。

それから4人で可動橋を渡ってターミナルに入ると――25℃ぐらいと思われる気温と、独特の薄いニオイに出迎えられた。欧米でしていた、パーム・オリーブの洗剤っぽい強いニオイとは違う。インドに近い、野性味のある、スパイスを薄めたようなニオイだ。

見えてきた空港の構内は現代的で、足下も掃除の行き届いた石灰岩のタイルだ。ここは意識して、各国からの来客をもてなしてる感じがあるな。

ビザ・カウンターでエジプトに持ち込む拳銃・弾薬の申告をして武偵査証《DAビザ》を取得した後、入国審査《イミグレ》ではグラサンの係官に厳しめの質疑をされる。エジプトは軍事政権下な事もあり、特にイスラエルへの入国履歴があるかどうか執拗《しつよう》に訊《き》かれた。

そこを通過すると、携帯の電源を入れ、『Ｏｒａｓｃｏｍ《オラスコム》』とかいう現地の通信会社にローミング接続できた事を確認する。自動表示されたエジプト時間は、15時40分。

それから、アラブ人たちが行き交う到着ロビーに飾られたヤシとソテツの中間みたいな木の下で、それぞれの荷物を提げたジャンヌ・かなめ・メメトと合流する。

「これから行くカイロ市内で探すセーラ・フッドは、こんな感じの人相だ。まずはこれを捕らえて、ノーチラスとイ・ウーに関する怪情報の出所——『尻尾の女』に辿《たど》り着《つ》くのが今回のミッションだ」

俺《おれ》はレキが描いたセーラの似顔絵画像をかなめに赤外線で送信し、メメトにはプリントした紙を渡しておく。

「弓使い《アーチャー》は狙撃手《スナイパー》の同類。敵の気配に敏感だから、簡単には近づかせてくれないだろうな。逃げ足も速いものだから、見つけたとしても逮捕は容易ではないぞ」

極東戦役《FEW》でセーラを見知っているジャンヌが言うまでもなく、このミッションは難しいだろう。身近な狙撃手・レキを思い起こしてみても、アイツは極力自分の距離で戦おうとするし、アリアがキレた時とかいつの間にか遠くまで逃げてるしな。

「だろうな。とりあえず市内に腰を落ち着けて、作戦を練ろう」

と、まず雪花《せっか》にもらった軍資金をエジプト・ポンドにするため両替カウンターへ行こうとしたら……ワラワラ……「チェンジ・マネーするよ」「人民元、日本円、ウォン、台湾《タイワン》ドル、交換できるよ」「ユーロ歓迎。ドル大歓迎よ」などと、俺の周囲へ――ショルダーバッグやらハンドバッグを手に手に、作業着やジャンパー姿のアラブ人が数人やってきて話しかけてきたぞ。英語で。ははーん、これはガイドブックに『高くつくから要注意』と書いてあったヤミ両替屋だな？

それを見抜いた俺が、

「フン、どうせ相場より悪いレートなんだろ。そんな事はお見通しだ。俺はそこの正規の両替屋で替えるから、お前らの世話にはならん」

正式に空港内に出店している、各国通貨との本日のレート表をしっかり掲げている両替カウンターへ向かうと……シャッ。窓口にいたメガネの男がブラインドを下げてしまった。ちょうど閉店する時刻になったって事？　ツイてないな。

「……」

これには、サイフを手についてきたジャンヌとかなめも顔を見合わせてる。

両替が出来なきゃ、何もできないぞ。

困る俺《おれ》の周囲にはさらに何人かニヤニヤとヤミ両替屋が集まり……中でも、エジプト・ポンドの札束を見せてきたスーツの男は、

「日本円いっぱい両替できるよ。私は後での為替変動で稼ぐビジネスしてるから、そこのカウンターよりも5％お得なレートで交換するよ。私と出会えた日本人、ラッキーだね。カカクハカーイ」

などと、カタコトだが日本語で喋《しやべ》れているぞ。言葉が通じるなら、面倒も少なそうだな。それに正規の両替カウンターが掲げるレート表の真ん前で価格破壊《カカクハカイ》を謳《うた》う以上、本当に相場より有利な金額で替えてくれるのは確かなんだろう。

じゃあこの男からエジプト・ポンドを入手しておくか。

と、俺が金を出そうとしたら、

「その男が見せているのは旧札ですわ。銀行は面倒がって換金してくれないものなので、無価値ですわよ」

メメトが俺の袖を引っぱり、手を止めさせる。え、マジ……？

俺が眉を寄せると――スーツの男はメメトの日本語が分からなかったような顔をしてはいたが、聞こえないぐらいに小さく舌打ちして札束を鞄《かばん》に隠した。油断も隙も無いなもう。

「じゃあメメト……どれが大丈夫そうな両替屋か、見分けて教えてくれ。そこの両替屋のカウンターが急に閉じちゃったんで、誰かに両替してもらわないと――」

「お兄さまったら、簡単に引っかかっててウケますわ♡　空港のカウンターの両替屋も、グルですよ。コイツらから小遣いをもらっていて、カモが来たら窓口を閉じるようにしているのです。そんなのエジプトじゃ常識♡　ポンドは私が少し持ってますから、市内にはそれで行きましょう。マトモなレートの両替店は市内にありますわ」

メメトがクスクス笑いながら俺の背中を押してロビーを横切らせていくと、ヤミ両替屋たちは残念そうに散っていった。

そうして俺たちがロビーを出る辺りに差し掛かると、今度は、

「タクシーあるよ」「私のタクシーなら、すごく安く市内に行けるよ」「タクシー安いよ、ホテルもセットで安く泊まれるよ」

今度はタクシー運転手のオッサンたちが集《たか》ってくる。だがタクシーよりバスの方が安いハズなので、俺はバスのマークがある空港のインフォメーション係のブースに行く。で、

「カイロ市内に行きたいんだが、何番のバスに乗ればいい」

と、そこにいたメガネの職員に尋ねたら、

「もう今日、市内へのバスはないよ。終バスが出た後よ」

とか、訛《なま》った英語で返してきた。まだ日も暮れてないのに、マジか。

「じゃあタクシーしかないのか……」

しょうがなく、俺を囲んでニヤニヤしてるタクシー運転手たちを見たら……

「また同じ手に引っかかってる♡　お兄さま、ザコすぎ♡　ソイツらは全員ボッタクリの白タクで、そこのバス会社の職員も分け前を貰《もら》ってるグルですわ。どうせバスの運転手もグルなので、実際いくら待ってもバスは出ませんよ」

「え……じゃあどうすりゃいいんだ？　空港からカイロの市内に行けないじゃん……」

セーラを捕まえるどころか空港からさえ出られなさそうな俺《おれ》に、メメトは「よわすぎ♡カッコ悪♡」と嬉《うれ》しそうにクネクネして言ってから、俺たちを自分の白タクに乗せようとガヤガヤ誘ってくる運転手たちを見回す。そして、

「――おやめ《ハラース》！　散れ《エムシ》！」

アラビア語で、ピシャリと叫ぶ。

それから「どけどけどけ《ブスブスブス》」と、シッシッの手つきをし……何やらさらに、アラビア語で捲《まく》し立《た》てた。そしたら運転手たちはキョトンとして、散っていく。その一瞬でもうみんな俺たちには興味を失い、他の外国人旅行者の方へ向かって行ってしまう。メメト強《つよ》っ。

「な……なんて言ったんだ？　お前、今」

「分からせです。生粋のエジプト語で『この殿方は私が案内中のお客です！』と言えば、ああいう輩《やから》は私と折衝する時間や私に払う分け前がもったいないので退散します。まあ、あの人たちも商売でやってますからね。もっと早く騙《だま》して稼げる別のターゲットを騙しに行ったと、そういうことですわ」

そんなの当然でしょって顔で語るメメトに、俺・ジャンヌ・かなめが「すげえな……」「恐ろしい。お神よ《オー・モン・デュ》……」「民度低いね……」と震えながらついていくと、

「エジプトは年に1400万人の観光客が訪れ、観光業がGDPの10％超を占める観光立国。とあれば当然、物を知らない観光客から金を巻き上げて生活する者も多くなります。外国人のお三方は、油断なさっていると――本来のエジプト人ではなくて、観光客相手の特殊な人種、最下級の詐欺師たちとひたすら接する事になりますわよ？」

メメトは後ろ向きに歩いて俺たちを先導しながら、注意を促してくる。

「客引きが話しかけてくる言葉は、全てが金を詐取《さしゅ》するためのシナリオと心得て下さい。もしクレジットカードをお持ちでも、決して使わないこと。エジプトではカード番号さえ分かれば電話会社を迂回《うかい》して現金化できてしまいますので。いかにも観光客向けな店には入らないように。観光地の商法では、どうせ二度と来ない観光客相手に信用なんか不要。むしろ観光客の無知につけ込んで、より高値で売る方が賢明な商人とされるものです」

京都で言う『一見《いちげん》さんには高値の売り得』ってやつが、国単位で徹底されてるって事か。民度の低い土地には台場《だいば》の低民度島で慣れたつもりでいたが、第三世界は格が違うな。斯《か》く言うメメトも、俺からは悪質な商法で金を取りまくったからな。あれを思い出すと、アラブ人の商法への警戒は新たになるよ。気をつけまくろう。

メメトの案内で、海外特有の薄暗い照明の下、空港構内をタクシー乗り場へ向かう。

周囲には欧米・アジア・中東各国からの観光客が行き交っているが、エジプト国内から来たと思《おぼ》しき観光客も大勢見られる。

エジプト人は黒髪が多く、肌も日焼けした日本人ぐらいの色。背の高さも日本人と同じぐらいに見えるが、軽く太ってる人が多くて、目が大きく鼻の高い顔にはコーカソイドの濃さがある。

男性の服装はサマーセーターや柄シャツでリラックス感があり、スーツ姿の人は少ない。ゆったりした白いローブっぽい服を着た、中東のニュースで見た通りのアラブ人もいる。

ただ、それより……

エジプト人の外見で目に付くのは、女性の服装。

というのも、成人女性の9割ぐらいはベージュやピンクやターコイズ——色とりどりのスカーフを頭にかぶっているのだ。服も長袖・長ズボンで、肌が出てるのは手首から先と顔だけ。なんか、マトリョーシカ人形っぽい。あれはロシアの民芸品だけどさ。

「そういやメメト。お前とかパトラは、ここの女性たちみたいなスカーフをしないよな」

歩きつつ俺《おれ》が言うと、メメトは「あー、流行《はや》ってますよね。ヒジャーブ」と返してきた。

「流行りとかなのか？」

「私たちの母の世代は髪を隠すのは後進的だと言って髪を出してました。ミニスカートもはいてましたよ。でも今は開放的なのはダサくて、慎《つつ》ましいのがイケてるのです。著名な女優やタレントもヒジャーブを被《かぶ》るから、みんな真似《まね》します。ヒジャーブのファッションショーもあるんですよ」

「慎ましいって事になるのか、髪を隠すと」

「イスラム教ではそうなってますね。私はイスラム教徒ではないのでどうとも思いませんけど」

そういえばガイドブックには、エジプトは国民の9割がイスラム教徒だと書いてあった。世界史で習った古代エジプトのイメージしかなかった日本人としては、今のエジプト人のアラブ人っぷり、イスラム教徒っぷりには面食らっちゃうね。

「コーラン《アル・クルアーン》の解釈次第で、顔も隠すべしとする宗派もあります。ほら、あの方とか。ああ、男性は女性をジロジロ直視してはいけませんよ。イヤがられますから」

と言われたのでコッソリ見てみると、体どころか顔まで歌舞伎の黒子みたいに黒い布で隠している女性が歩いていた。それも今さら気付いたが、1人や2人って感じじゃなく、ちょくちょくいるって割合でその辺を歩いている。

「あれはニカーブといって、着用する女性は目しか表に出しません」

「——ここの女性たちは、皆ヒジャーブやニカーブを着なければならないのか？　服装の自由は無いのか？」

リベラリズム発祥の地・ヨーロッパ出身のジャンヌが、少しムッとしてる顔でメメトに尋ねて……うわ、めんどくさくなりそう……

「逆ですよ。何を着ても自由なら、ヒジャーブで髪を隠すのも、あの全身を黒く覆い隠すニカーブを着るのも自由です。そして逆に、隠さないのも自由。と言いたいところですが……最近あまりにもみんながヒジャーブを着るようになったので、だんだん強制感は出てきてますわね。ただ、法制化はされておりません」

日本でいうと、タトゥーを入れちゃいけないという法律は無いけど、入れたらいろいろ面倒な事もある……みたいな状況か？　いや、ちょっと違うか。とか考えながら歩く俺《おれ》の周囲を——サァッ——と、一陣の風が吹く——

屋内なのに、風……？　空調かな。

その時、アクビしながらキャラメルの包装を剥《む》いていた、かなめに……ぽふっ。

今まさに話していたような、黒子みたいなニカーブ姿の女がぶつかってきた。とはいえこれは、空港構内の通路が交差する所で周囲を見ていなかったかなめが悪かったっぽい。

「うわっと」

かなめは落としかけたキャラメルを握り込んでキープしたが、その動きで手に提げてた冬セーラー服入りの赤い紙袋を落っことしてしまう。ニカーブの女は、すってーん！　と尻もちをつき、両手に幾つも提げてた色とりどりの紙袋をバラバラ落としちゃってる。

「あっゴメン、ヨソ見してた。飛行機を降りたばっかかで、時差ボケでボーッとしててね」

かなめがそう言いつつ手を引いて起こしてあげると、小柄なニカーブの女は……英語が分からなかったか、無言で紙袋をかき集め……顔を覆う黒布のスキマ越しに俺たちを一瞥《いちべつ》してから、たったったったった。行き交う観光客たちの向こうへと、走り去ってしまった。

「――あれっ？　これ……」

残っていた紙袋を拾い上げて、かなめが目を丸くする。

その紙袋は色こそ赤くて似ていたが、かなめの紙袋じゃないやつだ。

中には新聞を何部か入れて重さを演出してあるだけで、価値のあるものは入っていない。

「あー……やられたな、かなめ。詐欺の次は、スリの洗礼か」

「逃げられたぞ」

俺とジャンヌは通路の奥を睨《にら》むが、もうさっきのニカーブの女は影も形も見えない。

「……パスポートを盗まれなかっただけ不幸中の幸いと考えましょう。長袖の防弾制服は、私のスペアをお貸しします。かなめお姉さまとはサイズが同じですし」

かなめを励ましつつ、メメトもこの辺りの治安の悪さには溜息《ためいき》してる。

まだ空港の段階でコレか。思いのほかヤバイ国だな、エジプト。

空港の外――車両ターミナルに出ると、汗ばむような陽射《ひざ》しが打ち下ろされてきた。

11月も下旬だってのに、ここの太陽の照りつける角度はまるで夏のそれだ。

「さすがはアフリカ大陸だ、暑い。それと何というか、空気が砂……？　っぽいのだが」

「あっ、天気予報にヘンなマークが出てるよ。何だろコレ。つぶつぶ……？」

ジャンヌがおでこに手でひさしを作り、iPhoneでここの気温を確かめようとしたかなめが首を傾《かし》げている。

「それは砂ぼこりの記号ですわ。確かに今日は少し多めに飛散してますわね。カイロでは砂漠の砂が風で巻き上げられて地上に降り注ぐので、こうなります。といっても、春先の大砂嵐《ハムシーン》よりは全然マシですけど」

メメトが説明しながら示した方角の空は、まだ夕暮れには早いのに黄色がかっている。というか、砂色だ。

日本でも黄砂や花粉が飛散する時期はあるが、それに似た景色だな。あれが全て、砂か。空を覆う砂の靄《もや》を呆然《ぼうぜん》と見る、俺《おれ》・ジャンヌ・かなめを先導して……メメトはタクシー乗り場に並ぶボロいタクシーの列の前をスタスタと通過していく。

車はどれも日本でいう水垢みたいな砂汚れだらけで、どうせまたすぐ汚れるからか洗車した形跡はまるで無い。

そのほとんど全車を無視したメメトは、列の後ろの1台——白黒の市松模様が描かれてあるタクシーの窓をノックしてる。

「これは公認タクシーのカラーリングですわ。色柄だけ似たニセ公認の白タクもいますが、大抵スクラップ車の部品を寄せ集めた車なのでボロさでも見分けられます。そういうのに乗ったら最後、高額な運賃を請求されますわよ」

言われてみると、メメトが運転手と英語で話し始めた公認タクシーは車体の状態が――それでも日本基準で言うとボロいが――他よりマシな感じだ。

「メーターは壊れてるから回らない。市内までは100ポンドだ」

運転手はカタコトの英語で、そんな事を言ってる。エジプトでは会社勤めの労務者でも詐欺を働いてくるという事は、さっき両替屋やバスのカウンターで学んだところだ。公認タクシーといえど気は抜けないぞ。メメトが英語で喋《しゃべ》っているのも、俺たちを証人にするという運転手へのアピールのためっぽい。

とはいえ、100ポンドといえば1500円弱。今の口約束は後で反故《ほご》にしてきそうな予感だが、最初にその額を言ってきてるなら後で倍になってもそこまで痛くないだろう。

とか思ってたら、

「お兄さま、ボールペンを1本下さいな」

メメトが手を出してくるので、俺は「料金の覚書でも作るのか？」とトランクに入れたボールペんてるを1本取り出して渡す。

そしたらメメトは「これがエジプトでは魔法の杖《つえ》なのですわ」と日本語で言ってから、

「きちんとメーターを回すなら、この日本製のボールペンをくれてやりますわ」

フフンとほくそ笑み、運転手にエラソウに言う。

そしたら運転手は「！」と目の色を変えて車を降り、俺《おれ》たちを恭しく車内に案内して、やっぱりちっとも壊れてなかったメーターをシレッと起動させた。

それからも、助手席に座ったメメトが指示棒のように持つボールペンをチラチラ見てる。

頭の上にハテナマークを浮かべまくる俺たちに……メメトが日本語でカラクリを語る。

「エジプトでは常に空気中に細かい砂が浮遊しているので、ノート紙やメモ帳の表面にも目に見えない砂の粒子がいっぱい付着しているのですわ。だからエジプト製のはもちろん、アメリカ製やヨーロッパ製のでもボールペンの先端が砂を噛《か》んですぐ回らなくなるのです。でも日本製のボールペンだけはなぜかいつまでも書けるので、みんな欲しがるのですわ」

な、なるほどね。あまり知られていない事だが、ボールペンとは精密技術の結晶なのでその国の工業技術力がモロに出る。日本ではペン先《チップ》をミクロン単位――他国より桁外れに精密な加工精度で作っている。日本では過剰とさえ思えたその物作りの厳格さが、この国では大きな意味を持ち、値段以上の価値を生じさせているんだ。

「道は指示します。お行きなさい《ヤッラヤッラ》」

メメトが指示すると、タクシーは見かけだけは現代的だったカイロ国際空港を後にする。

そして砂が付着して黄土色になってる団地を横目に、砂がちな高速道路を荒めの運転で走っていく。エジプトの交通マナーはインド並みで、みんなウインカーも付けず車線変更しまくるから寿命が縮む思いだ。

　これも砂色の商業ビルが並ぶ市内で高架道を降りると、エジプト人たちが車道を普通にウジャウジャ歩いているんで面食らう。というのも、この街では交差点以外に横断歩道がロクに無いのだ。そのため、人々は車道を自分の判断で渡る癖が付いているらしい。

——カイロの人口は１７５０万人。エジプトの人口の５分の１以上が集まる、アフリカ大陸最大の都市だ。その人口過密ぶりは、車が2車線に4台ぐらい並んでクラクションを合唱させている渋滞にタクシーがハマって思い知らされる。

　軽トラの荷台には土木作業員らしき男たちが１０人以上乗ってて、ライトバンには学校帰りの子供が２０人以上スシ詰めになってる。で、車たちがギュウギュウ詰めになってるスキマをノーヘルの原チャリが次から次へと無理矢理スリ抜けていく。なんちゅう車輛《しゃりょう》と人間の密度だ。カイロに比べりゃ、東京なんて過疎地なんじゃない？

「なんか……んんっ、空気が悪いね。埃《ほこり》っぽいっていうか……これも砂ボコリ？」

「車道も歩道も砂色をしているが、これは全て砂か。行政が掃除をしないのはなぜだ」

「車が出してる排気ガスも真っ黒だぞ。エジプトには車検が無いのか？」

かなめ《アメリカ》・ジャンヌ《フランス》・俺《日本》の先進国育ちチームがボヤくと、ここが地元のメメトはそれらを何とも思ってない顔で、

「砂ボコリには、外国の方は慣れるまで少しかかるかもしれませんわ。砂はどうしようもないので、行政も気にしてませんね。それより、この黒い排ガスには鉛が大量に含まれていますので、吸わない方が無難ですよ。エジプトでは良質な石油は輸出に回し、質の劣るものを国内で使っていますからね。ちなみに車検はありますが、機能してません」

と、運転手と共に全ての席のパワーウインドウを閉めていた。排気ガスを吸わないためだろうと、窓閉めたら暑いじゃん……と思ったが、ほどなくタクシーが信号待ちになってその真の意味が分かった。他の車が窓から道にポイ捨てするゴミとかタバコの吸い殻が、幾度となく窓に当たってくるのだ。バスの窓からは幼児がお菓子の包み袋を捨てて、その子のママが『よくできました』的に褒めてるよ。日本じゃありえん話だが、エジプトでは道路にゴミを捨ててもいいって事になってるんだな。当然、道はゴミだらけだ。

「あっ、お兄ちゃん……あのタクシー、煙が――」

かなめが気付いて指した対向車線の奥、歩道沿いを徐行していた白タクが……白い煙を吹いていたボンネットから、ボワッと左右に火を噴いた。フューエルホースが破損したか。車検の機能している国では決して起きる事のない故障だな。銃撃されたワケでもないのに、車輌《しゃりょう》が勝手に走行中にああなるのは初めて見た。

これにも俺《おれ》たち先進国チームは目をまん丸にして驚いたが、メメトをはじめエジプトの皆さんは平気な顔。この程度の事故はよく起きることらしく、どこからともなく消火器を持った人がワラワラ現れ、エンジンから出ている火を慣れた手際で消していた。ちなみにエンジンの火が移った道端のゴミ袋も燃えてたんだが、消火器を持っている人々はそれを『まあ燃え尽きるでしょ』的に見ただけで、消火剤の節約のためなのか放っておいてる。すげえな。これが途上国ってやつか。砂ボコリ共々、慣れるまで少しかかりそうだね。

渋滞を抜けている内に傾いた陽《ひ》が、礼拝所《モスク》の尖塔《ミナレット》と近代的なビルが混在する街の稜線《りょうせん》に掛かる。街路を照らす街灯は砂と排気ガスの汚れのせいでオレンジがかり、薄暗い。

ここが四大文明の一つ、エジプト文明の拠点だったのは紀元前の話。今はアラブ文化の中心の一つだ。街にはヒエログリフどころかアルファベットすらほぼ見当たらず、街中《まちなか》の広告宣伝や店舗の看板は全てアラビア文字。街角の時計の文字盤さえもそれで、読めない俺にはニョロニョロと点々の模様でしかない。

（……何か、『読めるもの』が恋しくなってきたな……）

不安を覚えた俺が、車内をまさぐると——かなめがさっきスリ替えられた紙袋に入っていた重石《おもし》代わりの新聞が英字新聞だったので、それを広げたら……

「……何だこりゃ。一面が全部、ムバラク大統領を褒める記事だ。そういえばさっきから街のあちこちに大統領のデカい写真看板があったが……よっぽど人気があるのか？」

奇妙な新聞に眉を寄せる俺に、メメトが「あは♡」と笑う。

「新聞の一面はカバーのようなもので、読むものではないですわ。新聞社は軍政府に命令されて、大統領をヨイショする記事を書いているのです。逆に大統領に都合の悪い記事は、たとえば健康問題を書いただけでも非常事態法で軍事裁判を課されます。街に掲げられている大統領を美化した巨大写真も、政府の自作自演ですよ」

それを笑って語るメメトを見て、俺《おれ》たちはエジプトの政情不安さを思い知らされる。

これが、軍政ってやつか……

「とはいえネットは弾圧しきれず、フェイスブックに政府批判大喜利が溢《あふ》れてますけどね。『俺は大工。大統領の椅子にムバラクが自分のケツをくっつけた強力な接着剤が欲しい』『赤ん坊が大統領を見たくないらしく妻のお産が遅れてる。早く辞めてくれないと困る』反政府デモも続いていますし——もうムバラク政権も長くないんじゃないでしょうか？」

「革命前夜ってところなんだな、エジプトは。どうりでキナ臭くて、武偵高《ぶていこう》の修学旅行先として人気が出ちゃうワケだ」

メメトと俺が話す間にタクシーはビジネス街から住宅街へ移り、見える建物も中層ビルから低層マンションに変わっていく。

ベランダに日よけと砂よけを兼ねた色とりどりのカーテンを掛け、１階に食堂や店舗を構えた住宅街——そこから溢れ出たかのように道路で遊んでいる子供たちの多さを見るに、カイロの人口密度は東京よりずっと高く、年齢構成は若そうだ。

そこを抜けたタクシーは、メメトが日本からネットで手配してくれた『隠れ家』のある地域に入る——その前に、

「お兄さま、ジャンヌさま、かなめお姉さま。これ、ナイル川ですわよ。今はギザの町が広がっておりますが、この川より西は古代エジプトでは死者の国と呼ばれておりました」

メメトが指さす窓の外を見て、俺たちは目をパチクリさせた。

所狭しと並ぶ建物の間に隠れるかのように流れていた川は、先日メメトと並んで眺めた隅田川《すみだがわ》より少し大きい程度のスケールだ。

「えー……？」

「これが世界史に名高い、ナイルなのか……」

かなめと俺が、ナイル川がイメージよりずっと小ぶりな事に驚く。

ていうか本当に、これが全長６６５０㎞を誇る世界最長の川なの？　荒川《あらかわ》の方がずっと広いんだけど。ほんとにエジプトはナイルの賜物《たまもの》なの？

「その……ナイル川の水は、今も農業に利用されているというが……」

「はい。ナイルの水源により、沢山のエジプト綿や小麦が作られているのですわ」

呟《つぶや》いたジャンヌにメメトは観光ガイドっぽい笑顔で答えたが、たぶん２人の会話はスレ違っている。ジャンヌがセリフを言《い》い淀《よど》んだのは、橋から見える川の水質のせいだろう。ナイル川は砂と生活排水で、水面下が３㎝も見えないほど濁っているのだ。

そして、その黒い川面《かわも》は——手入れが行き届いておらず元気のない街路樹に隠されて、また見えなくなってしまうのであった。

これが、エジプトの首都……カイロか。

俺《おれ》たちを出迎えたのはガイドブックにあった神秘的な遺跡ではなく、アラブの詐欺師とスリ、大統領を美化した大看板、排気ガスと大渋滞、そして天地を黄土色に染める砂塵《さじん》だ。ここには写真にあった抜けるような青い空も、悠久のナイルの趣も無い。言っちゃ何だが、カイロの町には全体にスラム感が漂っている。厭《いや》でも少しは浮ついた旅気分を喚起される国だっただけに、その反動でとっても第一印象が悪いぞ。エジプト。

「……ラクダはどこだ?」

溜息《ためいき》交じりに、インドでエリーザにしたのと同様の質問を呟《つぶや》くと、

「何の話ですか急に。さあ、ここがオールド・カイロ。私たちの隠れ家のある地区ですわ。ラクダの焼肉なら、そこらへんのレストランで食べれますよ。歩いてるのが見たければ、郊外に行けばイヤってほどいます」

メメトはタクシーを止めさせながら、ちょっと想定外の回答をしてくるのだった。

へえ……ラクダ、普通に食べられてるんだ……けっこうカルチャーショックだなぁ。

武偵《ぶてい》のようなエージェントが遠征する場合、拠点《ベース》の設置は必須だ。そのためにメメトが

借りてくれたのは、オールド・カイロと呼ばれる旧市街の民泊。民家と見分けが付かず、隠れ家としては百点満点の場所だった。

　オールド・カイロはイスラミック・カイロとも呼ばれ、ファーティマ朝に造られた城門、対十字軍戦争の英雄サラディンが築いた要塞《シタデル》、中世からある礼拝所《モスク》を始めとする石造りの街並みが残っている。そしてそこには今も普通に人が住んでおり、俺たちが借りた部屋もその一つだ。ちなみに地区が丸ごと世界文化遺産にも指定されてるらしい。初めてだな、世界遺産に泊まるの。

　メメトの案内で——築100年を優に超えるであろう砂岩の建物が密集するその街の、狭い石畳の道をクネクネと進む。聞けばパトラ・メメト姉妹は以前この辺りに住んでいたらしく、土地勘もあるとの事だ。

　香辛料や花卉《かき》のエッセンス瓶を売る薬草店《アッタール》、宝飾品の小売り店……表通りではないのでひっそりとではあるが、裏町の各店舗は日没後も開いている。

　そのゴチャゴチャした道の奥の奥の、また奥で——

「ここです。家主《オーナー》のメールによると……ここに……うん、ありました、鍵」

　セキュリティ的にどうなの？　とは思ったが——メメトは錆《さ》びた鉄格子の扉の奥に手を突っ込み、そこに置いてあった壺《つぼ》からしなびたサボテンを抜いて、下から砂まみれの鍵を取り出してる。

その鍵を何度かガチャガチャやって開けた格子扉の先は、床が砂をかぶってる廊下……なんだが、電気のボタンをつけても裸電球が5個中2個しか灯《とも》らず薄暗い。内1つは点滅してるし。あと、茶トラのネコがいたよ。

部屋は最上階の3階……日本でいう4階だというので、俺《おれ》は当然エレベーターに乗った。エレベーターは小さくて2人しか入れないので、ジャンヌも乗ったら満員になったんだが——それはヨーロッパの古い建物にもあった、扉を手動で閉めるタイプのエレベーター。細部を見るにイギリス統治時代に造ったやつじゃないの？　ってぐらい古い。で、3階のボタンを押したら……2階まで上がって、バウンドするような動きでG《地上》階に戻ったんで、俺はジャンヌと、それから次に乗ろうと待っていた妹たちと呆《あき》れ顔《がお》を見合わせてしまう。マトモに動かないエレベーターとか、怖すぎる。二度と乗らないようにしよう。

諦めて足で上がるんだが、この石階段の段の高さが均一じゃないもんだから何度もコケそうになる。スカートをヒラヒラさせて平然と上がっていくメメトは、こういう不出来な階段にも慣れてる感じだ。3階の部屋のドアはメメトがピッキングみたいに鍵を抜き差しして頑張り、えいえいと何度も引っぱる事でようやく開いた。立て付け、激悪《げきわる》だな。でもメメトの様子を見るに、それもこれもカイロでは当たり前らしい。

「よし、と。灯《あか》りも点《つ》きますね」

電気がつくかどうかは運次第、みたいなノリでメメトが言い——入った室内で、やっと俺たちは一息つく。部屋は思ったより広く、壁紙は幾何学的なアラベスク模様。さすがに掃除した後らしい床には、タペストリー風のゴブラン織の絨毯《じゆうたん》が敷き詰められてある。

「絨毯の下は……タイルになってるんだな」

あまりに隙間無く敷かれているので不審に思い、俺が絨毯をめくって見ていると、

「カイロでは、家の中にもひたすら砂が入ってきますからね。掃除する時に絨毯を剥《は》いで床に水を流して、砂を水ごとベランダに掃き出すのですわ」

と語るメメトは家電のコンセントを入れて、１つずつ動くかどうか確かめている。なお、エジプトでは冷蔵庫は居間に、洗濯機は台所に置くものらしい。

エアコンは博物館にありそうなぐらい古いやつで、工事現場の転圧機《ランマー》みたいな音がするが……一応、動いてはいる。天井の扇風機《サーキユレーター》は落っこちてきそうで怖いが、これも回る。

あと気になる点は、ブラウン管のテレビを付けたら日本のらしきロボットアニメが放送されてた事と、Atari 2600 Jrとかいうレトロな据え置き型ゲーム機が置いてあった事だな。どっちも詳細は分からないので、写真を撮って理子《りこ》に聞いておこう。

「この窓オシャレだね。見て見て、外も凄《すご》く絵になる景色だよ。夕陽《ゆうひ》で空がキレイ」

「おお……礼拝所《モスク》のドームの影とシュロの木の影が重なって、異国情緒に満ちているな。スケッチして残しておこう」

かなめとジャンヌは象嵌細工《ぞうがんざいく》みたいなステンドグラスの窓を開け、狭いベランダに出て

みたりしてる。

しかし、俺《おれ》的にはそれより何より――

(……ヨシ！　ベッドルームは3人寝れるようになってるな)

女子の人数分ピッタリの数のベッドがあること。これは俺がメメトに拠点探しを任せた時に指示した、俺的には生死を分ける絶対の条件。その条件が充《み》たされている事により、俺は自然にリビングのソファーを使って1人で安心して寝られそうだ。

あとは……シャワールームも、ちゃんとドアが閉められるようになっていてヨシ。だがちょっと試してみたら、お湯が出てくるまでかなり時間を要した。

それに俺は微妙な顔をしたが、メメトは嬉《うれ》しそうに「まあ、断水してないだけじゃなく、ちゃんとお湯が出るなんて！　当たりの宿ですわね」と上機嫌だ。

再三思い知らされるが、エジプトのインフラってのはそういうものなんだな。

「――インターネットも閲覧できた。回線速度は、まあまあ《モイエン》といったところだな」

リビングに戻るとジャンヌが言うので、見ると――彼女のノートパソコンではスピードテストのプログラムが動いている。15～25Mbps。まあ、調べ物ぐらいはできそうだな。

ローマでもそうだったが、人々はこんな大昔の石造りの建物にもスキマをうまく通して電線やインターネットの回線を引いているものなんだよな。かなめもテラナを出してきて、「うわ、Wi-Fiだらけだ」と笑顔になっている。

そうこうしていると、開け放たれた窓から……

『――アッラーは偉大なり《アッラーフ・アクバル》――……』

何やら、スピーカー・メガフォンによる音声放送が聞こえてきた。近くにある、さっきかなめとジャンヌが眺めていた礼拝所《モスク》の方から。

それを聞いたメメトは壁の時計――これも数字がアラビア語で書かれてるから、俺には読めない――を見て、

「もう日没後の礼拝《マグリブ》ですか。そろそろ閉まるお店もあるので、私は食料の買い出しに行きますわ。かなめお姉さま、一緒に来て下さいな」

と、室内に置いてあったバスケットとメモ帳を取りつつ言う。

そういえば腹がペコペコだな、俺。飛行機では丸々寝てたから、機内食も食べてないし。

「ジャンヌさまは各位からお金を集めて、この銀行で両替を。ここの資本はキリスト教化したエジプト人の互助会。ジャンヌさまがキリスト教徒だと分かれば、真っ当なレートで両替してもらえます。少し道に迷うかもしれませんが、それもこの迷路じみた街に慣れる練習だと思って下さいませ」

メメトがメモに簡単な地図を描き、ジャンヌに俺は円、かなめはドルを渡す。ジャンヌ自身もユーロを持っていて、メメトがくれた地図の裏にそれぞれの額面をメモしている。

そしてメメトは俺には、

「お兄さまも――この辺りの道に慣れるためにも、この喫茶店《アフワ》に行ってきて下さい。女は夜に一人でカフェになど行きづらいものですし。ここは預かり屋もしていて、私がネット通販で買った物を受け取らせてあるのです」

これも簡単な地図と、アラビア語のメモ――手書きのアラビア文字を初めて見た――を、メモ紙にサラサラと書いて渡してくれた。

「このメモを見せれば、先方は分かりましょう。預かり料は払ってありますが、チップも払わないと物《もの》は出してくれないものです。少額ですが、私が持っているポンドを無利子でお兄さまにお貸ししておきますわ。では各位、1時間後には戻ってきて下さいな。迷った時は、私に電話を」

ジャンヌや俺《おれ》がこの辺りを歩き回る時間を加味したらしく、メメトの設定した再集合の時刻は少し余裕のあるものだ。

いざセーラに出くわしても、向こうの方が街に慣れていたら捕り逃がすリスクが高まる。この地区にもだが、俺たちはまだまだカイロに慣れる必要があるのだ。経験に勝るものはない。少し彷徨《さまよ》うぐらいのつもりで、夜の旧市街を歩こう。

……しかし、女が夜に一人でカフェに行きづらいってのはどういう意味だろうね？

日が沈んで気温が下がり、外は出歩くのにちょうどいい涼しさだ。

俺はメメトにもらった地図を見ながら、まだ右も左も分からないカイロを慎重に歩く。

俺たちの隠れ家は、観光客向けではなくカイロの地元民が利用している商店街《スーク》の一角にある。歩道はローマと同じで由緒ある石畳……っぽいんだが、表面が砂塵《さじん》で覆われ、踏み固められていて、部分的にしか石が見えない。アスファルトの車道も砂に覆われ、表面は砂色だ。これじゃあ歩車道の見分けがつかないぞ。

この辺りを歩いている地元民は……若者はパーカーやジーンズ姿で、服装だけで言えば日本人と大差無い。ただ、老年の男性はたまに例のゆったりしたローブみたいな生成りの服を着てる。日本でいう和服みたいな感じなんだろうな、あれは。あと、ネコがいたよ。

標識のアラビア文字が読めないので、通《とお》りや辻《つじ》は名前ではなく風景で覚えるしかない。ただしこの地区は商店が多いため、それは比較的容易だ。

派手な色の服が多い衣類店、マンゴーを売ってる果物屋、店先に羊肉を吊《つる》している肉屋、日本でいうリサイクルショップみたいな感じのアンティーク屋。あとなぜか薬局が多いね。物置ぐらいの広さのキオスクみたいなミニ雑貨屋は至る所にあり、そこでは一様に袋菓子、清涼飲料水、タバコ、紅茶と砂糖、砂を掃く用らしきホウキを売っていた。

それにしても、どの店も……商品を路地にハミ出させまくって陳列してるな。

プリングルズやらチョコバーやらの入った段ボール箱が店外に普通に積み置かれてるし、ガラス張りで中が見えるペプシコーラの冷蔵庫まで路地で野ざらしだ。

（雨が降ったら全滅しちゃうんじゃないか……？）

そう思って気付いた。雨が降らないんだ。なんたって年間降水量が25㎜だしな。

だから何でも道に置いちゃうんだね。あ、またネコがいた。

メメトが地図で示したカフェは、ランプ形の街灯が照らす細い路地の奥に在った。

店からは歩道にテーブルやイスが盛大にハミ出まくっており、エジプト人で混雑してる。

（カフェといっても、台場《だいば》のタリーズとは全然ムードが違うな……）

濃厚なコーヒーと紅茶の香り、それと何やら甘ったるい糖蜜みたいな謎のニオイを掻《か》き分《わ》けるようにして、喧噪《けんそう》の店内に分け入る。ようやく足下はザラザラした砂の感触から、タイルを踏みしめる感触に変わった。

広い店内に、色まで少しコーヒー色がかって感じられる灯《あか》りが薄暗く行き渡っている。その灯りに溶け込むように、アラブの装飾品が鈍く光る。人いきれのせいを差し引いても、妙に湿度が高い。烟《けぶ》るように店を漂う、水蒸気の気配。何の湯気だろう。

ほぼ満席の客は、ものの見事に全員男だ。なるほど、これはメメトが言う通り、女子は入りづらい空間だね。壮年の男性が多く、会社帰りらしきスーツの男もちらほらいるが、皆ひたすら口髭《くちひげ》をせわしなく動かしてガヤガヤお喋《しゃべ》りしている。

この雰囲気……日本でいう居酒屋みたいな所なんだな、エジプトの喫茶店《アフワ》ってやつは。

でも、酒を飲む人はいない。イスラム教では戒律で酒が禁じられてるからだ。手前の席では、雀荘《じゃんそう》みたいなムードで老人たちがバックギャモンをやっている。奥の席ではテレビの前に学生たちが集まり、サッカーの試合に騒いでる。壁際の席ではメガネの男が何やら紙に鉛筆で原稿を書いてるね。作家かな。

……ここは、俺《おれ》にとっては……

見えるもの、聞こえるもの、嗅ぐニオイの全てになじみがない。文字は模様でしかなく、言葉は音でしかなく、ニオイすら頭の中で何にも分類されない。意味のある情報の全てが、俺にとっては意味をなさない。かといって余計な事を鬱々と考えてしまいがちな静けさの中にいるのとも異なり、心は常にその無意味な情報で埋め尽くされてくれている。

そのため俺はこれだけの莫大《ばくだい》な情報の中にいながら、何も考えず、無心に近づいていく。それは陶酔してしまいそうな、心地のいい状態だ。女性もいないから、心底安心だしな。

何もせず、ただここに佇《たたず》んでいたくなる。

だが、入られてただ佇まれていたんじゃ店はたまらないわけで、

「マルハバン《ようこそ》……アッサラーム・アレイコム《こんばんは》」

カウンターにいた店主らしきオジサンに低い声を掛けられて、我に返った。

英語が通じるか不安はあったが、

「……預けてある荷物を取りに来た」

と、メメトのメモを20ポンド札——300円弱と共に渡す。チップなるものの相場は日本人には分からないので、さっき借りた小遣いの半分にした。

するとさすが店主は客商売だけあり、流暢《りゅうちょう》な英語で、

「ああ、確かにこの方の名前で荷物を預かってます。奥にあるから取って来させましょう。ところで外国のお客様。ここは喫茶店《アフワ》ですぜ」

若い店員にメモを渡し、そう言ってきた。ガイドブックにあったが、今この男がやった親指と人差し指を上に向けてつまむ仕草は、『ちょっと待って』の意味だ。

じゃあ待ち時間で、何か温かいものでも一杯飲んでいくとするか。

「見ての通り俺《おれ》は外国人で、メニューが読めなくてな」

残りの20ポンドをテーブルに置くと、店主はサッとそれを取り、

「何を飲まれます？　ここはエジプト人初のノーベル文学賞作家・マフフーズが断食月《ラマダン》の夜に通《かよ》った、由緒正しい喫茶店。カイロの隠れた名所ですぜ」

喋《しゃべ》り方《かた》の愛想が良くなった。客扱いしてくれ始めたって事だな。

「名店だってのは満員な事で分かるさ。みんな何を飲んでるんだ？」

「外国人の客は、煮出しコーヒーをよく飲んでいきますぜ。専用器具《カナカ》で淹《い》れカルダモンを効かせたものです。他には……レモネード《リームーン》、ヨーグルト《ザバーディー》、シナモン《イルファ》、アニス《ヤンスーン》。地元の客が飲んでるのは大抵シャイ、紅茶ですな」

１文字も読めない……というか、どこからどこまでが１文字なのかすら分からない……ものの、店主が示すメニューには他にもいろんな飲み物があるようだ。飲み屋でビール、ハイボール、冷酒や熱燗《あつかん》なんかをチョイスする日本人みたいに、イスラム教徒の男たちも様々なドリンクをその夜の気分で選ぶんだな。

「普段はコーヒー派なんだが、ここではみんなと同じ紅茶をもらいたい」

そう俺が言うと、店長は細長いヤカンから切り子ガラスのグラスに恭しく紅茶を注ぐ。日本だと熱々のものが供されるホットティーだが、ここではミルクがタップリ混ぜられてぬるくされ……口にしてみたら……甘っ！　飽和するレベルまで砂糖が入ってるぞ⁉

あまりの甘さに俺が顔をしかめたら、

「おっと失礼。外国人向けに薄味にしてみたんですが、甘さが足りなかったかな」

店長が、さらに角砂糖を出してきたよ。ギャグでやってんのかと思ったらマジらしい。エジプトのシャイはインドのチャイより甘い、激甘ドリンクなんだな。参ったねこりゃ。

液体のケーキみたいな紅茶《シャイ》をちびちび喫《や》ってたら、だんだん舌が慣れてきて……美味《うま》く感じるようになってきた。血糖値が爆上がりして、エナドリを飲んだ時より元気が湧くぞ。

そうして、店内を眺めていると——店内の湿度が妙に高く、糖蜜みたいなニオイが充満している理由が分かった。イスラム教徒は飲酒はナシでも喫煙は大アリらしく、喫茶店のそこかしこで水煙草《シーシャ》を吸っているのだ。

水煙草とは火皿を載せたフラスコみたいなボトルを使い、水をフィルター代わりにしてブクブクと煙を吸う喫煙具。紙巻き煙草《たばこ》よりも大量の煙が出るものなので、それを大勢が吸うから室内の湿度が上がっている。とはいえその煙は水をくぐるせいか焦げ臭くはなく、煙草葉《たばこば》に着香されたフレーバーの香りが甘く漂うものだ。

（っていうか……荷物を持ってくるだけなのに、どんだけ時間かかるんだよ……？）

とか思いながら俺《おれ》がその光景を見ていると、

「お客さんは若い人に人気のリンゴ風味《トゥッファーフ》にしますかね。糖蜜風味《ムアッサル》もありますが」

いつの間にかカウンターに水煙草の器具を幾つか運んできていた店長が、俺にも勧めてくる。

「さっき払った金で手持ちのポンドが尽きてる」

「失礼ながらそのようでしたから、こいつは片付ける直前のものでして。あんまり長くは持ちませんが、もったいないんで荷物を待つ間にどうぞ。さっき受け取った代金ですと、紅茶をあと4杯飲まれることになりますぜ。その方がいいですかね？」

メメトも東京で言っていたが、エジプトの物価は安いんだな。だがあんなに甘いものを5杯も飲まされたら糖尿になる。エジプトでは18歳から喫煙ＯＫだし、しょうがないので……俺はシケモク寸前らしいその水煙草のパイプを手に取り、どんなものか見様見真似《みようみまね》で試しに吸ってみる。

だが……水で濾過《ろか》された煙は、あまり煙草って感じがしない。甘い香りは悪くないが、ニコチンやタールのキックが弱い。どうりで店の壁がヤニで汚れてないと思ったよ。多分これは呼吸《パフ》の回数をかけて長時間ゆっくり吸わないと、吸った気がしないものなんだろう。

（つまり、荷物はまだまだ待てって意味か……）

カウンターで極薄味の煙草をダラダラ喫《や》っていると、見た目だけはキンキラの腕時計を両腕に何本もジャラジャラ付けた時計売りや、同様のネックレスを売りに来るオッサンに時々絡まれて面倒だ。店長が何も言わないから商売仲間なんだろうけど、これは東京だと駅前の路上でアクセサリーの露天売りをやってるやつと同じ感じだね。あとカウンターの上をネコが歩いてきた。

「飲食店にネコってのは、いかがなものかと思うが……」

俺がそこを指摘すると、店長は普通にネコを抱き上げて、

「ネズミ避《よ》けになりますんで。エジプトでは、多くのネコを飼っている飲食店ほど高級店ですぜ」

所変われば品変わる、的な事を言うねえ。

「そういや、さっきから町のあちこちで何度もネコを見るんだが？　日本にもノラネコや飼いネコはいるが、こんなにはいない」

「ネコってのは元々――ナイルの穀倉地帯に蔓延《はびこ》ったネズミを駆除するため、ファラオの命《めい》でヤマネコを飼い始めたものですからな。エジプトでは今でもネコを太陽神《ラー》や豊作神《バステト》の使いとして大切にしてます。いま中国や日本にいるネコも、シルクロードを通っていったエジプトのネコの末裔《まつえい》なんですぜ」

へー……最後の辺りは本当か嘘《うそ》か分からないが、メメトも毒ネコのトトを飼ってたしな。エジプト人がネコ好きなのは本当なんだろう。と、店長がネコの喉《のど》を撫《な》でるのを見てたら

……ノーチラスの副長、ネコ系《ず》レクテイア人《ミリキミア》2世のエリーザの事が思い出されてきた。撃沈されたという情報が本当なら、今頃エリーザも海の藻屑《もくず》だ。メメトや雪花《せっか》にもだが、俺《おれ》は彼女に金を借りている。不可蹴倒借銭《しゃくせんけたおすべからず》。遠山《とおやま》家のルール的にも、死んでてもらっちゃ困るんだ。何としてもここカイロでセーラを捕らえて、怪情報の真偽を確かめなきゃな。

店長の『ちょっと待って』の仕草が出てから、若い店員が段ボール箱を運んでくるまで結局30分かかった。エジプト人の時間感覚には、イタリア人を相手する時みたいな翻訳が必要って事だな。

それと、帰り道で気付いたが――ちょっと出歩いただけなのに、服が砂だらけだ。

砂といっても日本のみたいな灰色の砂粒ではなく、細かいガラスの粒子みたいな砂塵《さじん》で、手で払っても取れないどころか指や手の肌にくっついて被害が広がる。しかも砂には排気

ガスの粉塵《ふんじん》が付着しているらしく、あちこち擦《こす》っているうちに手が黒くなった。イヤだな、髪の中にも砂の気配がするぞ。まさに黄砂や花粉と同じ鬱陶しさだ。

（これがカイロでは一年中続くのか……）

来た道を丁寧に辿《たど》って隠れ家の建物まで戻り、エレベーターは怖いので使わず、階段で３階の部屋に戻る。するとちょうど、ジャンヌも戻ってきたところらしかった。

「おかえり、遠山。これがお前の分のポンドだ。見ろ。エジプトでは紙幣に偉人の肖像を使わないらしくて、建物や遺跡の図柄ばかりだぞ。あとこれが１ポンド硬貨らしい」

と、ジャンヌが両替してきたエジプトの通貨を渡してくれる。なお、このポンドという通貨名はイギリス統治時代の名残に過ぎず、１エジプト・ポンドはイギリスの１ポンドの約８分の１の価値しかない。

「両替屋の建物のエレベーターも壊れていたよ。６階だった。エジプトは暑くて、私には厳しいな。泣き言にはなるが、もし砂漠に打って出なければならないシチュエーションになったら……ついていけないかもしれない」

ふう、と、ソファーについたジャンヌを見ると——髪をポニーテールに結い直してあり、首筋のうなじのうぶ毛のところに汗がキラリと光っていた。この部屋にあったキンキラの箱に入っているティッシュを取り、それで汗を吸わせるように拭いている。

「いや、いいんだ。現場に体が合わないなら、早めに言ってくれた方がリーダーとしては

助かる。お前が言うように、シチュエーションごとの人選もあるからな」

ジャンヌのためにクーラーを付けて、天井の扇風機《サーキユレーター》を回してやると……ふわっ……うっ。攪拌《かくはん》された風に乗って、ジャンヌの体の匂いが俺《おれ》の方に流れてきてしまったぞ。ヤバい。汗をかいて明瞭になった——若草のような爽やかさと、シトラスの甘酸っぱさが絶妙なバランスでカクテルされた、ジャンヌ・ダルク30世の高貴な香気。それが俺の鼻にガツンと来ちまった。薄口だった水煙草《シーシャ》とは打って変わって、こっちは濃い口……！

「お……お前は銀氷の魔女だろ。たとえば、自分を冷やす術とか使えないのか？」

「できなくはないが、それをやると疲れて本末転倒になる事もあってな」

イイ女系のシャルマンなフレーバーに反応した血流が、エジプトの紅茶《シャイ》でムダに元気を取り戻した俺の体をドキドキと巡る。目が勝手に、ジャンヌばっかりを見てしまう。

今の俺たちは、美人船の夜をやり直すチャンスを与えられたかのように二人っきりだ。妹たちが帰ってくるまでのタイムリミットがあるというスリルにも、血流を強める何かがある。こんな状況下でガチヒスったら、さっきの紅茶より甘い出来事が始まってしまうぞ。そして必ずや、妹たちは事《こと》の真っ最中に帰ってくる。そんな予感、いいや、確信がある。これぞ自分の不幸さを前提にした、キンジ版の条理予知《コグニス》なり。

かといって今日日、女子に「お前がいいニオイすぎて俺が興奮するからなんとかしろ」などと言うのは死刑不可避レベルのセクハラ。この件は内密に解決せねばならない。だが今つけたクーラーやサーキュレーターを今切るのも何でだって話になって危険。しまった、また汗ジャンヌのカクテル・スメルを吸い込んでしまった。というのも人間は生命維持のため、どうしても吸気する必要があるんで……！

……ドクンッ……ヤバいよヤバいよ。血流が中心・中央に集まり、甘くヒスってきた。あと2呼吸《パフ》でガチヒスになるぞ。緊急脱出しようにも、この部屋のドアは立て付けが悪い。ガチャガチャやってる間に2呼吸はしてしまうだろう。

だが死中に活あり。甘ヒスのハイパー脳力により、俺《おれ》の視界には室内を漂うジャンヌのスメルの気流が天気図の矢印のように見え始めた——

（……活路が……見える、見えるぞ！）

今、俺の目に映る室内では——ジャンヌのニオイが濃く対流する空間には赤い矢印が、そうでもない空間には青い矢印が見えている。

ジャンヌカクテルは天井のサーキュレーターの力により満遍なく室内に攪拌《かくはん》されてるが、80%ヒスの優れた知能で計算したところによると——ジャンヌをクーラーの送風口近辺に移動させれば、スメルが薄い空間を作る事が可能になる。そこに退避すれば助かるぞ。

「あー、ジャンヌ。お前、もっと冷房の下に座ったらどうだ。ほら、この辺。涼しいぞ」

「いいのか？　お前も暑くないのか？」

「レディーファースト、だろっ……」

甘ヒスのおかげで口先も上手《うま》くなる俺だが、喋《しゃべ》った事で肺の空気を消費してしまい次の吸気までの残時間が急激に短くなった。急いでソファーを1つ動かし、適切な位置に置く。

ここでゴネられたらアウトだったが、ジャンヌは「遠山《とおやま》にしては気が利くな」と笑顔で席を立ってくれた。そして俺の移動させたソファーにゆったりと座り、気持ちよさそうにクーラーの風を全身で受けてくれる。レディーファーストという西洋の作法に則《のっと》ったのが効いたらしい。やったぞ。

よし、後はさりげなく、ステンドグラス窓の下辺り——ジャンヌのニオイが対流しない空間に座り込めば、強制ジャンヌカクテルから逃れられるぞ。

と、思ったのだが……所詮は甘ヒス。

（やっちまった——計算マチガイだ……！）

計算上ニオイが薄いとされていた窓の下辺りに、バッチリ赤い矢印が見えてるぞ……！

というのも、ここのように複雑な形状の物体が多数配置されている室内を流れる気流は非線形性を強く持つ。つまりカオス、つまり計算が超ムズなのである。

スゥーッ……

ヤバっ。テンパったらつい1呼吸しちゃった。そのせいで血流、90％……！

しかしさすが90％ヒス脳、計算ミスを修正する流体力学の再計算を瞬時に成し遂げたぞ。

やはり安全圏は作れる。さっきの計算ミスはジャンヌの席を少し動かす事で修正できる。

――急げ！

俺《おれ》はもう特段の言い訳もしないまま、ジャンヌの座る1人掛けソファーを後ろから掴《つか》む。

そして動かそうとしてグイッと力を入れたら、ズルッ！　靴の裏についていた細かい砂のせいで足が盛大に滑って――前に、つんのめり――ズボッ。ジャンヌのポニーテールに、顔面を突っ込んでしまうハメになった。

スメル――呼吸緊急停止！　口呼吸――ッ！

「な、何だっ!?」

いきなり後ろに駆け寄りポニーテールに顔を突っ込んできて、ハアハア口呼吸を始めた俺から……ジャンヌは大慌てで身を捻《ひね》って逃《のが》す。

「き、貴様っ、私の後ろに回って何を――」

「い、いや、あまりにいいニオイだったから――」

もうしょうがないので俺がそこをぶっちゃけようとすると、ジャンヌはソファーの上で真っ赤になって、からの、青ざめてる。

「に、ニオイ？　お前は女が汗をかいてるのが好きな人なのか？　こっ、こんなものは、塩味がするだけだぞッ」

「なんで口に含む前提になってんだよッ、いや、これはその、俺は体質的に――」

「じゃ、じゃあ汗のニオイが目当てで、貴様は私を風上に座らせたのか、ヘンタイめ！

しかも親切のフリをするとは！　卑劣な策を！」

ジャンヌは恥ずかしさとあまりのキモさでダイヤモンドダストをパシパシ散らしながら、俺を罵倒。そして制服の背中から聖剣デュランダルを抜き、ぐさ！　ぐさ！　割とガチで俺に突き出してきたよ。でも今の俺はほぼヒス俺なんで、なんとか躱《かわ》せる。と思ったら、フッ！　奇襲で例の冷凍息を吹かれて、あまりの冷たさに真後ろにブッ倒されたよ。


段差が不規則な階段を上がって、かなめとメメトが帰ってくる足音がする。暑い砂漠の国でもあちこち霜焼けになってるかわいそうな俺がドアを開けると、葦《あし》編みの買い物籠を両手に提げた２人は「お兄ちゃん写真フォルダがね……」「私も撮り溜《た》めていきますので交換しましょう」などと不穏な取引をしている。白雪《しらゆき》とかなめが俺を隠し撮りした写真をトレカ交換みたいに遣《や》り取《と》りしてるのは知っていたが、その肖像権侵害グループに新人のメメトを勧誘してるっぽい。武偵《ぶてい》が写真を撮られるのは良いことではないので、かなめとメメトを引《ひ》き剥《は》がしたくはあるんだが、間に俺が挟まると妹たちはパブロフの犬みたいに条件反射で俺の取り合いのハタ迷惑バトルを始めるのでそれもできん。

スカートをパンパンはたいて砂を落としたかなめがジャンヌからポンド札を受け取り、メメトは俺が「喫茶店《アフワ》で受け取れたぞ」と渡した段ボール箱を「迷わず行けたのですね。さすがお兄さまです」と受け取る。で、開け始めた。

みんなで覗《のぞ》き込《こ》んだ箱の中身は……オリエンタルレッド、マロンブラウン、ターコイズブルーのスカーフ。それぞれ生地がツヤツヤしてたり、フチにレースがついていたりの、おしゃれなやつだ。

「空港でも少し話しましたが、エジプトでは女性は髪を隠した方が行動の自由度が上がります。モスクはもちろん、戒律に厳しい店だと、髪を露《あら》わにした女は入れてもらえませんからね。もし首尾良くセーラ・フッドを発見できても、そういった場所に逃げ込まれたら追えなくなってしまいますし」

と、メメトは赤いスカーフを自分でかぶり、栗色《くりいろ》をかなめに、青をジャンヌに渡す。

「薄くて軽いね」

「言うほど暑くはないものだな。かぶり方は任意か？」

「はい。イスラム教徒には信仰の度合いによって、かぶる、包《キマール》む《ヘガッブ》などの作法がありますが、私たちのは形だけの着用ですから」

3人は真っさらのスカーフを試着して盛り上がってるが、やっぱり女が髪を隠さなきゃならない文化ってのは不便そうだな。だが先日の渋谷《しぶや》での雪花《せっか》の言動から考えるに、日本でも昭和前半までミニスカートはイヤラシイと思われてたようだしな。あまりエジプトに上から目線で物は言えないか。

商機を逃さないメメトは手数料もコミでかなめとジャンヌから代金を徴収していたが、日本のデパートだと5千円とかしそうなスカーフは1枚20ポンド。300円だ。宿代や食料代も割り勘するんだが、これも異様に安いぞ。俺《おれ》、将来なんとかして金を貯《た》めてからエジプトに移住してこようかな。パトラとメメトの逆コースで。

「では少し早いですが、夕食にしましょう。今夜は軽く済ませますが、そもそもエジプトだと食事は朝と夜を軽く、昼にしっかり摂《と》るものです。朝食は起きてすぐ食べて、昼食は午後4時頃、夕食は夜9時以降にするのが普通です。これにも慣れて下さいませ」

と、メメトがテーブルに人数分並べていくプラカップには……豆や刻みタマネギの混ぜゴハンに、マカロニやスパゲッティの切れっ端がまぶされている……なんか、トマト系の酸っぱい匂いがする……グチャグチャの……

「……何だ、コレは……？　その、少し言《い》い辛《づら》いのだが……これはひょっとして、誰かの食べ残《のこ》……その……」

「それがね、ちゃんと売り物だったよ。1人前2ポンド、30円の残《ざん》……っぽい『何か』なんだよね……」

「ジャンヌとかなめが思っても言わないみたいだから俺がズバリ言うけどな。おいメメト、これは残飯だろッ。しかもこの酸っぱいニオイからみて腐ってるぞ。いくら安いからってそんなもん買ってくるな」

俺《おれ》が叱ったら、メメトは長い黒髪をちょっと逆立てるぐらい、どーん！　とキレる。

「確かに見た目は食べ残しを混ぜた物っぽくなくもなくなくないですけれども！　これはコシャリ、エジプトのファストフードでソウルフードですわ！　あとニオイがアレなのは酸味《ダッア》ソースと辛味《シャッタ》ソースのためで、腐敗臭ではございませんのよッ！」

メメトはテーブルをバンバン叩《たた》いて怒ってるんだが……

「……マジでこういう食べ物なのかよ……？　いや、でも、この見た目は……」

添付のプラスチックのスプーンで、おそるおそる味見してみると――

（あれっ……!?）

美味《うま》い。美味いぞ？

食べた事の無い味だが、言うなれば酸っぱ香ばし美味い。チャーハンとトマト粥《がゆ》の中間みたいな、旨味《うまみ》が詰まった料理だ。カサ増しするみたいに混ざってるマカロニやパスタの切れっ端も、食感に変化を与えてくれている。

「す、すまん。美味い……なんか、クセになる系の味だな」

俺がパクパク食べながら言うのを見て、かなめとジャンヌも食べ始め、

「ほら美味《おい》しいでしょう。カイロにはコシャリ屋さんが東京でいう牛丼屋さんぐらい沢山あるんですから、知っておかないと笑いものですわよ」

メメトはドヤ顔で、元々けっこう高い鼻を高々とさせている。

「ジュースはタマリヒンディ……タマリンド？　っていう木の実？　のジュース。4杯で30円とかだったよ。こっちの小《ち》っちゃいコロッケも1ダース100円しなかった」

かなめはフタつきの紙コップに入ったジュース……味見してみると、リンゴジュースに黒糖を加えたような甘味だ……と、メメトが東京で調理していた豆《ターメイヤ》のコロッケもみんなに配ってくれる。

「カイロのファストフードは糖質と脂質のオンパレードだな。でもこの貧乏くさい感じ、半額弁当に慣れてる俺の口には合うぞ」

「このコロッケ美味しい。ジャンクフードっぽいけど、コリアンダーの香りがする」

「それにしても、これが1人分で1ユーロもしなかったとは。駄菓子のような安さだな」

俺、かなめ、ジャンヌがワイワイ食べてると、

「皆さんディスってるんですか褒めてるんですか。エジプトでは輸入品になる工業製品はヘタしたら日本より高いぐらいですが、自国で作れる食料品や衣料品は安いんです。あと、これはここに置いておきますからね。1粒25ピアストル――0・25ポンドです」

おかっぱの前髪の下をジト目にして言ったメメトは、赤いキャンディー入りの小ビンを机に置いた。デザート……ではなく、薬を用意しておくみたいなムードで。サクランボのマークが入ったそのアメは、海外の菓子の例に漏れず色が毒々しくて食べる気にならない。またこの妹が何の小商いを企《たくら》んでるのか知らないが、無料でも要らないね。

『――アッラーは偉大なり《アッラーフ・アクバル》――……』

また、メガフォンによる音声が外で鳴り響いている。アラブの国を描いた映画などでは聞いた事があるような気もするが、日本人には馴染《なじ》みのない放送だ。

「さっきも鳴ってたけど……そもそも何なんだ、この読経《どきょう》みたいな放送は？　礼拝所《モスク》から放送されてるっぽいが」

そう俺《おれ》が尋ねると、

「これはアザーン。イスラム教徒は早朝《ファジュル》・正午過ぎ《ズフル》・遅い午後《アスル》・日没後《マグリブ》・就寝前《イシャーウ》……1日5回、メッカのカアバ神殿の方角に礼拝をするのです。その時刻を報《しら》せて、モスクに来るように誘う呼びかけ――アザーンが、呼びかけ係《ムアッジン》の先生《イマーム》によって行われるのです」

「1日5回……！　そいつは大変そうだな。俺なんか年に1回の初詣ですらサボっちゃう年があるのに……」

繰り返されるアザーンの声は厳かで、イスラム教徒でない俺も神妙な気分になるものだ。

それが、あちこちに在る礼拝所から各地区に、各地域に、カイロ中に鳴り響いている。

あのセーラ・フッドも――

今どこかで、このアザーンを聞いているのだろう。

俺は気持ちを新たに、皆をソファーの所に集め……

「セーラを捕らえる件だが——アイツは明日から2日間、カイロかその近郊にいる契約を『尻尾の女』としたらしい。カイロにいる尻尾の女が次の仕事のためにセーラを呼んだらすぐ顔を出せるように、って事だろう。日付が変わると同時に呼ばれるかもしれないんで、既にセーラは前もってスエズからカイロに移ってきてる公算が大きい。そして信用第一のフリーランスなんで、48時間は決してカイロを離れないハズだ」

と、今回のミッションについて話し始める。

「この大都会で1人のターゲットを探すのは難しそうに思えるが、多分あいつもカイロに土地勘はない。セーラはエジプトじゃ外国人だから、行きそうな場所は絞れるってことだ。そこを狙って探り、セーラに接近する。それと考えたんだが、逆にこっちが見つかるのは気にしなくていい」

俺が言うと、「見られても気にしなくていいの？」とかなめがキョトンとする。

「ここに爆弾矢を射かけられたり、捕まった時に備えてセーラが脱出口を掘ったりしたら面倒だから、この隠れ家はバレないようにしないといけないけどな。町中《まちなか》でなら見られて構わない。そもそもセーラは弓使い《アーチャー》、先に見つかったら負けって勝負を日々している女だ。敵を先に見つけるのには長《た》けてる。そして見つけたら、きっと手を出してくる。一匹狼《いっぴきおおかみ》は何でも自分でやらなきゃいけないから、機会をムダにしない習慣があるものだしな。連絡、警告、あるいは奇襲——ヤツが何らかのコンタクトをしてきた時、そこで捕まえる。その心構えをしておいてくれ」

と、俺《おれ》はジャンヌカクテルでヒスった時に思いついたカウンター作戦を語る。言わば、香港《ホンコン》でやった撒餌《バーリィ》作戦や極東戦役《FEW》でやった暴れん坊の囮《ランペイジ・デコイ》の消極版《パッシブ》ってとこだ。

「セーラより先に一足飛びで見つかる可能性も無くはないから、一応、話しておくが――『尻尾の女』については、現状何の情報もない。半人半妖だと思われるが、どんな尻尾が生えているのかすら分からない。まあ擦れ違う女の尻をよく見て、それっぽいのがいたらマークしてくれ」

そう付け加えたら、一同にセクハラ発言をした人みたいに見られたが……そういう目で見られるのは日常茶飯事なので気にしない俺である。

「今マッシュにカイロ市内のライブカメラ画像を解析してもらってるよ。セキュリティの甘い監視カメラもハッキングして、セーラと似た人物がヒットしないかＡＩで調査中」

「同時進行で、私もネット上の情報でセーラに繋《つな》がる鑑《かん》が無いか解析しているところだ」

「私もセーラがどこにいるか占ってみましょう」

こっちではヒステリアモードの俺が立てた作戦に加えて、科学捜査と超能力捜査が動き始めている。勝負だな。さあ――どう出る、セーラ。

3弾　取れ取れ《フドゥハフドゥハ》！

……早朝のアザーンで一旦目が覚めたが、二度寝し……日の出で目を覚ますと……うう、ノドが痛い。このイガイガ感は……砂ボコリのせいだな、コレ……

（なるほど、それでこれが必要だったのか）

俺は机にあった小ビンのキャンディーを1つ取って、なめる。一応サクランボの風味がしないでもない真っ赤なそれを、後から起きてきたかなめとジャンヌもなめていた。

まあノドはマシになった気がするけど、どのタイミングで歯磨きすりゃいいのかね？　カイロの朝ってやつは。それとキャンディーは1粒25ピアストルだったと思うんだけど、エジプトのコインは額面がアラビア文字なので、どれが25ピアストル玉なのか俺たちには分からずじまいだった。仕方ないので唯一分かる1ポンド玉をデポジットしておいたよ。

なお、メメトはもうキッチンで朝食を作っていた。アメは1つも減ってなかったので、メメトは砂に体が慣れてるから平気なんだな。

メメトはエプロンの下に、俺の部屋でも着ていた水着みたいな……中王国時代の女王の、誉《ほま》れ高き衣装……だっけ？　を着ているので、

「女が肌を隠すこの国でも、それを普段着にしてたのか？　お前」

そう尋ねたら、メメトはそれを話題にした俺《おれ》をキモがるような笑顔で振り返る。

「おはようございます《サバーハル・ヘイル》、お兄さま。んもう、朝から妹を見る視線がイヤラシイのですわ♡ 10ポンド♡」

「お前のその強請《せび》り、国の通貨に応じて変化するんだな……」

「これは室内用の服ですので、いくら涼しくて着心地がよくても人前では着ませんわよ？ エジプトでは人前で女性が肌を出すと、逃げ出してしまうほど恥ずかしがる男性も少なくないですし。あ、でも占いをする時は依頼人の前で着てましたね。雰囲気を出すために。お姉さまとお揃《そろ》いで」

……パトラとメメトが占い師として大人気だったのって、その衣装の力もあったんじゃないの……？

それはそうと——メメトは昨日買ってあった豆スープを温め直し、それに新鮮なレモン、オリーブ、生ハーブで味を付けている。昨日は無かったパンやミルクもあるな。

「あの早朝のアザーンで起きて、野菜とかパンを買ってきてくれたんだな。エジプトじゃそんな早朝からスーパーが開いてるのか？」

「まあ無知♡ エジプトのスーパー《ウブール》の野菜なんか、『何週間前からそこにある？』レベルですわよ。お野菜は、食料市場の近くの道端で農家のオバチャンが無許可で売ってるのが採れたてのものなのです。違法ですけど。お兄さま、パン《エーシュ》を割って配って下さいな」

ちょっと引っかかる単語も聞こえたけど、まあいいや。と、俺《おれ》は巨大な煎餅っぽいパン——多分、小麦粉を練ってそのまま火で焙《あぶ》った種なしパンだ——をパンパン叩《たた》いて表面の砂ボコリを払い、かなめとジャンヌにバリバリとちぎるように割って分配する。

メメトがニヤニヤしつつ「はい、お豆腐のスープ《フール》ですわ♡」と前フリしながら配膳してきたんでむしろ分かったが、豆スープに入った豆腐ソックリのものは——東京でメメトが豆腐と見間違えた、田舎チーズ《アリーシュ》ってやつか。これを豆のスープでふやかしたパンと一緒に食べると、濃厚なカッテージチーズみたいな味だ。悪くないじゃん。

それより、俺・ジャンヌ・かなめ全員に大好評なのは——

「なんだこの牛乳。うまいな」

「私もそう思ってたところだ」

「おかわりある？」

クリーミーで甘塩《あまじょ》っぱい、濃厚で風味豊かなミルクだ。そしたらこれが、

「それは牛乳じゃなくて、ラクダのミルクですわ♡」

とか言うから、俺たちは目を丸くする。それ、飲む前に聞いてたら気味悪がって飲んでなかったかもしれないよ俺たち。ていうか飲めるものなんだね、ラクダのミルクって。

相変わらず全体的に何か安っちいんだが、毎日食べても飽きないであろうエジプト流の朝食で腹を満たし……

　ベレッタ・キンジモデルと、DE、写備前長船《うつしびぜんおさふね》・光影《コウエイ》——俺はセーラと出くわした時に備えて武装を整えながら、かなめ・ジャンヌから初動の報告を受ける。

「夜の内にマッシュからのレポートがあったよ。お兄ちゃんとスカイプで話す前日まで、セーラはカイロのあちこちにいたみたい。その後、パタッと姿が消えた」

「契約のためにカイロに戻っているにしても、どこかに隠れているという事だな。彼女は偏食家だから、好みの食材に困らないところに潜伏していると私は見る。セーラの好物のブロッコリーはエジプトではメジャーな食材ではないぞ」

「どうりで占ったらギザが怪しいと出たわけですわ。高品質で新鮮なブロッコリーの類《たぐい》は、ナイル川西岸・ギザの外国人街に近い市場《スーク》で輸入品を買わなければ手に入らないものです。ギザへは、近くの広場から市バスが出てますわよ」

　かなめが各種の科学剣と磁気推進繊盾《P・ファイバー》を、ジャンヌがデュランダルと拳銃《CZ100》を、鎌剣《シクルソード》2本と狙撃銃《WA2000》を各々フル装備しつつ、それぞれ教えてくれる。

「ギザ……『死者の国』のどこか、か。セーラはロマネスコ種っていう、カリフラワーと交配させたブロッコリーが特に好きだった。それの質のいいものを取り扱う店があれば、来店した痕跡が見つかるかもな」

　ギザの、ブロッコリー・ロマネスコ種が手に入りそうな所。

　4人で調べたり知恵を出し合ったりしたおかげで、最初からかなり絞り込めたな。よし、この勢いですぐに捕まえてやるぞ。待ってろよ、颱風《かぜ》のセーラ。

——とか意気込んでた俺《おれ》だが、いきなり出鼻を挫《くじ》かれてしまう。

オールド・カイロの迷路じみた街路から広場へ出たら、歩道も車道も地元民で大混雑。そこの車のオラつきぶりがハンパなく、バスターミナルのある方へ交差点を渡りたくても渡れないのだ。

というのも、横断歩道はあるんだが——俺・ジャンヌ・かなめが渡ろうとしたら、全くスピードを落とさず進入してきた車にクラクションを鳴らされ、渡らせてもらえなかった。歩行者の信号はハッキリ青なのに。

一旦戻ってまた渡ろうとしたが、今度はクラクションすら鳴らさない車に轢《ひ》かれかけた。その車の中の男たちは、俺を轢きかけても驚くどころか笑ってたよ。これ俺が悪いの？

それからも車は次々と、信号を全く無視して走ってくる。もう横断歩道なんか無いのと同じで、道の模様に過ぎないじゃん……

ていうか、これじゃあオールド・カイロを出られないぞ。

セーラを捕まえるどころか、ギザに行く事すらできないよ。

「これは……どうやって渡るんだ……？」

あまりにも車優先の道を前に俺たちが立ち往生していると、メメトはクスクス笑い、

「もう。お兄さまったら、メメトがいなかったら道の一つも渡れないとか♡　でも実際、『カイロの車道は死の川、命が惜しい観光客は渡るのにタクシーを使え』とカイロっ子は言うのですわ。さあ、こちらへ」

と、俺たちを連れていく。

そして歩道を移動し、車が渋滞しまくって動かずにいる所を選んで止まった。そこには、他にも老若男女のエジプト人たちがチラホラ集まり始め……すぐ、人集《ひとだか》りになる。

そこには最後に、チョビ髭《ひげ》のお巡りさんもやってきて——ピピルピルピピィーッ！　と、ホイッスルをけたたましく鳴らした。そして勇敢にも車道に出て車と車の間に割って入り、身を挺《てい》して車間を開けさせながら、海を割るモーゼのように車道を対岸へと渡っていく。

その後ろを、導かれしエジプトの民が奔流となって歩くのだ。

車は少しでも歩行者が途切れた隙間があるとそこを突くように入ってくるので、横断はみんなで歩調を合わせて一塊になって行わないといけない。出勤中の小太りオジサンたち、登校中の学生たち、子供を抱っこしたヒジャーブ姿のママさん、小さい荷車を牽《ひ》いたロバ、そして俺たち——見ず知らずのみんながスクラムを組むようにして、一緒に車道を渡る。

車たちはそんな俺たちをクラクションの合唱で威嚇しまくり、先頭のお巡りさんを小突きさえしている。なんという好戦性だ。

歩行者の人波が概《おおむ》ね道を渡り終えると、車たちはまだ車道にいる人間たちを押しのけるように次第にスピードを上げて走り始めてくる。こうなると避《よ》ける必要があるので、渡りきっていない俺《おれ》たちは慌てて走るんだが……アラブ女性たちは、ヒジャーブやニカーブをヒラリヒラリとさせながら軽やかに車を躱《かわ》していく。しかも、頭の上に荷物の入った籠を載せ、一切中身を落とさないまま。何事も、慣れだな。慣れてない俺は、最終的にケツを車にド突かれたよ。日本だったら接触事故ですよコレ？

……で、結局、横断歩道の信号は車や俺たちの動きとは全く無関係に青になったり赤になったりしていた。この国における信号とは何なの？

そうこうしてバスターミナルに着くんだが、市バス乗り場はバスの番号から時刻表まで何もかもアラビア文字なので……どれに乗ればいいのか分からない。乗客を満載して走るバスが表示している行き先もアラビア文字で、どこへ行くのやらだ。

「これとこれが目当てのギザの市場の近くまで行きますわ。比較的空《す》いている、こっちに乗りましょう」

ここでもメメトが頼もしく俺たちを案内してくれて、それを俺とジャンヌが「助かる」「助かるぞ」と褒め、かなめは何故《なぜ》か少し焦るような顔をしていた。

――乗車したバスのほとんど満席の車内では、2人掛けのシートに座っていた男たちが「まだ座れるぞ」的にわざわざ場所を詰め、俺に3人目が座るスペースを作ってくれた。

かなめやジャンヌにも女性たちが同様に座るスペースを作ってくれていたし、1人掛けの席に座ったメメトは膝の上に幼稚園児ぐらいの女児を座らせてあげている。程なくバスは立って乗る人もギュウギュウ詰めになってきたが……席に座ってる乗客は、立ち乗りする見知らぬ乗客の荷物を自分の膝に置かせてあげてもいた。空間は余す所なく使い、乗れるだけ乗る。それが超過密都市カイロでの、バスのマナーなんだな。

音から判断するにブレーキがスカスカの怖いバスに揺られながら、俺は車内や窓の外を観察する。

どうせ砂ボコリで汚れるからか、車はどんなに汚くても気にしないエジプト人だが……バスの乗客を見るに、服装は小ぎれいだ。バスの窓から見える民家の洗濯物も、高そうな服が干してある。

と思ったら、風が吹いて奥が見えるとボロい服が干してあった。意図して、人に見える歩道側に良い服を干してるんだ。エジプトには衣服で見栄《みえ》を張る文化があるらしいね。

満員すぎて身動きが取れず時々こっちに倒れてきそうになる乗客を、みんなで支えたりしながら──俺たちは砂色の雑居ビルが密集するギザの一角、狙いの市場近くのバス停に到着した。降り立つとここもカイロ同様、エジプト内外の人間が大勢行き交っているな。

砂色の道。日本とは全く植生の違う、半枯れの街路樹や路傍の草。

この光景を、セーラも見たのだろうか。もしかすると、今も見てるのかも──

「やっぱり外国人が多いね。セーラがいてもおかしくなさそう」

「ここは私が持参したガイドブックにも載っている。地区全体が商店街らしい」

「ここの市場《スーク》は、少し熟《こな》れた旅行者じゃないと上手《うま》く買い物できないと思いますけどね。地元民向けと外国人向けの商品が半々ですから」

かなめ、ジャンヌ、メメトの話を聞きながら道を見渡すと、確かにここにいる欧米人やアジア人は旅慣れた風体の観光客が多いように思える。カイロに長期滞在・赴任している駐在員、その帯同家族って感じの人もいる。看板にも英語や中国語が見られ、まれにだが『おみやげ』や『エジプト料理』といった日本語の表記すらあるぞ。

市場《スーク》と呼ばれるそこを歩けば、どの辻《つじ》から前後左右どっちを見ても商店が続いている。携帯電話屋、時計屋、ステレオ屋、冷蔵庫や洗濯機を売る電器店、カーテン・絨毯《じゅうたん》の店、衣料品店、あと……エジプト人はそういうのが好きなのか、セクシー系の下着を売る店がちょいちょいあるね。メメトが15歳のくせにはいてる黒ランジェリーも、こういう文化の影響なのかな……

「赤い海軍服のお嬢さんたち。さっき、お仲間がミニ・ピラミッドを沢山買っていったよ。あんたたちも買っていきなよ」

英語で話しかけられたので振り向くと、露店の土産物屋だ。自前の水煙草《シーシャ》を吸いつつ、雪花石膏《アラバスター》で出来た小《ち》っちゃいピラミッドを売っている。ピンク色をした高さ3㎝ぐらいのピラミッドで、確かにエジプト土産にしたらウケそうな品物だな。

「赤い海軍服……？　ああ、武偵高《ぶていこう》のセーラー服かぁ」

「修学旅行Ⅲ《キャラバン・スリー》でカイロに来た生徒も、ここを通ったのだな」

かなめとジャンヌはそれを聞いて苦笑いしている。とはいえ今は土産物を買ってる場合じゃないので、呼び込みは丁重に無視させてもらい――ブロッコリーを売ってそうな所を求めて、とりあえず市場の中心の方へ向かう。

ローマにもあったような屋根付きの市場に入ると、歌うように客を呼ぶ店員たちの声が響き渡っており、むせかえるほど生臭い。羊・牛・ラクダの肉を吊《つる》して量り売りする肉屋、鮮魚や冷凍物を取り扱う魚屋が集まるそこを抜けると、今度は路地の至る所でカラフルな果物が売られていた。ザクロ、イチジク、日本じゃ見た事ないほど様々な種類のマンゴー。そしてそのさらに先で、道という道に溢《あふ》れ返るように大人数が売りまくっているのが――ナイル川流域の豊かさをこれでもかと分からせてくる、多種多様な野菜だ。

「ここじゃ店を構えるより露天商の方がメジャーなんだな。これも雨が降らないからか」

「さすがお兄さまです。まさしくその通りでして、エジプトでは人口の10％以上が露店の物売りに係《かか》わってます。しかし輸入品のブロッコリーとなると、さて……私にもすぐには目星がつきませんね……こっちでしょうか……」

俺《おれ》と話しながら、メメトはマイナーな野菜を取り扱っていそうな地区へ路地を回り込む。

それだけ珍しいなら、扱ってる野菜売りがいればかなりの確率で当たりだという事だ。と、奥に礼拝所《モスク》のある路地を歩きつつ、目を皿にして探していたら──

(……おっ……!)

見つけたぞ。売ってる露天商じゃないが、ブロッコリーの入った野菜カゴを頭に載せた女性を。黒いニカーブで全身を顔まで覆っている、主婦っぽい人だ。

「あー、そのブロッコリーをどこの店で買った。近くの露店で買ったのか?」

と、俺《おれ》が英語で尋ねてみたら──

「!」

なんでか女の人は跳び上がるほどビックリして、スタタタタッ……砂を軽く巻き上げるほどのダッシュで逃げていってしまった。

えっ、なんで……?

「ああもう、ダメですよお兄さま。いきなり見ず知らずの女性、それもニカーブの女性に男性が話しかけてはいけません。アラブ社会でそれは非常識な事なのですよ」

メメトに叱られて、改めて辺りを見てみると……なんとなくだが、ここでは男は男同士、女は女同士で固まって別々に動いている率が高い。それ自体は、ヒステリアモードという病を抱える俺としてはとても良い文化だと思うんだが──聞き込み捜査をしている時は、不便だな。

「でも、あの女性はカゴにブロッコリーを入れてたんだ」

「わっ、そうだったんですか。では少し、あの方《かた》を追いかけます」

と、メメトが賄賂の日本製ボールペンを手に彼女の方へ走り出し、かなめとジャンヌもその後を追う。

俺は……男なので、しょうがなく少し距離を置いてトボトボついていく。すると……ぐいっ、と、袖を掴《つか》まれた。褐色の顔でニヤニヤ笑う、知らん男に。そしたら、集団がワラワラ俺に集まってきたぞ。どうも、いつの間にかコイツらにマークされていたようだ。

「日本人《ヤバーニ》？　中国人《シーニー》？」「ヤマモトヤマ、キャプテンツバサ、オシン！」と言われた時の俺の反応で、俺が日本人だと分かったらしい。連中は「お恵みを《バクシーシ》！」「ジュース、ノー・タカーイ」などとポケットに手を入れてきたり、頼んでもいないジュースをプラカップに注《つ》いで押し売りしたりし始めたぞ。インドでもこういう事があったが、日本人が途上国でボーッとしてるとこうなるんだな。ああ、メメトたちに置いていかれてしまった……

と、ここの文化に則《のっと》ったワケでもないのに、男だらけの世界に埋もれていたら——

『——アッラーは偉大なり《アッラーフ・アクバル》——……』

砂混じりの風に乗って、礼拝所《モスク》から正午過ぎのアザーンが流れてきた。

そしたら、俺に絡んでいた男たちは親に呼ばれた子供みたいな顔になり、路地を早足に立ち去っていく。

見ればいつの間にか、路地の先にあった礼拝所《モスク》に人が集まって……どころか中が満員になったらしく入口の門からあふれ出して、大勢が路地に正座してるぞ。

俺《おれ》に集《たか》っていた連中も一様に、礼拝所の方を向いて路地に正座中。見れば近くの店舗で接客していた男も、レジ打ちの途中なのにミニ絨毯《じゆうたん》を地面に敷いて正座している。

そして、路地に座った男たちはアザーンの声に呼応して……体操するように、マジメに礼拝を始めた。あれはジーサードの部下のコリンズもやってた、義務の祈りってやつだ。って事は、彼らが頭を地面に投げ出すように倒している方向がメッカ、カアバ神殿の方角なんだな。後から車を降りてお祈りしてる男もいるけど、多少の遅刻はＯＫみたいだね。

（……連中が信心深いおかげで、ここは難を逃れたな……）

なお礼拝も男女はキッチリ分けて行うらしく、さっきまで路地を歩いていた女性たちもどこか別の場所に消えていた。

それで視界が開けて、見えた先の露店に――

（――ブロッコリー……！）

目当ての物を、見つけた。近づいて手に取ってみたらズバリ、ロマネスコ種だぞ。

さっそく聞き込みをしたいが、ここの店主の男も礼拝中だ。これを中断させて話すのが著しい非礼にあたる事は、イスラム教徒じゃない俺にも分かる。終わったら聞こう。

と、俺はポケットからセーラの似顔絵をプリントした紙を出して待つ。

『……いざや礼拝へ来たれ《ハイヤー・アラッサラー》……』

町にメガフォンで響き渡る声と、男たちが一斉に祈る姿。呼びかけ係《ムアッジン》の声遣いはプロのそれで、その荘厳な声色が町を神秘的なムードに包んでいく。

『……いざや救済のために来たれ《ハイヤー・アラルファラー》……』

厳粛な祈りは、続く……

『……アッラーは偉大なり《アッラーフ・アクバル》……』

5分、10分……まだ続く……

信仰心に篤《あつ》いほうじゃない俺としては、所在ないな。レキが描いたセーラの似顔絵でも見て、のんびり待つか。

しかし、レキってホントに絵が上手《うま》いよな。陰影の付け方には恐怖マンガっぽいクセが少しあるけど。俺がすっかり忘れてたような、セーラのミニ三つ編みを結ぶリボンとかの細部まで緻密に描けてる。どこを見てるかよく分からんボーッとした目をしてるくせに、レキはよく見てるんだな。さすが狙——

——バシッッ——!!

ザクッ！　砂を撥《は》ね上げる、足下への衝撃。

（——!?）

俺は身構える。見ていたセーラの似顔絵を、真上から何かに捥《も》ぎ取られた。そして真下、地面に叩《たた》きつけられたのだ。昼のアザーンの放送音に紛れて、男たちが顔を伏せている時――決して、誰にも気付かれないタイミングで。

「……！」

似顔絵の目の部分を貫いて地面に突き立っているそれを見て、俺《おれ》は絶句する。

――矢だ。

長さから見て、長弓《ロングボウ》の矢。先端を砂に潜らせ、カイロの陽射《ひざ》しに苛《いら》つくような反射光を返す白銅の鏃《やじり》。孔雀《くじやく》の矢羽根。

（……セーラ・フッド……！）

突き立った矢の角度から見て、セーラは矢を自分のほぼ真上に打ち上げて――俺のほぼ真上から、自分の似顔絵を叩き落とすコースで射《う》った。ミサイル用語でいう、ロフテッド軌道ってやつだ。遮蔽物となる建物や無関係な市民に当てないため、そうしたのだろう。

矢の傾いている方向から、射出点も推測できる。そこの礼拝所《モスク》の脇に聳《そび》える、高い尖塔《ミナレット》。すぐさま逃げたらしく今その姿は無いが、セーラはあそこの上から射ってきたのだろう。

これは、セーラの――警告、だな。

矢の最終位置が俺の足の前の地面なのは、『この矢より先に来るな』という意味。アイツの腕前から考えて、似顔絵の目を貫いたのもたまたまじゃない。『見えてるぞ』という意味だ。

だが——それが何だッ。とばかりに俺は矢を引き抜き、すぐさまジャンヌに電話する。

「たった今、セーラが礼拝所から警告射撃してきた！　ヤツはすぐに逃げるだろうから、かなめと2人で礼拝所の裏手を固めてくれッ。表は俺が張る。メメトもこっちに回せ——まだセーラの距離だ、各個撃破されないよう、1対1にならないようにするんだッ」

『分かった！　遠山《とおやま》、気をつけるのだぞ！』

通話を終えると、俺はジャンヌの指示で路地の向こうから小走りにやってきたメメトを迎え——ようやく礼拝が終わって男たちがバラけ始めたモスクの入口側を、2人で見張る。セーラに射たれないようにするため、路地に建つ売店の陰に隠れながら。

売店は、しっかりした木造小屋。庇《ひさし》の日よけ布もブ厚い。盾にするには上々だ。店員も礼拝所に行っているらしく無人で、迷惑を掛けずに済みそうだしな。

と考える俺の耳に、ガジッ、ガジッガジッガジッ……！

何やら、出来損ないのノコギリが鳴らすような異音が聞こえてきた。この売店の頭上、屋根を支える柱の辺りから。それと同時に、庇の影が——庇が、動いているぞ？

（……？）

不審に思って見上げると、そこでは異様な事が起きていた。そこに誰もいないのに、今、庇を支える梁《はり》の一部がガリガリと削られているのだ。ノコギリで切っているかのように。

バラバラと木屑《きくず》を降らす梁は見る間に細くなり、最後は砂時計みたいになって——

「……ッ！」

俺《おれ》が咄嗟《とっさ》にメメトを庇《かば》ったのと、売店の屋根がこっちに崩れ落ちてきたのは同時だった。

屋根は木製とはいえ、人間を圧殺するのには十分な重量がある。日よけの庇《ひさし》も落ちてきて、ガラガラガラッ！　という盛大な音が上がる中、潰された——と思ったが——

俺と、俺が押し倒したメメトは……幸運にも、屋根に庇が支《つっか》え棒みたいになって出来た安全な空間に倒れ込んでいた。

俺もどこも痛くないし、目をパチクリさせているメメトも無事らしい。

「今のは、マジで死んだかと思ったよ……でも、助かったな。ラッキーだった」

「不思議な力に護《まも》られましたね。こういう時エジプトでは『ここはファラオの国だから』と言うんです……」

だとするとファラオには感謝するが、売店の屋根が落ちてきた事故の方はファラオの力じゃないぞ。不思議な力である事は共通しているが、おそらく超常の術——俺とメメトを圧殺する目的で、梁《はり》は人為的に切られたんだ。こんな魔術を持ってるとは知らなかったが、セーラ・フッドに。

（だが……）

俺はそこに、疑問を感じる。

俺だけを殺すならまだ分かるが、セーラはなぜメメトをも殺そうとしたのか。

アイツはプロだ。仕事なら誰でも射《い》るが、仕事と関係の薄い――たとえばターゲットの手伝いをしているだけの敵を安易に殺したりはしないはずだ。それをやるとセーラによる殺しは安くなってしまい、１人を射る仕事料金で何人もを射殺《いころ》させられる事態も起き得てしまう。

今回のケースで言えば、セーラ側から見れば敵チームのリーダー――俺だけを殺せば、そこで残りの３人は撤退し、追跡も終わる可能性が少なからずある。まずは俺１人を射《う》ち、それでも執拗《しつよう》に尻尾の女との次の仕事をジャマしてくるようなら、そこで初めてメメトを射る検討に入るべきだ。今メメトを殺すのは、どう考えても手順として早すぎる。

「……」

その、メメトは――

俺と共に、売店の瓦礫《がれき》の下の狭い空間に閉じこめられている。ここから出られる隙間は無さそうだが……上に開いた僅かな空間から差す光で、その横顔は見える。

さっき俺はメメトを咄嗟に抱きしめて守ったので……俺はそのおかっぱの黒髪越しに、頭に口や鼻を付けるような体勢になってしまっている。

とろとろの糖蜜をかけたナツメみたいな、幼さの残るメメトの甘い香り。呼吸するたびそれが俺の鼻から胸の奥に満たされていく。スゥーッ、スゥーッ……と、水煙草《シーシャ》のようなリズムで。そう、これは言うなればメメト吸い――

本人も吸われている事に気づいたメメトは、俺《おれ》に抱かれたまま……

赤くなっている。自分が俺に助けられた事と、その上で抱かれた体勢のままでいる事を1秒ごとに全身で感じて。

「……♡……」

これは、嬉《うれ》しい事だね。いつも俺を見下してくる妹……年下の女の子が俺を見直して、おとなしい仔猫《こねこ》のように抱かれ続けてくれているのは。

ついつい、君が俺を兄と慕ってくれている事を忘れて——体の中心・中央が熱くなってしまいそうだよ。ほら、熱くなってきた。ジリジリと。俺のオシリとか……背中とか……後頭部？　の？　辺り……が？

「熱っ、あちち……なんだッ？」

「お、お兄さまっ。火が……！」

焦げ臭いニオイがしてきて、分かった。この潰れた売店が、燃えているのだ。火を扱う店じゃないから、火は人為的に付けられたものだろう。火矢で追撃してきたのか、セーラ。

君がやるにしては悪質じゃないか？

と、脳内で敵のセーラをも君《きみ》呼ばわりするジェントルな俺は……

どうやら、ヒステリアモードになれているようだね。さっきの、メメト吸いで。

「セーラの攻撃にしては不思議なほど残虐だね……メメト、俺にしっかり掴《つか》まっていて」

「――は、はい……！」

ぎゅ、と、メメトが俺に強く抱きつく。それで若く瑞々《みずみず》しい胸が俺の体に押しつけられ、血流はもう一搾り促される。半ば、物理的に搾られた感もあるけど。

ヒステリアモードで鋭敏になった大脳が、ジャンヌカクテルによる練習を経てしっかり出来るようになった流体の演算とイメージングを行う。この瓦礫《がれき》の下の空間には、火災が生じさせる上昇気流の入口となる穴がある。見えてきた気流の矢印のうち、最も太いもの――最も大きな穴がある方向へ、俺はメメトをしがみつかせたまま匍匐《ほふく》していく。

……「神は偉大なり《アッラーフ・アクバル》！」「神は偉大なり！」「神は偉大なり――！」……

潰れて燃えさかる売店の周囲から、連なる人々の声が聞こえてくるので……

「あれは何を意味するんだ？　こっちに声を掛けてるみたいだが」

俺は這《は》いずって慎重に梁《はり》の下を潜《くぐ》りつつ、大きめの火の粉を躱《かわ》しつつ、メメトに尋ねる。

「祝福の声です。イスラム教では、事故は神の意図とされます。そのため事故死した者は殉教者とされ、天国へ入れていただけるものと信じられているのです」

「へー……ある種、事故については前向きな諦めが根付いているんだね……まあ、これは事故じゃなくて敵による攻撃だし、俺たちは死んでないけど」

圧死も焼死もせず、俺たちは燃える売店の瓦礫と商店街の壁の間に這い出る。なんとか、脱出に成功したぞ。

で、俺《おれ》たちが死んだと思い込んでいたらしいギャラリーのエジプト人たちはワーワーと驚いてる。あっ、消火器を持った人が駆けてきた。よかった、もし脱出が10秒遅れてたら消火剤まみれにされるところだったよ。

「……」

しかし、さて。セーラ。俺に命じられて協力していただけのメメトまでもを殺そうとし、決して豊かとは言えなさそうな者の店を壊し、焼く——そこまでやるのか、君は？　君はロビン・フッドの気高き血を引く、貧者の味方ではなかったのか？

俺は立ち上がりながら、礼拝所《モスク》の正門と繋《つな》がる道を見渡す。セーラが今の騒ぎに乗じて正門から出たとすると、路地のどこかに隠れて俺たちの生死を確かめようとするハズだ。

すると——

黒いニカーブで頭も体も覆っているので姿は見えないが、俺と目が合った瞬間に慌てて身を翻し、イチジクやザクロの露店の陰に隠したビッグスクーターに跨《また》がる女がいた。

女は、ボルボルボルボルルッ！　吼《ほ》えるようなエンジン音で路地の人々を威嚇する。そしてそのヤマハ・マジェスティ——小舟じみたサイズの大型スクーターを、遠慮なく人混みに割り込ませて逃げていく。歩行者を押しのけ、時に蹴り、フロントカウルで突き飛ばし、バシバシと数人撥《は》ねながら。

「セーラのせいで平和な市場《スーク》が台無しですわ！　なんという不心得な女でしょう！」

メメトはスカートと髪を軽く整えてから、背負っていた砂漠迷彩《デザートカスタム》のＷＡ２０００を前に抱える。

しかしメメトはまだ銃が上手《うま》くないし、人混みで銃は良くないので——

「手出ししてきたって事は、向こうも困ってる証拠だ。４人で追いかけて捕らえよう」

俺はメメトの狙撃銃を下げさせて、マジェスティを走って追い始める。

メメトも銃を背負い直し、鎌剣《シクルソード》を抜いてついてきたが……

しかし、あの乱暴運転。よっぽどセーラはテンパってるな。昔からいっぱいいっぱいになると行動が粗雑にある傾向はあったが、ヒドイもんだ。早く止めないと、次こそ本当に事故死する者が出るぞ。

道の向こうではジャンヌとかなめが騒ぎを聞きつけて出てきたが、マジェスティはその前を猛スピードで突っ切り、逃げていく。

だが、路地はどっちも人混みだ。そう簡単に抜けられるものか。追うぞ。

ニカーブの女がヤマハ・マジェスティの車体をネジ込ませるように消えた路地に入ると、そこは草花を売る一角だった。バラやジャスミンやオレンジの生花は飾るためではなく、薬草の原料として売られているらしい。文字通り華やかな色彩を与えられたその路地で、

「お兄さま、あの道の先に——」

メメトが指す方を見ると、例のマジェスティが横倒しになって乗り捨てられている。

となると、アイツはどこまでもバイクで逃げるんじゃなくて、ここまで逃げ込むつもりだったってことか。だが、なぜだ？　と、バイクの所まで行って周囲を見回したら、

「……っ……」

いる。割とすぐそこに、黒子みたいなニカーブ姿の女が。あれ？　だがちょっと先にもニカーブの女がいるぞ。その先にも、いま手前を横切った女もニカーブを着てる。

——ここは、イスラム教徒の中でもニカーブを着る一派の女性が多く来る地区なんだ。買い物客だけじゃなく、露天商の女まで真っ黒なニカーブ姿だぞ。全員が髪や体どころか顔まですっぽり隠す黒い衣装を来てるから、全く見分けがつかん。セーラはそれを狙ってここに逃げ込んだんだな。

（チクショウ、どれがセーラなんだ……！）

路地を右往左往していると、俺《おれ》は見慣れた赤いセーラー服の一団を見かけた。

薬用植物を取り扱う露店の前で、『るるぶエジプト』を手に日本語でお喋《しゃべ》りしてる。

あれは修学旅行Ⅲ《キャラバン・スリー》でエジプトに来た武偵高《ぶていこう》の女子たちだろう。

（あの子たちに、今バイクで入ってきたニカーブの女がどれなのか聞いてみるか？　いや、これだけ同じ服装の女がいる地域で、識別できるほど注視していたハズもない——）

困り果てる俺が、眉を寄せていると——

「――コイツがセーラ・フッドですわ！」

メメトがいきなり、そのセーラー服の一団の後ろにいたニカーブの女にタックルした。ハーブの束を満載した大籠《おおかご》を頭に載せたニカーブの女は、黒ローブの下の足を踏ん張り、腰を少し下げ、倒れない。大籠も落とさない。明らかに武術を学んだ者の体幹だ。

俺はそこに近寄り、メメトに組み付かれたニカーブの女を優しく助ける――体《てい》で、一応、捕らえる。あれ、この女……なんか、かなめと似たニオイがするな。偶然だろうか。

「なんで分かったんだ、メメト」

「ニカーブを着る女性は、手の肌も男の目から隠すために手袋もするものですから」

と言われて見ると、このニカーブ女性の手は確かに肌が丸出しだ。

すると後からジャンヌと共に来たかなめが、

「――この女、どこかで見た気もしてきたよ？　怪しいっ」

手柄を急ぐような、どこかイラついた手つきで、その女からニカーブを剥《は》ぎ取《と》り始める。

それはアラブ社会では女性を裸にするような事なのか、周囲を通行していたニカーブの女性たちがキーキー怒る声を上げている。

（もしこの中の人が現地の女性だったら、国際問題になりかねないぞ……？）

と思ったのだが、それは杞憂《きゆう》で――ニカーブの中には日本人、というか武偵高の生徒が入っていた。やたら髪の長い、ブ厚い丸メガネの女子だ。ただ、俺に面識は無い。

「えっ、違う！　誰なの！」

「どうしてその服を着ていたのだ」

かなめとジャンヌが尋ねると、彼女は大籠を頭に載せたままキレて……

「──そっちこそ急に何ッすかッ！　私は東京武偵高救護科《ぶていこうアンビュラス》3年、不動恵里砂《ふどうえりさ》ッ。ここの商店街の古い薬草店《アッタール》で珍しい薬草を買いたかったッですよ。なのに髪を出した異教徒には売れないッて入店拒否されちゃったから、今日はこの服で出直してきたッですッ！」

どうやら……戒律に厳しいこの地区の店に何とか入店するため、便宜上ニカーブを着ていただけって事らしい。

「絶対、セーラだと思いましたのに……私としたことが、早とちりでしたわ……」

「ご、ごめんなさい……非合理的だったよ……」

メメトとかなめがシュンとして、俺《おれ》も……不動を解放した。すると不動は、

「まあ、でも、手袋のことは勉強になったッす」

プリプリ怒りながら、ニカーブを拾って立ち去ろうとする。大籠を器用に頭上に載せたまま。

だが……俺のヒステリアモードの観察力が、違和感を捉えた。

ヘンなアクセントがある不動の喋《しゃべ》り方《かた》もそうだが、

（あの、大籠……）

不動の頭上の大籠の、ドライフラワーみたいなハーブの束。

その中に何やら見覚えのある、羽根らしきものが混ざっていたような……

「――待て、その籠の中を確かめさせろ」

この言い方をすればまた怒って振り返るだろうと思ったものの、不動は俺を無視した。

そしてそのまま、そそくさと路地を進んでいく。

「おい――」

俺が改めて不動の方へ踏み出した時、一陣の風が吹き――

――ダッ！　と、不動が走り始めた。路地の向こうめがけて。

猛ダッシュしてズレた長い髪を、不動自身がズルッと下に引っぱる。するとその黒髪は変装用のカツラで、下から――銀髪のロングヘアーが現れた。その側頭部にはピンク色のミニリボンで結った小さな三つ編みがあり、走りに合わせてぴょんぴょん跳ねている。

ブ厚いメガネも放り投げ、全力疾走で逃げる、そいつは――

「――セーラだ！」

俺が叫び、武偵高の赤セーラー服を着たままのセーラ・フッドを追いかける。かなめ、メメト、ジャンヌも泡を食ってついてきた。

セーラは走りつつ頭から大籠を抱っこする位置に下ろすと、ハーブ草の束の中から矢を取り出す。いつもの孔雀《くじゃく》の羽根、ハート形の血抜き穴が開《あ》いた白銅の鏃《やじり》の矢だ。

大籠の底には、これもハーブの花束に隠されて――ハンドルとリムに分解された長弓《ロングボウ》が入っていた。セーラはそれを出すと大籠も投げ捨て、コリアンダーを撒《ま》き散《ち》らしながら、クルクルッ、ガチャガチャッ！　バトントワリングみたいな手つきでそれらを組み立てていく。

出たぞ、セーラの長弓――人類が有史以前から使ってきた武器、ベアボウだ。

セーラは自身の身長より長い弓を手に、砂色の建物の向こうに姿を消そうとしている。

（――セーラが着ている武偵高《ぶていこう》の制服は、かなめがカイロ空港で着くなりスられたやつか。どうりでかなめのニオイがすると思ったよ）

空港の到着ロビーは俺《おれ》たちが絶対に通る所だから、セーラはそこで張っていた。あの時ぶつかってきた黒いニカーブの女。あれがいきなり、変装したセーラだったんだ。

しかもセーラは外側はニカーブ女、内側は俺たちがまさかそれがセーラだとは疑わないであろう武偵高の修学旅行生を装っていた。

さすがは裏稼業の女、見事な二重変装だ。完全に一本取られたよ。

ともあれ弓使いには、どこかに隠れられたら不利になる。とにかく目で捉え続けるんだ。

セーラが建物の陰に隠れる前に、威嚇射撃で足止めを――と思った俺が、ホルスターからベレッタを抜こうとした時。

「――竜巻地獄《ヘルウルウィンド》！」

そのタイミングを察していたセーラが、逃げながら半分振り返り、仮面ライダーの変身アクションみたいに腕を振るった。弓矢を持ったまま。

「……ッ！」

次の瞬間――バンッ！　車と正面衝突したような衝撃が、走る俺の体にぶつかってくる。

それはセーラが超常の力で発生させた、小型の竜巻。

俺に衝突した風は体感45ｍ／ｓ。それをカウンターでモロかつ不意に受けたせいで――俺は真後ろへフッ飛ばされ、仰向《あおむ》けに転倒してしまう。

直撃を喰《く》らった俺が風よけになったので、すぐ後ろを追ってきていたかなめ、メメト、ジャンヌは倒れることは無かったが――ビュオオオオッ！　という突風で足止めされ、3人とも俺の頭の周囲で砂を巻いて急ブレーキした。気流は俺の体をウイングにして上昇し、3人のスカート前部を全開にするほどめくってしまう。

わざとではないんだが、その時の俺は仰向けにダウンしていたので――下から見上げた視界には白と水色のシマシマ、黒いシルク、スノーホワイトのレースの花市場《はなスーク》が広がった。

「――セーラが行った道は、さっきあたしが見た！　集合住宅街《コンドミニアム》で、行き止まりだよ！」

行き止まりなら出口を押さえて俺が来るのを待てばいいのに、かなめは俺を跳び越えて路地に駆け込む。かなめがセーラと1対1になってしまわないよう、メメトとジャンヌもそれに続く。それはあまり良いチームの動きではない。かなめが……どこか功を焦って、チームワークに欠けている印象がある。

ともあれ、俺《おれ》は三者三様の貴重なハーブのおかげさまで血流十分。両手を頭上で地面について、そこを起点に跳ねて華麗に立ち上がり、かなめの小さなミスが大事《おおごと》になる前にと仲間の後を追う。

セーラが逃げ込んだ路地の向こうには確かに5mほどの壁があるが——ブラウス内から出した矢筒に矢を収めて弓と共に背負ったセーラは、そんなの関係ない！　ってムードで民家が服を干していた物干し竿《ざお》を強奪し、

「くるな！　あっち行け！」

俺たちに捨《す》て台詞《ぜりふ》して、たったったった——みょいん！

棒の先端側に両手両足でしがみつくフォームは物凄《ものすご》くヘンだが、割とうまい棒高跳びで壁を向こう側へ飛び越えていった。

壁に跳ね返って、ガランとこっち側に倒れてきた物干し竿を避《よ》けつつのジャンヌが、

「壁の向こうからでは私たちを撃てるまい」

悠々と壁に近づこうとしたら——ピュンッ！　壁の向こうから空めがけてセーラの矢が駆ける。

ただの威嚇か？　と、それを無視して壁に俺が飛びついて登攀《とうはん》し始めようとしたら……

シュンッ！　上から前髪、鼻先、胸板、ベルトのバックル、股間を全て掠《かす》めるようにして

矢が壁と俺の間を下へと通過していったもんで、俺は慌てて壁から離れた。危なッ……！

俺が壁に到達するタイミングを読んでの、ロフテッド射《う》ちか。大したもんだな。

「どうして私がここにいると、こんなに早く分かったのか！」

壁の向こうから、セーラのキンキン声が聞こえてきた。俺たちがあっという間に自分の潜伏先——ギザの商店街を突き止めてくるとは想定できておらず、混乱してる感じだな。

セーラは高いプロ意識を持っているのだが、そのせいで自分ルールが守れなくなった時パニクって暴走する傾向がある。以前も腕力で勝てるワケがないのに殴りかかってきたり、当たってもダメージがないプラスチックの洗濯カゴを投げてきたりした。そのパニックと暴走が、今も起きつつあるみたいだぞ。

戦うなら混乱した相手の方が倒《たお》し易《やす》いので、

「耳を澄ましたら聞こえたのさ、愛らしい風の音《ね》が」

イケボで言ってやったら、壁の向こうから「きゅう」と息を呑《の》むような声がした。

「そ、それがお前の悪名高き口説き落としか。敵対した女が、みんなそれで負けたという……でも、私には通用しない。フッド家の人間は、仕事に感情を持ち込まないため、引退するまで異性に靡《なび》くことは絶対しない。つまりキンジは私に勝てない！　だから帰れ！」

セーラがキャンキャン吠《ほ》えてる間に、俺は物干し竿を拾い、棒高跳びをやろうとしたんだが……ぐいっ。構えた物干し竿の後ろを、持ち主のオバチャンに引っぱられた。

「す、スミマセン」

物干し竿《ざお》を返して、やむなくジャンヌと壁際に立ち……武偵高《ぶていこう》の体育でやらされたのを思い出しつつ、両腕と両腕を♮記号形に組む。そこを踏み、タンッ！　と、ジャンプしたかなめが壁を乗り越えていった。そしたら向こうから、かなめの「いたたっ」という声が。

とはいえ深刻なダメージではないようだったので、メメトも同様にピョンッとジャンプし壁を越えていく。で、メメトも「あいたっ」という声を出している。

向こうで何が起きたのか確認してる場合でもないので、俺《おれ》がジャンヌの足を押し上げて壁を登らせ、ジャンヌが上から手を伸ばして俺を引き上げる。で、俺とジャンヌが揃《そろ》って向こう側に降り立ったら——「いてっ」「痛っ」——足下に、セーラが敷設したと思われるお土産の小《ち》っちゃいピラミッドがいっぱい置かれてあったのだ。それを踏んでしまうと、靴の上からでもけっこう痛い。

「セーラ・フッド！　王の墓を踏ませるとは、エジプトへの許しがたき冒涜《ぼうとく》ですわ！」

メメトは怒って路地へ駆けて行くが、そもそも王家の墓のオモチャを観光客に売ってるエジプト人もいかがなものかな？

——俺たちがピラミッドまきびしにやられてる内に、セーラは路地を少し先行している。

走っていると、こっちは速さの差で次第に俺・かなめ・メメト・ジャンヌの順で一列になっていく。ジャンヌは暑さのせいで発汗と息切れが始まっているな。

（……？）

道の砂ボコリの流れと、空中でコケるようになったスズメの飛び方で気付いたが——今、俺たちには向かい風が吹いていて、セーラには追い風が吹いている。そのせいもあって、なかなか追いつけないぞ。この不自然な風はセーラの術に違いない。器用なやつめ。

しかもセーラは進行方向やスピードを変えずに往年の萩本欽一《はぎもときんいち》みたいな横走りになり、さらに回転して後ろ走りになり、俺たちの方を向いたかと思うと、

「回転真空刃《チップン・クレセント》！」

左右の腕で、志村《しむら》けんがアイーンをするような手つきを何度もした。するとこの路地の頭上に張り巡らされてあった街灯の裸電球の電線が、プツンプツン！　と次々切れていく。

電線が一瞬押されるように山なりに突き出るので分かったが、セーラはカマイタチ——見えない空気のカッターを飛ばし、電線を切っているんだ。そういうのもあるのか！

電線は俺たちの行く手でどんどん切られ、バチッ！　バチバチッ！　と火花を散らして垂れ下がってくる。エジプトで使われている電気は、日本のものより高電圧・大電流だ。ちょっとでも触ったら感電死しかねないぞ。それを見て路地のあちこちで人々が騒ぐ中、なおも電線を避《よ》けて追跡してくる俺たちに対し——

「跳月真空刃《ホップン・クレセント》！」

セーラの妨害は止まらない。後ろ走りで俺たちから逃げつつ、今度は左右の手で交互に

サッカーのスローインみたいな動きを繰り返してる。

そしたら、バシッ！　バシッ！　砂まみれの道に刀がバウンドしたかのような跡が生じ

――ガツンッ！　ガツンッ！　左右の集合住宅の上層階にある、雑な造りのベランダ――

といっても人が立てるほどじゃなく、植木鉢なんかを載っけている程度の広さだ――が、

カマイタチで支えを破壊されて落ちてくる。

落ちてきたベランダと植木鉢は、その下の窓の上に張り出している日除《ひよ》けのシェードに

バウンドする。そしてバラバラと、パチスロみたいな読めない軌道で俺《おれ》たちの方へ降って

くるぞ。痛ッ、いたたッ。植木鉢は避《よ》けたけど、中身のサボテンに頭が当たった。

ベランダを壊した補償も兼ねてか、回れ右して走る向きを戻したセーラは――

「――取《フドハ》れ！　取《フドハ》れ取《フドハ》れ！」

武偵高《ぶていこう》のセーラー服の袖から手品のようにジャラジャラ硬貨を出し、手に握り込んでは、

バラッ！　バラバラバラッ！　何十枚もの1ポンドコインを、次々と自分の背後の空中に

バラ撒《ま》いている。何度も何度も。花咲かじいさんとか、節分の豆まきみたいに。

キラキラとコインの雨を降らせて走るセーラを見て、エジプト人たちは――当然ながら

お祭り騒ぎになった。老いも若きも砂色の集合住宅からワーワー出てきて、この時だけは

男女も入り乱れ、大喜びでセーラと俺たちの間に駆け込んできてコインを拾い集めてる。

ああ、ダメだ。セーラとの間に人垣が出来てしまった。もう追えない……！

「お兄さま、迂回《うかい》しましょう！　それしかありませんわ！」

メメトが言う通りだが、セーラが人垣の向こうでどっちへ行ったのか分からない。と、俺が二の足を踏んでいると――

人垣の影の中から、ネコ形の影がシュッと抜け出てきた。いや、それは影ではなく――黒ネコ。トトだ。こいつは驚いた。東京に置いてきたのかと思っていたが、トトは飛行機にもタクシーにもずっと同乗してたんだな。影の中に隠れて。

トトはメメトとアイコンタクトしたかと思うと、集合住宅のスキ間にある細道へ走っていく。今さっき人垣の向こうへ抜けて、人垣の向こうでセーラがどっちへ逃げたのか見てきたらしい。砂っぽくてオシッコ臭い細道をトトに続いて俺たちが抜けると、そこは野菜運びのトラックやオート三輪で混み合う、市場の駐車場で……

「いましたわ！」

メメトが鎌剣《シクルソード》で指した先――外国人向けの野菜の露天商が並ぶ道を、小走りで横切っていくセーラがいた。うまく逃げられたと思ってたらすぐ見つかったセーラは『ゲッ』って顔をし、そこから右、左、と、どっちへ逃げるか一瞬バタバタする。

その隙に俺たちが駐車場を走り、距離を詰めようとすると――

「くるな！」

――シャッ――ザクッ！　セーラが、射《う》ってきた。オート三輪に手ずから給油しようとしていたオジサンの、プラスチック製ガソリン容器を。

オジサンは矢の先が横から飛び出てるガソリン容器を落っことし、諸手《もろて》を挙げて逃げていったが……ガソリンは点火しなければ爆発するものではない。矢が開けた容器の穴からチョロチョロ流れ出てるだけで、何も起きないぞ。なぜムダな矢を射《う》った？

と思ってたら、シャッ！　セーラが第２矢を放ってきた。その鏃《やじり》は白銅ではないらしく、ガソリン容器から突き出ている第１矢の鏃に命中し、ジャリッ！　と、火花を散らし――

「――ッ――！」

――ドウウウウウウッッッッッ――！

軽トラに満載されていた野菜を吹き飛ばす、手榴弾《グレネード》みたいな爆発を起こした。

警告の声を上げるヒマもなく、爆風を受けた俺《おれ》がブッ倒される。爆心から距離があったかなめ、メメト、ジャンヌも音と風圧に驚いて立ち止まる。そこにバラバラと、軽トラの荷台から青空に舞い上がったジャガイモ、ニンジン、ズッキーニなどが雨霰《あめあられ》と降ってきた。

野菜だから当たっても大したダメージは無いが、かなめとメメトは磁気推進繊盾《P・ファイバー》やアメンホテプの昊盾《そらたて》で自分たちとジャンヌを守っている。俺のことは？

俺並みに戦い慣れてるらしいセーラはこういう場での爆発のさせ方も心得ていて、人的被害を出していない。第１矢で逃げていたオジサンも、駐車場にいた野菜の卸業者たちも、全員無事だ。駐車場からは黒煙が上がっているが、ガソリンは瞬間的に燃え尽きる程度の量で、炎が何かに燃え移る事もなかったようだ。ヒステリアモードの頭をひねる俺の口に落ちてきたピーマンは、焼きピーマンになってたけどな。

（やはり……さっき売店を焼いたりバイクで市民を撥《は》ねてたのとは行動が矛盾してるな）

さすがにそこまでは狙ってないと思うが、逃げるセーラの口元にも偶然スポッと収まる軌道でブロッコリーが落ちてきてた。

「逃がしませんよ！《ひはひまへんほ》」「追いかけよう！《ほひはへほう》」「向こうだっ！《ふほうは》」と走っていくメメト、かなめ、ジャンヌはそれぞれ口にヤキイモが落ちてきたらしく咥《くわ》えながら走ってるんだけど、それ狙ってキャッチしてない？

ブロッコリーを咥えて逃げるセーラを、ピーマンを咥えた俺とヤキイモを咥えた妹たち＋ジャンヌが追いかける。爆発はセーラが起こしたのに、怒った野菜商人たちは俺たちにタマネギ、トマト、ナスなんかを全力で投げてくるよ。近隣の家々から出てきたチビッコたちも面白がって、主に俺狙いでジャガイモを投げてくるし。いた、いたたっ。

4弾　超竜巻の生贄《テンペスト・サクリファイス》

大混乱の路地をやっと抜けたのに、セーラはまたわざと混んでる路地を狙って走り込む。

そこでは、プラカードのアラビア文字が読めないんで正確なところは分からないが——大統領や警察に対する抗議のデモ活動をしてるっぽい若者たちがいて、道が塞がっていた。

セーラは小柄な体を活《い》かし、その群衆の足の辺りに潜り込んでいく。そして驚いた事に遠山《とおやま》家の潜林《せんりん》そっくりな通過技を使って、どんどん向こうへ抜けていくぞ。フルバックの白木綿パンツのオシリを丸見せで。

「——かなめは左へ、メメトは右へ回り込め！　ジャンヌは車輌《しゃりょう》を調達しておいてくれ！
——潜林——ッ！」

俺《おれ》は姿勢を極限まで低め、人々の足の間をヘビのようにスリ抜けて走る。だがデモにはイスラム教の法学者と思われる白いローブのような裾の長い服を着た男性が交ざっていて、それは潜林的には行き止まりなので進みにくい。

この日英潜林勝負は——体格が小さい方が有利という条件のせいもあり、俺の負けだ。なんとかデモの向こう側には出られたが、セーラを……

（……クソッ、見失った……！）

舌打ちしたが、そこでナナメ上からトトの鳴き声がした。そっちを見上げると、付近の集合住宅、6階建ての砂色のマンション——その壁を非常ばしごで屋上へと上がる、弓を背負ったセーラの姿が見えた。

屋上に上がったセーラは建物のベランダの影にトトがいる事に気付いた様子だったが、猫を射《う》つ事はせず——密集して建つ隣の集合住宅の屋上へ、タンッ、パッ、タンッ、と、跳び移った。今何が起きたのか一瞬分からなかったが、セーラが次の建物の屋上へもまた、タンッ、パッ、パッ、タンッ、と跳び移っていったので分かった。

セーラの幅跳び自体は大した事ないのだが、跳んだ先の空中でもう1回、2回と再跳躍できているのだ。アイツが似た術をロンドンで使うのを見た事があるのでピンときたが、あれは自分の直下で空気の破裂を起こし、爆風で2段ないし3段ジャンプをしているんだ。赤い防弾スカートが下からド派手に風をはらむ光景でも分かった。

ただその空気の破裂は自身をあらぬ方向へ吹き飛ばさない程度のものに留《とど》めているため、あの魔術で上へ上へと飛んでいく事はできなさそうだ。また、方向もトランポリン程度の自由度でしか決められなさそうなので、4段、5段とジャンプ回数を増やすのは精度面で不安そうに見えた。

となると、セーラの飛距離の限界は10m前後のハズだ。ヒステリアモードの俺になら、きっと追えるぞ。と、俺も非常ばしごを上がりきる。すると、集合住宅の屋上は……

「――ッ……」

パラボラアンテナだらけなのは想定内だったが、なぜか粗大ゴミ置き場にもされていて、壊れたイスや家具が所狭しと置かれていた。これじゃあ助走距離が少ししか取れないぞ。

でも、もうセーラは2棟も先にいる。一旦下りて追い直すなんて、できやしない。

俺《おれ》は僅かな助走距離を、秋草《しゅうそう》気味に駆け――

――ダンッ！　砂塵《さじん》で滑る屋上のフチを踏み切り、7mは離れた隣のビルに跳び移る。

下の路地では、ちょうどそこを走っていくジャンヌが俺を見上げているのが分かった。

ズザァッ――と、ヒヤッとするほどギリギリで跳び渡れたその集合住宅の屋上も、粗大ゴミだらけだ。エジプトでは、マンションの屋上は粗大ゴミ置き場にするものなんだね。

セーラがいる建物の屋上めがけて、ここも秋草で駆けて――ダンッッッ！　粗大ゴミの棚を2つほど倒しながらだったが、さっきより更に遠くへ――

――ズザァァッ！

と、俺はセーラのいる屋上までを跳びきった。目測、8m半。

「……ッ……！」

世界記録一歩手前の距離を飛び移ってきた俺を見て、セーラは吐きそうな顔をし……

今度は10mは離れた、しかも上への段差のあるビルの方へと屋上を走る。

そして、ぴょん、パッ！　パッ！　パッ！　ややフラフラした4段ジャンプで、ビルとビルの間を渡っていく。それでなんとか、隣のビルまでの距離は稼げているが——高さが2mほど足りない。

（あのままだとビルの壁に激突して、転落するぞ……！）

そう俺は思ったが——跳躍と同時に弓矢を構えていたセーラは、シャッ！　シャッ！　ビシッ！　ビシッ！　と、隣の建物の壁面に矢を2本打ち込んだ。自分がぶつかりそうな所と、そこから1mほど上に。

そして……ぶらんっ。下の矢に掴《つか》まって落下を防ぎ、鉄棒の足かけ上がりの要領で体を上げた。上の矢に掴まって、また足かけ上がり。からの、屋上へヨジ登っていく。

俺は……この距離と段差を跳び渡れない。セーラはそれを見抜いたから、ああして少しムリしてでも渡ったんだな。

だが、セーラと俺が幅跳び対決をやっている間に——

セーラのいるビルの左のビルには、かなめが。右のビルには、メメトが。俺の妹たちが、屋上まで上がってきている。

そしてそれぞれ、

「お兄ちゃん！」

「お兄さま！」

磁気推進繊盾《P・ファイバー》とアメンホテプの昊盾《そらたて》を、俺とセーラの間の空中に2枚ずつ滑り込ませてくれた。そこには金の皿と白い布による階段が形作られ、そこを俺《おれ》が、とんっ、たんっ、とんっ……2mほどずつの距離なんで、ほとんど歩くようなノリで渡っていく。耐荷重はちょっと心配だったけど、科学と魔術の盾はどっちも思ったよりしっかりしてたね。

で、余裕のハンドポケットでセーラのいるビルの屋上に降り立つと――

「なんでそういう、できないハズのことをやってのけるんだ。お前は」

俺から最も距離を取った屋上のフチに立つセーラは、ジト目のドン引き顔で尋ねてくる。

「まあ、そういう芸風だからね。でも君も、あんまり人の事は言えないんじゃないかな？ ぶっちゃけ、極東戦役《FEW》の代表戦士《レフェレンテ》の人間離れ度は皆さん俺と大差ないと思うよ。東京からオホーツク海の敵の動きを探れちゃうカツェとか、飛行機から素で墜落しても普通に着地できる閻《エン》とか、あの頃君と組んでた面々も大概なんだよ。人間離れ人間の多様性も認めてあげて、違いを力に変える社会を作ろう」

俺が長めに無意味な発言を続けると、その意図を読めていたセーラは口をへの字にして――背中向きに倒れるようにして、屋上のフチから向こう側へ――ゆっくり、転落、していった。自分を追うように、銀色の長い髪を空中に靡《なび》かせながら。

その0・5秒後、メメトのWA2000の弾と、かなめの先端の丸い処刑剣型の科学剣《エグゼキューショナーズ・ソード》から飛んだ光弾がX字を描くようにして、セーラのいた所を通過していく。

「……」

　セーラの注意力をこっちに向けさせるため、あえて怪しげにポケットに突っ込んでいた手……効き目は無かったけど……を出しつつ、俺は転落したセーラの様子を確かめるためビルのフチまで小走りに向かう。

　眼下では、ぼふんっ。大きな空気のクッションを破裂させて、セーラがナナメに空中を墜《お》ちていく。そして、下の路地で一時停止していたオープンカー……エジプトでは珍しくピカピカに洗車されてある、白いマツダ・ロードスターの助手席にスポッと収まった。

　運転席では金持ちっぽいサングラス男が驚いていたが、セーラはそいつを……ボンッ！　かめはめ波とか波動拳みたいな手つきで——空気砲だ——車外へフッ飛ばす。で、自分で運転席に移ってハンドルを握ったぞ。

　ロードスターが、ギュルルルルルッ！　タイヤ下から砂塵《さじん》を吹き上げて走り始める。セーラの運転は乱暴だが、ヘタではなさそうだ。

（マズイ、一気に引き離される……！）

　俺が焦っていると、同じ路地にジャンヌが現れた。こんな事もあろうかと車輌《しやりよう》の調達を指示しておいたのは正解だったな。渡りに船のタイミングで、これも日本車……ただし、オートバイの……ＣＢ７５０Ｆターボに跨《また》がっている。

　車はすぐには都合がつかなかったみたいだけど、ジャンヌはバイクの運転が得意だからあれでもＯＫだろう。ルクセンブルクでもサイドカーで救出してもらった事があるしな。

「――乗れ！　追うぞ！」

　こっちを見上げて呼んできたジャンヌの方へ、俺《おれ》はベルトのワイヤーを使ってベランダ経由で降下《リペリング》する。

　そして、バイクに二ケツしたまではいいが……磁気推進繊盾《P・ファイバー》を踏み台にして下りてきたかなめと、ビル側面の配管に左右の鎌剣《シクルソード》をフックみたいに引っ掛けて下りてきたメメトはどうすりゃいいのかな。と思ったら、かなめは車体左側面の、メメトは右側面のエンジンガードのパイプに手足を掛け、ハコ乗りする人のポーズで乗ってきた。左右のバランスは取れてるし、ジャンヌは「行く《ボン》ぞ！」とか言ってクラッチを繋《つな》いじゃったけど、こんなのアリかね。サーカスみたいな、バイクの4人乗りだよ。

　しかし、ブォォンッ！　というカッコイイ音を上げたＣＢ７５０Ｆは、さすが日本車。4人を乗せても余裕で走り出し、ジャンヌがギアを上げると加速もしっかり出来ている。

　――イスラム教国では国旗に月や星を使う事が多く、エジプトの国旗も昔そうだった。武藤《むとう》に聞かされたことがあるが、ＣＢ７５０Ｆターボはリメイク版の月光仮面が跨《また》がったムーンライト号と同車種。セーラのロードスターとは、月と星の対決になったな。

　左右に妹がくっついてるとはいえ、車とバイクじゃ幅が大違いだ。相変わらず交通量の多いカイロの道では、スリ抜けによるショートカットが出来るこっちの方が圧倒的に有利。おかげで、セーラをギリギリ追えている。

だが道を選べるのは先行するセーラの方なので、ロードスターはより空《す》いた道を選んでタイヤを鳴かせながら右左折を繰り返す。そして大きな青いドームの礼拝所《モスク》の角を曲がり、ギザの郊外へ向かう直線道路に入った。

シュロの街路樹を横目に俺たちもそれを追うが、中心街から離れるにつれ交通量も減り——次第にアクセルを踏みっぱなしにできるようになってきたロードスターが、過積載のCB750Fを引き離し始めた。

「——追っかけろ、P・ファイバー！」

かなめが、スカートから一反木綿みたいな科学剣を何枚も飛ばすが……磁気推進繊盾《P・ファイバー》は自由自在な飛び方ができる代わりに速度がさほど出ない。必死にロードスターを追ってはいたが、先端部分で赤い光をチカチカさせながら1枚ずつ戻ってきてしまった。視覚的に分かった。バッテリー切れだ。

かなめの科学剣は、近接する全ての剣が相互に空間伝送で電力を融通し合うシステムになっていると聞いた事がある。つまり今、かなめの科学剣は全てバッテリー切れの状態にあるのだ。かなめはここでも手柄を焦って、ミスをしてしまったな。

「このままだと、見失いかねない……！」

困った声を出すジャンヌの後ろで、俺はメメトの背中からWA2000を借りる。

「セーラが運転してる間は、矢は来ない。こっちが攻撃し放題だ。郊外に出て、他の車も路上の市民もほとんどいなくなってきたし……ちょっと肩を借りるよ」

ＷＡ２０００の長いフォアエンドをジャンヌの肩に載せさせてもらい、ロードスターのタイヤを狙おうとスコープを覗《のぞ》き込《こ》む。だがエジプトの車道は整備不良で凸凹しており、こっちもあっちも車体が揺れまくる。そのせいで、すぐには狙いが付けられない。

しかし、狙う時間はタップリある。セーラの反撃が有り得ないからだ。弓矢を扱うには弓を持つ手と矢をつがえて弦を引く手、つまり両手が絶対に必要だ。車のハンドル操作を片手でしようとも、もう片方の手だけでは弓矢は使えない。香港《ホンコン》で孫《ソン》がやったように足で車のハンドル操作をする曲芸でもしない限り、セーラが弓矢を使う事は絶対できないんだ。

そう高をくくり、砂漠迷彩《デザートカスタム》のスコープでセーラの車を狙っていると……

（……!?）

スコープの視界の端で、後ろを振り返ったセーラが、孫とは別の曲芸を始めた。

セーラは右手で車のハンドルを握ったまま、矢を番《つが》えた弓を左手でこっちへ向けて――あむ。矢筈《やはず》と弦を口で咥え、ぐいっ――口で、弓を引いたぞ。イーだの顔になってるから分かるが、犬歯に引っ掛けて弦を引いてる。

……ヒステリアモードの俺《おれ》にすら想定外だったよ、そんなの……！

「――頭を下げろッ――！」

俺は叫んで、射撃を中止する。シャッ！　と飛来した矢は、ビシッ！　ＷＡ２０００のフレームとバレルの間に挟まって、鏃《やじり》が俺の目の1㎝前で停止した。危ないなもう。

セーラは、あむ――シャッ！　あむんっ――シャッ！　と、片手と口で後ろ向きに矢を射《う》ってくる。だがそれは、ズガン！　ズガンッ！　セミオートマチックのWA2000で、俺が銃弾撃《ビリヤード》ちの要領で撃ち落としていく。オランダで俺が殺されかけた、風で矢の軌道を微調整する魔術は使ってこないな。運転＋弓射に集中力が要されるせいで、さらに魔術を使う余裕は無いっぽい。

矢をムダにしたくないのか、セーラは射ってくるのをやめたが……

かなり俺たちを引き離せたにも拘《かか》わらず、道を左右に折れて身を隠そうとはしない。

（――セーラは何らかの意図を持って、どこかへ向かっているのか……？）

今さらながらその可能性がある事に気づき、俺は考える。

セーラはギザを西南へ向かっている。その向こうにあるのは砂漠だ。まさかオンロード車のロードスターで砂漠に出るつもりではないだろう。しかもセーラは契約上、カイロの近郊より外には出られないハズなんだ。ギザはカイロとナイル川を挟んで隣接してるからまだ近郊と言えるだろうけど、その外はどう解釈してもアウトだろう。じゃあギザの町の西南部に、砂漠以外の何があるというんだ？

突如――ウォォーンッ！　どういうワケかロードスターはギアを2速《セカンド》ぐらいまで落とし、それでもフルスロットルする音を上げた。それから、キュギュギュゥーッ！　タイヤから砂塵《さじん》だけじゃない摩擦の煙を上げ、走りながら車体をスピンさせ始めたぞ。

落ちてたバナナの皮でも踏んで回ってるのかな？　――いや、スコープで見たセーラはカウンターステアを当て、両足でアクセルとブレーキをせわしなくコントロールし、体の重心をスピン方向へ寄せてもいる。わざと車を回転させているんだ。

（……!?）

ロードスターは前方へ滑りながらも減速していくので、こっちは不審がりつつも距離を縮めていく。スコープの中のセーラが……何か、独り言している。3回転、4回転スピンするから読めた唇も途切れ途切れだったが、ヒステリアモードの頭で欠けた部分を補って読唇できた……『――大竜巻地獄《ヘルウルタイフーン》――』……!?

白い車体が巻き上げる砂塵が、ザザザ……ゴゴゴゴゴ……と、増えていく。

そしてみるみる内に、ゴゴゴゴウゥウゥウゥ……！　セーラの車を中心にした竜巻に、変わっていく……！　デカいぞ、目分量ではあるが、あの風速は藤田《ふじた》スケールでいうF2――バイクどころか自動車だって吹き飛ばすような、60m／s級だ……！

――そしてその大旋風は、ハッキリと俺《おれ》たちの方へ向かって移動してきている。

砂混じりの竜巻の向こうのセーラは巧みなステアリングで車の向きを直し、再び南西へロードスターをカッ飛ばしていく。その後ろ姿が、近づいてくる大竜巻のせいで見えなくなってきた。俺たちには全身にヤスリをかけられるように砂がバチバチ当たり、目さえも開けていられなくなってきた。まだぶつかっていないのに、なんて猛烈な風力だ。直撃を喰《く》らったら転倒は免れないぞ。追跡を諦めて、避難するか——？

「——揺らすぞ、しっかり掴《つか》まっていろ遠山《とおやま》、かなめ、メメト！　——行けぇッ《アーレィ》！」

最後は自分を鼓舞するように叫んだジャンヌは、ギアを下げつつもスロットルは全力で引いている。そして竜巻にフェイントをかけるように、右、左、右。バイクをスラロームさせ、ザザザザザァァッ！　暴風域を掠《かす》めるようにしながら、車道から側道へ、側道から舗装されてない砂地——というか砂漠の端へ出ていった。

モーターボートの水飛沫《スプラッシュ》のように砂を左右へＶ字に跳ね上げつつ、ＣＢ７５０Ｆが走る。砂漠の走行など想定してないスポーツバイクだが、そこは日本製。ぺんてるのボールペン同様、エジプトの砂にも負けず走行できてるぞ……！　ありがとう日本の工場の皆さん！

そのまま避《よ》けられるかと思いきや、敵も然《さ》る者で——セーラの大竜巻は急カーブして、その暴風域に俺たちを取り込もうとし続ける。ホーミング性を持って、追ってきてるぞ。

だが、

「——『モンペリエの雹《かざ》』《Grêle de Montpellier》——！」

ジャンヌが片手を翳《かざ》して叫ぶと、サァァァーッ！　と大砂色の竜巻の内部に白い何かが無数に生じる。小さな氷の結晶らしいそれらは急速に増え、サイズを増していく。

ガチャガチャと互いにぶつかる音を上げ始めた、氷の塊は——雹《ひょう》。それが大竜巻の中で気流をジャマし始めた。一部の雹《ひょう》は漏斗雲の中を流れる上昇気流に乗ってビュンビュンと天高く打ち上げられているが、多くの雹は竜巻の外周をグルグル回って風を妨害している。雹混じりの大竜巻は動きが鈍重になり、ホーミング性が阻害されて……

そのおかげで、ＣＢ７５０Ｆは大竜巻と擦れ違う事ができた。背後を見ると、大竜巻はＵターンできずに砂漠へ出て行ってしまい、霧散しつつある。

——よかった、ここはジャンヌのファインプレーで助かったよ。やっぱり一流の魔女を連れてきて正解だったね。

改めて、前方に向き直ると——

今の大竜巻が巻き上げた砂が晴れて、俺《おれ》たちの前方に視界が開けていく。

ギザの郊外に建つ、疎《まば》らな建物の合間に見えてきたものは……

「……おお、あれが……」

「やっぱり、だよね。あの白いのが……」

ジャンヌとかなめが言い、メメトが「——そうですわ」と応え、

「できれば、もっと平和的なシチュエーションで見に来たかったね」

と、俺が溜息《ためいき》する。

——ピラミッド。

それもここからだと、２つ見えた。実際には茶色らしいが、目映《まばゆ》い太陽光に照らされて

白く輝く——ギザのピラミッド群だ。

その世界一有名な遺跡が今、青空に浮かぶかの如《ごと》く聳《そび》えている。

最も大きなクフ王のピラミッドの高さは138・8m。1㎞以上は離れたここの事さえ悠々と睥睨《へいげい》しているその存在感は、身近な例で言えば新宿《しんじゅく》の東京都庁舎、六本木《ろっぽんぎ》のヒルズ、池袋《いけぶくろ》のサンシャイン60といったランドマークを思わせる。

ピラミッドがそれらと決定的に違うのは、造られたのが紀元前26世紀、今からおよそ4500年もの過去だという事だ。俺がローマで訪れた円形闘技場《コロッセオ》でさえ、古さでいえばピラミッドの半分も無い。

セーラのロードスターは、そのピラミッドの手前の街へ向けて左折していく。観光客の多い地域に逃げ込めば、自分も目立たなくなると考えたか……？

いや、そうではなさそうだ。何だあれは。続いて車道を左折した俺たちの目に、前方の大通りの先が蠢《うごめ》く何かのカタマリで埋められているのが見えてきた。

それを見たメメトが、眉を寄せて——

「……それでセーラはここへ向かっていたのですね。あれはエジプト出身の聖人メナスを祀《まつ》る祭。自分たちこそ古代エジプト人の末裔《まつえい》と信じるコプト教徒が、ピラミッドを望めるあの街に集まってるのです。今年はそれがイスラム教徒のヒジュラ暦での聖者の生誕祭《マウリド》とカブり、ダブル祭になっているのですわ」

近づくにつれ、大通りを塞ぐカタマリは群衆だと分かってきた。まるで浅草《あさくさ》の三社祭《さんじゃ》、台場《だいば》のモーターショー、コミックマーケットみたいな人出だ。人を轢《ひ》きかける勢いでその手前に車を急停車させたセーラは、弓矢を手に群衆の中へと逃げていく。

ジャンヌがリアタイヤを横滑《スライド》りさせてバイクを停《と》め、その勢いのままに俺《おれ》たちも祭へと飛び込み——コプト教徒、イスラム教徒、観光客たちを掻《か》き分《わ》けて進む。

エジプトのお祭りには屋台が道の脇にギッチリ並び、日本の縁日と似たムードになっている。サトウキビジュースの屋台、怪しい薬の屋台、砂糖菓子でできた花嫁人形の屋台、驚いた事に日本のとソックリな綿飴《わたあめ》の屋台もあるぞ。子供たち向けの有料ブランコ、ミニお化け屋敷なんかも出店してる。

日本でいう神輿《みこし》みたいなノリで、ロバに牽《ひ》かせたカラフルな山車《だし》が広場へ向かっていて……セーラは、その山車の陰に隠れて進んでいる。セーラ本人は群衆の中で見えずとも、長弓が人混みの上にハミ出て見えてるから分かるぞ。

とはいえ密集した群衆の中ではこっちも走れず、なかなか接近はできない。それに……今アイツをヘタに刺激するとパニクって、さっき売店を破壊した時みたいな無差別攻撃を働くおそれがある。むしろこっちも気配を消して、この距離を保って追跡するんだ。

俺は混雑の中、かなめ、メメト、ジャンヌにそれをハンドサインで伝え、祭に沸く街を——セーラを尾《つ》けて、西へ、西へ、ピラミッドの方角にある聖者廟《せいじゃびょう》の方へと進んでいく。

セーラは俺たちが弓を目印にして的確についてきている事に気付かず、聖者廟の裏手に抜け出た。そこはピラミッドに続く砂漠の広場の端で、何台かの車が適当に駐車しており……人けも少ないとあって、セーラはまた車を盗もうと物色し出した。

そこへ俺、食用ホオズキのジュースを持ったジャンヌ、ピンク色の綿飴を頬張《ほおば》りつつのかなめ、ピーナッツを飴で固めたローカル菓子を咥《くわ》えつつのメメトが出てきたので……

「――なんでこっちだって分かったのか!?」

セーラは弓を抱っこして、跳び上がるほどビックリしてる。

その弓だよ、とノド元まで出かけた俺だが――それで今後弓を横に倒して移動されてもアレなので、

「美女の行き先が読めないようじゃ、男をやってられないよ」

ここは、イケボとウインクでごまかしておく。

するとセーラはぐぬぬ顔になって赤面し、けりりっ、けりりっ！　こっちに砂を蹴り上げてきた。

そしたらこれが風に乗って俺の目に入るし、ジャンヌは俺を盾にして背中側に隠れるし、かなめとメメトはお菓子を守るために回れ右するし。

せっかく追いついたのに、また逃げられちゃったよ。

でもマジェスティもロードスターも無いセーラは、広大な東部リビア砂漠に足で走って

出ていく。とはいえそこは砂漠といっても観光客のグループが点々といて、ピラミッドを背に記念撮影をしている公園みたいな広場だ。

広場ではエジプト人の詐欺師たちが世界各国の観光客たちにスリ寄り、あの手この手で金を要求している。が、弓矢を持って走る女の子と拳銃や聖剣や科学剣や鎌剣を手に走る一団から金を巻き上げようという命知らずはいない。

セーラはピラミッドを回り込むように砂漠公園を走り、走り……俺《おれ》たちもそれを追う。砂を蹴って走るのは、舗道を走るのの倍は疲れる。メメトだけは慣れてるらしく、そんなでもなさそうだが。

走っている内にセーラと俺たちとピラミッド群との相対的な位置関係は変わり、さっき2つしか見えなかったピラミッドが3つ見えるようになってきた。この辺りは心なしか、観光客グループの密度も高くなってる。

「お兄さま！　ここは、クフ・カフラー・メンカウラーの3つのピラミッドを一望できるポイントですわ！」

「ちくしょう写真撮りたい！」

「私が撮っておくぞ遠山《とおやま》！」

ジャンヌが携帯を出してくれて、走る俺・かなめ・メメトの3兄妹《きょうだい》とクフ・カフラー・メンカウラーの3大ピラミッドが一緒に写った記念写真が一応撮れたは撮れた。セーラの背が見切れてるのが難だが。

――直後、

「ん……なんか、動物園っぽいニオイが……？」

かなめが俺と同様の鋭敏な嗅覚を発揮してそんな事を言うが、俺もそれっぽいニオイを感じ取った。

ニオイの発生源の方角を見やると……そこにいたのは、ラクダ。

ピラミッドばっかり見ていて意識していなかったが、気付けばピラミッドの近くには、ラクダ、馬、ロバが点々といる。それを連れている動物使いたちの様子を見るに、それはペットや荷運び用ではなく、観光客を乗せて金を稼ぐためのものらしい。実際、ラクダに乗ってはしゃいで写真を撮ってる欧米人の観光客もちらほらいるよ。

「セーラがラクダの方へ走っていくよ」

「私たちに対抗して記念写真を撮るつもりでしょうか」

「逃げてる途中にか」

「あれもそこまでのポンコツじゃないだろう。いや、そこまでのポンコツかも……」

かなめ、メメト、ジャンヌ、俺が走りながら話す中……

セーラは、おすわりしているラクダ――を飼っている観光ラクダ屋の男の方へ突進していき、いきなり弓を槍《やり》みたいにして弓弭《ティップ》で鳩尾《みぞおち》を一突き。男をブチ倒し、勝手にフタコブラクダのコブとコブの間にヨジ上った。そして、「はーっ！」と叫び、弓をムチみたいにしてラクダのケツをバシバシ叩《たた》く。

するとラクダは、後肢、前肢の順に脚を伸ばして立ち上がり……ボエエェェイ……と、かわいくない吠《ほ》え声《ごえ》を上げて、移動し始めたぞ。

だが、しょせんラクダだ。ノンビリゆらゆらとしか歩けないんだろ？　というのは俺《おれ》の偏見で――ドコッドコッと太鼓みたいに蹄《ひづめ》を鳴らし、ボエェーイと鳴きながら走り始めたラクダは……意外と速いんだなオイ！　もう時速40㎞ぐらい出てるぞ⁉

「マズい、あれで砂漠をどんどん逃げられたら――追えなくなるッ」

だがここの広場には乗り入れが禁止されているのか、車やバイクがない。あっても車やバイクはどこまで砂漠の砂に耐久できるか分からない。ジープのような都合のいいものも見当たらない。

「――遠山《とおやま》、これに――！」

ジャンヌの声に振り向くと、そこには観光客の記念撮影用にカラフルな鞍《くら》をつけた馬がいた。砂漠には繋《つな》いでおく木や柱がないからか、馬は1本の前肢を膝の所で折り畳まされ、伸ばせないよう縄で結ばれてる。それで可哀想《かわいそう》にもジッとしていたわけだが、ジャンヌが抜いたデュランダルをゴルフみたいに一回しすると縄が切れ――馬の足は自由になった。

さっそく勝手にポコポコ歩き始めた馬を見て飼い主のオッサンは何やら激怒しているが、

今は緊急事態だ。

「――私に続け《フォロー・ミー》！」

ジャンヌが手綱を取り鐙《あぶみ》に足を掛け、ヒラリと騎乗する。俺もジャンヌの後ろに2ケツするが、耐荷重はそこまでらしい。いくら耐久力に優れるアラブ馬でも、かなめとメメトまでもは乗せられなさそうだ。

「セーラが契約違反覚悟で砂漠をどんどん逃げたら厄介だ。こっち側に追い立てるから、かなめとメメトは待ち構えておいてくれ」

そう言い残して、俺は今度はジャンヌが駆る馬で砂漠を移動し始める。

「……！」

俺たちがしつこく追ってくる事に気付いたセーラは、ひらり、ひらり。ラクダのコブに手をついてオシリを上げ、伸ばした足を振り回し、体を180度後ろに向けて座り直した。

そしてこっちに向けて弓を構え、矢を番《つが》え、キリキリッと弦を引いたので――

「そろそろ白旗を揚げるタイミングじゃないかな？　セーラ」

もう観光客も疎《まば》らな場所まで出ていた事もあり、俺もベレッタを解禁する。今セーラが体操競技の鞍馬《あんば》みたいな動きで真っ白なアレをくまなく見せてくれたから、血流も快調。ロンドンでもそうだったけど、セーラって戦いに集中するとスカートのガードにほとんど意識が行かなくなる子なんだよね。ヒステリアモード的には、与《くみ》しやすい相手かも。

射《い》られるより先に、不可視《インヴィジビレ》の銃弾気味に早撃《ファストドロウ》ちした9㎜弾が——びぃーんっ！　長弓の弦を切断し、上下のリムをびよんびよんさせた。

弦が切れれば、弓使いはおしまい。それが常識ってもんだ。と、思ったのに……そこは常識ってものが通用しない極東戦役の代表戦士《レフェレンテ》。セーラは、シャッ！　ブラウスの中から糸巻きみたいな道具を出して、そこから素早く予備の弦を取った。で、長弓の上端《ノック》に弦の先端の輪を掛け、弓の中央に膝を掛け、みょいん。弓の上下のリムを手で引っぱって湾曲させて弦を張る。この間、5秒。しかも揺れるラクダの上に後ろ向きに座ったままで。

……弦を切る方法での決着は、今回は無理っぽい。とはいえ矢も予備の弦も無限にあるワケではないからか、セーラは無闇に射《う》ってくる事はしない。弓を隠すように持ち直し、鞍上《あんじよう》でまた180度転回して前を向いたぞ。そして、ラクダをカーブさせ始め……

「……ピラミッドに……向かっているみたいだな」

「あれの向こう側に隠れた瞬間、ロフテッドで射ってくるつもりか？」

ジャンヌと俺《おれ》が追うセーラの先で、威容を誇るのは——クフ王のピラミッドだ。

クフ王のピラミッドは3大ピラミッドの中でも最大で、積まれた巨石の数は250万個とも言われている。その石の総重量は日本人全員の総体重を合わせたものより重いとか。

堂々たるその大墳墓に俺たちも近づいていくと、ピラミッドという物は遠目に見ていた時よりずっと高く感じられ、1つ1つの石の巨大さも分かってくる。この巨石を1つ1つ積み上げていったエジプト人の根気には圧倒されてしまうな。

まるで天国への階段みたいに見えるピラミッドだが、その入口に続く舗道には観光客とその観光客に絡んで金をせびるエジプト人がいて、ここが俗な人界だと思い知らされる。それをまとめて蹴散らす勢いでセーラのラクダが駆け、それを俺とジャンヌの馬が追う。

かなめとメメトは早い段階でセーラの行き先を読み、この道の奥に先回りしており——かなめがメメトを担いで計４本の腕を広げ、上下二連の通せんぼうの構えを取っている。

だがラクダという動物は２人が想定するよりずっとパワフルで、ボエエェエーイ！　と咆吼《ほうこう》し、セーラが張り手みたいな手つきで放った突風とタイミングを合わせた体当たりで、妹たちの人間バリケードを蹴散らしてしまった。

転がるかなめとメメトを横目に、セーラはラクダを乗り捨てて——ピラミッドの入口に向かう階段を、そこにいた観光客たちを弓で払い落としながら駆け上がっていく。

セーラめ。逃げるに事欠いて、ピラミッドの中に逃げ込む気か。

入口付近には、これも本物か偽物かは分からないものの拝観料を取るオジサンがいたが——そいつも無視するどころか蹴り転がしてどかしたセーラは、すぽっ。

入っちゃったぞ。ピラミッドに。

やむなく俺とジャンヌも馬を下りて、ピラミッドの側面入口へと階段を上がっていく。

起き上がった妹たちも走ってついてきて、

「私は寡聞にして知らないのだが、あれの内部はどうなっているのだ。地下迷宮のようになっているのか」

「いいえ、小学校の社会科見学で来て以来ですが……おおむね一本道、奥は行き止まりになっておりますわ！」

怖がるジャンヌを、メメトが励まし——俺《おれ》たちも、クフ王のピラミッドへと入っていく。

洞窟みたいな入口付近は電灯で照らされており、水平に道が続いていた。そこで観光客たちを追い抜きながら20ｍほど走ると、上り階段が始まる。

足下には靴が引っ掛けられるような木板が張ってあったが、とても急な斜面だ。しかも身を屈《かが》めないと入れないような狭さで、閉所恐怖を催さずにはいられない。

低い天井に頭をぶつけながら暑い中を登り続けるのは正直キツいが、それはスカートを翻して先を行くセーラも同じハズだ。

急に天井が高くなったかと思うと、広い階段に出た。中央に手すりがあって上り下りの交通整理がされてある、大回廊だ。セーラが弓を手に上がっていくので逃げて下りてくる人も含め、いろんな国の観光客とすれ違いながら階段を上がり続ける。

換気はされているようだが全く不十分で、奥に進むにつれ室温は高くなり、酸素は薄くなる。また道が狭く低くなった。くぐり穴みたいな通路だ。セーラのオシリを追っかけて、そこを抜けると——

──そこはクフのピラミッドの心臓部、王の間。

奥行き10m半・横幅5m余・高さ6m弱。世界で最もミステリアスなこの318㎥の空間は、クフ王の玄室と言われている。

石天井・石壁・石床の室内には、この部屋の永遠の主の寝床──花崗岩《かこうがん》を刳《く》り抜《ぬ》いた、石の棺《ひつぎ》が安置されている。

王の部屋では畏《かしこ》まるべきだろうに、そこにもいた欧米人の観光客たちは携帯から音楽をジャカジャカ鳴らし、歓声を上げて記念の自撮り動画を撮っている。もっと静粛にしろよとも思うが、こんな不気味な所、シーンとしてたら怖くてたまらないところだった。少しだけ感謝だ。

だが、セーラはどこだ。消えたぞ。石棺の中や観光客の後ろを探すが、いない。どこかピラミッド内の別の場所、女王の間や地下室に行ったのか？　いや、確かにここに入っていったハズなんだ。

「──いましたわ！」

メメトが指さした6m上の天井の隅を見たら、ホントにいた。忍者みたいに両手両足を突っ張らせて、へばり付いてる。

セーラはそれがバレたんで舌打ちし、スカートをひっくり返させながら降りてきて──セーラを見上げていた俺の顔面を踏み台にし、床に降り立った。すぐさま玄室をグルグル逃げるセーラを俺《おれ》が追い、俺にかなめ・メメト・ジャンヌが続く。その様を、これが男女5人の痴話ゲンカだと誤解したらしい観光客たちが囃《はや》し立《た》ててる。

「遠山《とおやま》、よそ見するなッ、セーラを捕らえるのだ！」

「わ、分かってる！　ていうかお前もどこ見てるんだ、ちゃんと追いかけてくれよ！」

ジャンヌと俺はそう言い合いつつも、どうしてもクフ王の間をちゃんと見ておきたくてキョロキョロしてしまう。かなめとメメトも同様で、心ここにあらず。セーラをちゃんと見てないから、てんで変な方向へ走り始めてるぞ。

そしたら、セーラは——ボフッ！　空気のジャンプ台を踏み、銀髪を靡《なび》かせて跳躍した。そして俺の頭を跳び箱みたいにしてさらに跳び、かなめの肩を右足で踏み、メメトの肩を左足で踏み、ジャンヌの頭上もハードル走みたいなポーズで通過して、出入口の穴へ飛び込んでいった。

「いま捕らえられたハズだぞ遠山！」

「あー、ファラオの呪いかな。掴《つか》めなかった」

実はあれこれヨソ見してたせいでチャンスを逃してしまった俺は、玄室を出て——来た道を降りていく。帰りは下り坂だから、ずっと楽だね。

ピラミッドの出入口では数人のエジプト人男性が狼藉者《ろうぜきもの》を待ち構えていたが、セーラはズクッ、ズクッ、ズクッ！　弓弭《ティップ》で人中やら喉笛《のどぶえ》やらを突いてそいつらを秒で全滅させ、風のように出ていく。セーラは格闘戦弱いと思ってたけど、一般人相手なら強いのね。

クフ王の魂に心の中で謝りながら、ピラミッドを出ると——太陽が再び俺たちを迎えてくれる。一瞬姿を見失ったセーラを探すと、なんとセーラはピラミッドの石にしがみつきズリズリとその表面を上へと向かっている。両手足をX字に広げてカサカサ上がる、どうやってるのか謎なボルダリング法だが……実際に1段、また1段と、登れちゃってるぞ。

観光客が下の数段を登るのは大目に見られてるとはいえ、ピラミッドに登る事は法律で禁じられている。が、セーラはそもそも無法者だ。

「4人で追いかけるぞ！　ピラミッドは4面ッ。上の方で分かれて4方向から上がれば、頂上で追いつめられる！」

名案を披露したぞ的なドヤ顔で言うジャンヌはさておき、上から矢を射かけられ放題になってしまうのは良くないので——やむなく、俺もピラミッドのボルダリングを始める。石はザラザラした感触で、指や爪先を掛ける場所も多い。登れそうだぞ。

「まさかピラミッドを登る事になるなんて……」

「セーラ！　クフ王にバチを当てられても知りませんわよッ？」

かなめとメメトも呆《あき》れながら、ピラミッドを登り始める。すると、セーラは——さっきジャンヌが言っていた方法で追い詰められると思ったのか、ぐぬぬ顔で振り返っている。

「やめろ！　くるな！　お前たちなんか、ピラミッドの上に来たって蹴散らしてやる！

戦いは常に、上にいる方が強いんだぞ！」

セーラが、ピラミッドの傾斜角51・5度の下方向にいる俺《おれ》へ向けて弓を構え——

——シャッ！　熱い風を切って飛んできた矢を、

「散らせるものなら、散らしてごらん」

——パシッ。石の上に立つ俺は、白刃取り《エッジ・キャッチ》というか白羽握り《エッジ・グラスプ》だ。

「……っ……」

「言っておくけど、俺はこれを銃弾でも出来るよ」

歯ぎしりするセーラに矢を掲げるようにして言うと、

「——うるさい！」

セーラが2本目の矢を射《う》ってきたので、俺は左手でも白羽握りをやってみせる。

そしたらセーラは「これでどうだ！」と3本目を射ってきたから、口で白羽噛《エッジ・バイッ》みをしてみせてやった。そしたらセーラが「え、じゃあ、次は瞼《まぶた》で挟むのか？」と4本目を射ってきて、それもやってみようかなと思ったけどやっぱり怖かったので、俺は右手に握ってた1本目の矢を放して4本目を掴《つか》んだ。

——ここへきて、セーラの攻略法を発見だな。セーラは遠距離だと矢の軌道を風で操り、ホーミング性を持たせてくる。今みたいな中距離でもそれをやってるらしいんだが、矢が放たれてから俺の所に至るまでの時間が短いので、大した軌道操作ができてないのだ。

近づきすぎると魔術が来るが、この距離を保っていれば、もうアイツは矢を使い果たすぞ。矢筒の先は後ろ髪で巧みに隠してるが、今の時点でもうあと1本しか無いっぽいしな。

と、俺《おれ》が勝利を確信した顔をすると――

「――できれば、これは使いたくなかった」

セーラはそう前置きしてから……

……ぶんっ、ぶんっ、ぶんぶんぶんっ。

バトントワリングのように、ロングボウをグルグル振り回し始めた。で、

「――超竜巻地獄《ヘルウルテンペスト》――！」

俺たちを怖がらすためにかセーラは技名を叫んだんだが、それ。それの後半、同じ名前。

俺の鉄嵐《テンペスト》と同名じゃんそれ！

だが……セーラと商標権について争議しているヒマはなさそうだ。

セーラが回転させる弓を起点に、周囲に上昇気流が生じ、上昇気流が竜巻を生じさせ、竜巻は直径を1m、2m、5m、10m……と、際限なく拡大させていく。

ピラミッドの壁面を吹き荒れる竜巻が、その外周を俺たちの所に迫らせてくる。竜巻の漏斗雲の内外の気圧差はグングン広がり、周囲の砂が盛大に吸い上げられていく。

大小の砂が、俺たちに高速で襲いかかる。ピラミッドの下では観光客たちが悲鳴を上げ、

クモの子を散らすように逃げている。
まさに風の魔女といった風情のセーラは、もう嵐の向こうに微《かす》かに見えるだけになった。
超竜巻地獄は中心に近い方が荒れる仕組みをしており、かなめたちよりピラミッドの石を
もう2段ほど上がっていた俺はその影響を最も受けてしまう。そこで、
「——超竜巻の生贄《テンペスト・サクリファイス》——ッ！」
セーラが嵐の向こうで叫び、自分自身もフッ飛ぶような勢いで風を強めてきた……！
（……ッ……！）
ヒステリアモードは自重が増えるものではないので、体を掬《すく》い上げ《あ》てくる上昇気流には
抵抗する術《すべ》が無い。俺の体は回転性の風の流れに攫《さら》われ、パンッ！　と、急減圧で鼓膜が
痛いほど鳴った。平衡感覚が失われ、足裏からピラミッドの石に触れている感触が消える。
——マズイ……！
俺の体は今、超竜巻に吸い込まれ、漏斗雲の中を通って空へ吹き上げられている……！
木の葉のように舞い上がった俺は、目まぐるしく移り変わる視界をヒステリアモードの
脳内で何とか結像させる。驚いた事に、俺の体は今やピラミッドの半分程——70m近くの
空中でスピンしているらしい。銀髪を広げたセーラも同じぐらいの高さまで吹き上がり、
スカイダイビングのニュートラルポジションみたいな体勢でさらに上昇中だ。
漏斗雲の上から出た俺とセーラは、豪雨のように降り注ぐ砂と共に自由落下していく。

およそ90m——25階建てビルの高さからの転落。しかも真下の落下地点は、ピラミッドの硬い石灰石だ……！

（ヤバイ……！）

セーラは空気のクッションで安全に降りられるんだろうが、この転落距離は俺《おれ》にとって命取りだ。だが多点着地法に橘花《きっか》を組み合わせれば、なんとか死なない程度にダメージを軽減できるかもしれない。それでもグチャグチャに手足を骨折はするだろうが——

「——ッ……!?」

体が、動かない。気流が俺を縛っている。ワイヤーが全身のあちこちにデタラメに巻き付き、雁字《がんじ》搦《がら》めにされているような、不自然な感覚。

これはセーラが、風で俺を縛っているんだ……！

マズいッ。このままこの速度で石の上に落とされたら——頭蓋は割れて脳が飛び散り、肋骨《ろっこつ》も全て折れて五臓六腑《ごぞうろっぷ》をザクザクに切り裂くだろう。手足だけでなく首の骨も背骨も粉々になって、即死は免れない。そうなったら、回天《かいてん》やメメトの治癒術でも復活できない。

俺の脳裏を——

『——砂嵐の中で決して勝てない敵に会うことでしょう。お兄さまは死に、敵は生きる。それが定めです——』

東京でされた、メメトの占いがよぎる。

「——お兄さまっ——！」

その、メメトの声と共に——落下した俺は、どしんっ！　と、何かに抱き留められる。

「……!?……」

これは……俺と戦った時のパトラが造った、砂のスフィンクス……！

あれより二回りは小さく、デキも悪いが、メメトが操縦しているらしいそいつが人間のように砂の後ろ足で立ち、砂の両腕とお腹《なか》で俺を抱き留めてくれている。おかげで、俺はピラミッドへの激突を免れ……メメト製だと持続時間も極めて短いのか、スフィンクスの砂人形《ゴレム》は古代エジプトのお経みたいなものを唱えながらザラザラと崩れていった。

スフィンクスが崩れた砂の中に立つ、俺の方には——

「しぶといやつッ——それなら、見せてやる。『絶対に当たる矢《アロー・フェイルノート》』を！」

空気のクッションで空を何段かジャンプしていたセーラが、ボフンッッッ!!　ひときわ大きな空気の破裂でスカートをノズルのように広げて飛んできた。

飛びながら弓矢を構えたセーラは、ぐんぐん近づいてきながらも矢を放たない。

俺が視界をヒステリアモードの見せるスーパースローの世界に切り替えると、なるほど。セーラは俺に飛びかかりながら、ゼロ距離から矢を放つつもりなんだね。確かにそれなら絶対当たる矢って言えそうだけど、なんかそれ言い方としてズルくない？

セーラが前に突き出した両足で俺の胴体を挟むようにのしかかってきながら、矢の先を

俺《おれ》の喉《のど》に接触させる。そして――パッ――！　引き絞った弦から右手を離したが、

「――ピラミッドっていうのは元々、お墓なんだろう？」

矢は俺に飛んでこない。というか、1㎜も動かない。

なぜなら、俺が矢の棒《シャフト》の部分を握って止めてるから。

俺は矢の先をそっと自分の首の脇に逸《そ》らさせてから引き抜き、目を丸くしてるセーラの腰を抱き寄せる。

「……きゅうっ……！」

鳴き声みたいなのを上げたセーラの側頭部の小さな三つ編みごと、後ろ髪を人差し指で少し持ち上げてやると――背中の矢筒が見える。

さっき俺が察した通りで、矢筒にはもう矢がないね。

「お墓では静かにするものだよ、セーラ」

遠距離でも近距離でも強いけどゼロ距離だと弱いらしいセーラは、縋《すが》るように弓を抱きしめていたが……

男女が片方だけじゃ何も起きないのと同じで、弓矢は弓だけじゃ何もできない。

これにて、一件落着だ。

東京から1万㎞の距離を詰めて、ようやく君をこの腕の中に収めたよ。セーラ・フッド。

セーラを尋問するにしても、砂漠でやってたらお互い干からびてしまいそうだったので……俺は小さくて運びやすいセーラを小脇に抱え、ピラミッド前の広場を後にする。当初セーラはナイルワニみたいにジタバタし、俺にぽかぽかパンチをしていた。でも密着状態から細い腕で叩《たた》かれてもダメージは皆無なんで、それを悟ったセーラは自分の運命を受け入れてグッタリとなった。弓は、取り扱い方を知ってるジャンヌに預かってもらったよ。

お祭り《マリウド》で混雑するさっきの町に戻り——とにかくクーラーのある所に入りたかったので、偶然見つけたピザハットに入る。日本だと宅配の印象が強いが、エジプトのピザハットは普通に店内でも食事ができるようだ。

エジプトでは昼食をガッツリ食べるものなので、メメトに注文を任せたらかなり大量のピザとジュースが出てきた。それを抱え、俺たちは比較的空《す》いている2階に行く。で、テーブルについたら——そこは窓越しに本物のギザの大スフィンクスと目が合う席だったよ。スゴイ所にあるな、このピザハット。

……羊肉《マトン》のピザは脂っこく、暑い砂漠を走ってノドもカラカラなので、

「アルギソースとカッカリンのジュースも、お祭り期間限定で売ってましたわ」

メメトが配ってくれたジュースが引くほど真っ黄色と真っ赤な色をしてても飲んじゃう俺たちなんだが……これがどっちも飲んだ事のない、近未来感のある味。アルギソースは何やら金属っぽいエナドリみたいな感じの、カッカリンとやらは薬で合成したイチゴ味と

サクランボ味を混ぜた感じの飲料だ。

ともあれノドの渇きは収まったし、ピザを流し込んでるうちに血流も胃袋の方に行ってくれた。ヒステリアモードが残ってると、女子への尋問は甘くなっちゃうからな。これでしっかりセーラを詰める事ができそうだ。

セーラはジャンヌが持ってきていた対超能力者用《アンチ・ステルス》の手錠をかけられ、かなめとメメトに左右を囲まれ、呆然《ぼうぜん》と座っている。で、

「……私は、敗れた……仕事に関する戦いで、生涯、負けてはならないのに……」

などと光を失った目でボソボソ呟《つぶや》き、カッカリンジュースをちびちび飲んでる。

「生涯無敗宣言ってのは負けフラグなんだよ。こないだ戦った不破《ふわ》ってヤツも無敗記録を俺《おれ》に止められたしな。ていうかお前、前にロンドンでもサイオン・ボンドに負けただろ」

ちょっと焦げてるチキンのピザを取りながらの俺がセーラにツッコむと、

「あれは緋鬼《ひおに》に加勢すればOKの仕事だった。ちゃんと仕事は出来てたから、ノーカン」

とか、否定してくる。意識高い割に自分ルール緩くない？

「セーラも食べる？　ピザ」

今はもうノーサイドって感じで、かなめがベジタブル・ピザを勧めるが……

「それはチーズが載ってるから、いらない。動物性のものはキモチ悪いから食べない」

セーラはソッポを向く。セーラのヴィーガンは主義主張とか宗教上の理由じゃなくて、

単に好き嫌いなんだね。

結局ジュースしか飲まなかったセーラは、俺たちがピザを食べ終えた後もふてくされたまま……魔術封じの手錠をされた手で、側頭部の三つ編みを編み直している。空《から》の矢筒やブラウス内に隠していた道具入れらしきウエストバッグもジャンヌが没収したので、もうセーラはただの女の子だ。

「で、お前にノーチラスとイ・ウーの件の伝言を依頼した『尻尾の女』ってのは、どんなヤツなんだ」

テーブルの対面に座っている俺が、取調官みたいに身を乗り出して訊《き》くが――

「忘れた」

と、セーラはジト目で答えてくる。

まあこういう生返事には、レキで慣れてる。目線を合わせてくる分、まだセーラの方が人間味があるぐらいだ。

「じゃあポットで熱湯でもかけたら思い出しますか？　それとも爪を剥《は》がす方が思い出しやすいでしょうか？」

……そういうのが好きなのかニコニコと言うメメトに、「お前、超能力捜査研究科《SSR》より尋問科《ダギュラ》の方が向いてるんじゃない……？」と俺は引く。

一方のセーラはそんなコワイ話をされても、

「なんでもすれば。私はプロ。何をされても絶対言わない」

と、頑《かたく》なである。

なので俺《おれ》は食い物攻めにしてやろうと考え、かなめとメメトに追加で山ほどのポテトを買ってこさせた。「お駄賃に好きなだけ食べていいぞ」と言ったら、妹たちはパクパクと美味《お》しそうにポテトを食べていく。さっきあんだけピザ食べたのにね。ちなみにイスラム教には豚を食べてはならない決まりがあり、豚背脂《ラード》もタブーなので、エジプトのポテトはカット後にオーブンで香ばしく焼いたグリルドポテトだ。

それをセーラは無視している……と見せかけて、その藍銅色《アズライト》の目で時々チラッチラッと見てるので、

「ていうかお前、ブロッコリー以外のものも食べれるんだよな？」

一応、素朴な疑問を投げかけてみたら、

「それはバカバカしい質問。人がブロッコリーだけで生きていけるわけがない。キンジは私がローマでナスのコロッケを食べたのを見ていたはず。当然、ジャガイモも食べられる。だからそれを分けたいというなら、食べてやってもいい」

けっこう饒舌《じょうぜつ》に返してきたな。

「じゃあ食べたら尻尾の女について喋《しゃべ》るか？」

「かもしれない」

というセーラに、ポテトを一山与えると……ぱく。ぱくぱく。ぱくぱくぱく。

手錠をされた手で器用にどんどん頬張《ほおば》り、ジュースでお腹《なか》に流し込んでいく。コイツも
かなめやメメトと同年代で、食べ盛りのお年頃だからな。

「……じゃあ話せ。尻尾の女について」

改めて俺がグイッと身を乗り出して取り調べを再開したら、

「なんのことか？」

コイツめ……

しかも指についたツバを俺の防弾制服の袖で拭いてきやがるし。

「尋問は相手が嫌う行為をするのがコツですわ。お兄さまは女子に嫌われるキモい行為が
得意じゃないですか♡　がんばれ♡　がんばれ♡」

「そう言われてもな。俺、尋問あんまり上手《うま》くないんだよ……」

なんだか面白がってるっぽいメメトに形だけの応援をされる俺は、イスに体育座りして
三つ編みを編み直すセーラを前に頭を抱える。

確かに非ヒステリアモード時の俺は女子に嫌われる行為が得意というか、行為を勝手に
女子が嫌ってくる。って事は、普通に絡んでれば嫌がってくれる……かな？

でもいざ絡もうと思うと、セーラはセーラで小《ち》っちゃくて可愛《かわい》いので緊張してしまって

俺《おれ》は千《せん》と千尋《ちひろ》の神隠《かみかく》しのカオナシみたいに「あ……」「う……」ぐらいしか話せなくなる。何か、絡むネタになりそうなものがないとダメだ。そう思って隣のジャンヌが持っているセーラの私物を見回してたら——ピンときた。セーラが隠し持っていたウエストバッグ。これの中に、家族、持病、嗜好《しこう》、金銭周りなど、何か嫌がらせに繋《つな》げられるものが入っているかもしれない。

というわけでそれをジャンヌから受け取り、中身を探る。どうも何年も毎日地肌に装着していて一度も洗ってないらしいウエストバッグからは、一歩間違えたらクサいレベルで濃厚なセーラのライムっぽい体臭がする。イヤすぎる。急いで探ろう。

「……」

ところがこの中身が……予備の弦、鏃《やじり》、矢に搭載するものらしい乾電池サイズの炸薬《さくやく》、矢羽根に使う孔雀《くじやく》の羽根、十徳ナイフ的な工具。弓矢関係の備品ばっかりだ。つまんな。あと日本の木工ボンドが入ってたから「これは何に使うんだ」と聞いたら「見れば分かるはず。矢羽根を矢につける接着剤」とのこと。これのニオイの中毒とかでもないか。

……ん？　もう一つ、緑色の小ぶりなポーチが入ってるぞ。チャックで開閉するやつ。

(触り心地からして、弓矢関係のものとは少し違う感じだな。怪しい……)

このポーチという謎の小袋を、女子という生物は全員なぜか持っている。アリア、白雪《しらゆき》、理子《りこ》、ロボットとアダ名されるほど性を超越しているレキも、9割ぐらい男の蘭豹《らんぴよう》でさえたまに持っていたのを俺は目撃している。しかもヤッらはこのポーチを妙にコソコソ隠し持っていたフシがあるのだ。なので、おそらく貴重品が入っているものと思われたが……隠し持ってるもんだから、男子の俺はその中身を知らされることは無かった。

かつて無人島でネモのポーチを査察した時に貴重品は見当たらなかったが、あれは俺に探られるリスクを察して漂着前に隠蔽工作をしたのかもしれない。と、陰謀論者みたいになるほど俺はこの女子のポーチという物体を疑いまくり、近年注目している。

「これが怪しい。査察する」

俺が緑のポーチを手に、高らかに宣言したら――「お兄ちゃん、それはちょっと……」「うわ、きも♡」「遠山《とおやま》、それは」と、かなめ・メメト・ジャンヌは揃《そろ》って引く顔をした。当のセーラもガッとポーチを掴《つか》んで止めてきたぞ。ジト目のままで。

やっぱりここが女子の弱点なんだな。よし、攻めてやるぞ。

「やめてほしければ、尻尾の女について吐け」

可愛《かわい》い女子に嫌われたくない普通の男ならこの辺で勘弁してやるところなんだろうが、可愛い女子にはぜひ嫌われたい俺はセーラの手を捻《ひね》るようにしてポーチをむしり取る。

そしてポーチを開き、中身を取り出していくと……

まず出てきたのが、ブロッコリーの種子油《シードオイル》。次にフリーズドライのブロッコリー。あとさっき俺たちが踏まされて痛い思いをしたミニ・ピラミッドだ。それをつまみ上げた俺が眉を寄せてたら、「1個、自分のおみやげに残した」とセーラが解説してくれた。それと、輪ゴムで留められたイギリスの高額面切手の束。なるほど、札束よりコンパクトな金券の持ち運びってこうやるんだね。ちょっと古いソニエリ《Sony Ericsson》の携帯《W880》と、充電器。つまんな。

ポーチの中身は、そのぐらいだったのだが……

「……？」

なんか、底が二重底になってるぞ。

その中に柔らかいものが隠されてある。怪しい。

大事なものが隠されているんだな？　と、そこを探ると――

「やめろ、かえせ！」

セーラが急に怒って手を伸ばしてくるんだが、手錠をしてあるんで俺《おれ》が横を向けば取り返されるわけもない。

で、俺がポーチの底の底から出したそれは……タレ目の、ネズミのヌイグルミだ。

かなり古びていて、所々縫って補修した跡もある。

「なんだこれは」

「それはアレキ。アレキサンダー＝フレデリック＝ロス。小さい頃からの友達。かえせ。人見知りだから、他人を怖がる。きっと怯《おび》えている。やめろ。かえせ」

セーラが涙声になって語るネズミのヌイグルミ……の設定は、やたら詳細なものだ。

一匹狼《いっぴきおおかみ》の弓使いさんも、孤独を紛らわすためにいつもお友達と一緒にいたんですなあ。しかも小さい頃からだって。プププ。

「アレキがいないと私は眠れない。不眠症のケがある」

「それは栄養が偏ってるからだと思うぞ。じゃあアレキを返してほしければ、自分が何について喋《しゃべ》ればいいか分かるな？」

俺がアレキを高く掲げて「タスケテー！」とアレキの声も演出してやったら、セーラはマジギレして手を伸ばしてくる——が、身長差もあって手は届かない。この辺、アリアといなし方が同じでやり易《やす》いな。

ここが攻め時と悟ったらしい妹たちも、

「ひゅんひゅんひゅん——あっ、ＵＦＯだ！」

かなめがテーブルにあった灰皿をアレキの上空に据えて、

「ワレワレは宇宙人ですワ。このネズミをマウスミューティレーションしてやりますワ」

メメトはアレキの腹の辺りを爪でコチョコチョし、

「ヤメテー！　おなかを裂かれちゃうヨー！　セーラ、尻尾の女についてキンジに教えて、ボクをタスケテー！」

俺が声の演出をし、そんな俺たちをジャンヌが「……お前たち、そういう愚かな事には息が合うのだな……さすが兄妹《きょうだい》だ……」と呆《あき》れた顔で見てる。

セーラは――

「かえせ、かえせ。う、うわぁぁぁぁぁぁ」

……えー……？

な……泣いちゃったよ……

……というわけで、俺《おれ》・かなめ・メメトは顔を見合わせ……

何の情報も取れてないんだけど、アレキをセーラに返してやった。

そしたらセーラはひんひん泣きながらアレキを抱き込み、イスの上でグルリと背を丸め、胎内回帰するみたいにカメのポーズになってしまった。困ったなぁ……

「……セーラ、お前もう詰んでるんだから喋《しゃべ》れよ。黙ってると延々俺に嫌がらせされるぞ。言っとくが俺は女子に対する嫌がらせに遠慮がないからな？」

ムダと分かりつつ俺がそう脅すと、セーラは、

「……でも私は引退したくない」

とか言う。

「引退？」

「フッド家の掟《おきて》では、一度でも依頼人との契約を守れなかったら引退しなきゃならない」

「……この状況はまだ、お前的には契約を守れているのか？」

「うん。だってまだ逃げれるから。お前たちはマヌケだから、多分逃げれる。でも尻尾の

女の話をしちゃったら契約違反」

ふーむ……セーラの中ではそういうルールなんだな……

「私が引退したら、貧者が救われなくなる。お前のせい。あ～あ」

カメの姿勢のまま、セーラが逆に嫌がらせみたいな事を言ってくるので……

「どうしよう、お兄ちゃん」

「セーラ・フッドを捕らえたはいいが……」

「これでは、尻尾の女の事は何も聞けませんわね」

かなめ、ジャンヌ、メメトもセリフを割りつつお手上げって顔をしている。

「――じゃあ、お前、いっぺん引退しろよ」

俺《おれ》が言うと、セーラは引退するということを想像しただけでキツいのか「おえ」と軽く嘔吐《えず》いてる。だが俺はセーラの背中に手をあてて、頭の悪いコイツにも理解できるよう、噛《か》んで含めるように……

「いいかセーラ？　いっぺん引退して、俺たちに『尻尾の女』の事を喋《しゃべ》れ。で、それから引退を撤回すればいいんだ。いっぺん引退したんだからお前はフッド家の掟《おきて》を守った事になるし、喋れば俺たちから解放される。これが全員が得をする解決案だ」

ブチ上げられた俺の屁理屈《へりくつ》には妹たちやジャンヌが「？？？」って顔をし、セーラも、

「……？……」

しばらく黙って動かずにいてからの、「?.?.?.」って顔を上げてきた。マンガだったら目が渦巻きになってるみたいな表情で。

「引退? して? 引退するけど、引退を撤回して得? 一度引退したから掟にも従っている? 結局、引退? してない? よく分からないけど、キンジが言う通りにすると得なのか? それならそうする」

こいつ、こんな幼稚園児みたいに騙《だま》されやすい頭で大丈夫かね? 俺が誘拐犯だったら簡単に攫《さら》えちゃいそう。

「じゃあ今から引退中。もうお前たちはアレキに触れるな。アレキ、痛かったな。いま、何でも治る軟膏《なんこう》を塗ってやるから。ぬりぬり……」

セーラはアレキに何かを塗るような一人芝居をしてから、丁寧にポーチにしまい……

「じゃあ教えろ。尻尾の女とは何者なんだよ」

「知らない」

「——おい!」

「私は本当に彼女が何者か知らない。それも1つの情報。背中合わせで話すという条件で、カイロタワーの展望台のカフェテリアで私が待って、彼女が背後に来て、話した。でも、彼女が立ち去る時に後ろ姿が見えた。それで彼女に尻尾がある事が分かった。ヒラヒラの長いスカートをはいていたから尻尾の詳細までは分からないけど、たぶん小さい尻尾ではない。スカーフをしてなかったから、イスラム教徒《ムスリマ》ではない。金髪で、スタイルのいい女。20歳ぐらいだと思う」

断片的ではあるが……

やっと、有益な情報が得られたな。ボンヤリとだが、人着《にんちゃく》も見えてきた。

「尻尾の女からは、次の依頼もあるって言ってたよな。どういう内容だ」

「1回目と同じ、スエズでの監視。明後日《あさって》12月2日の夜にノーチラスとイ・ウーが通るか通らないか確認する仕事。それ以外の詳細は、これからカイロで契約時に聞く事になっている」

この情報によって、俺《おれ》たちには——11月27日までにノーチラスとイ・ウーが撃沈されたという『真偽を確かめなければならない』情報の真偽が分かる前に、第2の同様の情報が入った形になる。

尻尾の女はノーチラスとイ・ウーの動向をセーラを使って監視し、第1回予定日に艦がスエズを『通過しなかった』という情報を『撃沈された』と連絡させてきている。同様の2回目にも伊達や酔狂では使えないセーラが使われる予定だった以上、俺にとってそれは1回目同様『信じ難《がた》いが放ってはおけない』『絶対に、真偽を確認しなければならない』情報だ。

——ノーチラスとイ・ウーが、第2回予定日にスエズを通過するかどうか。

それを確かめなければならない状況に陥ったぞ、俺たちは。セーラを捕まえた事で。

となると、どうあれ1回目の真偽は偽と考えなければならないので無視する事になる。

俺と同じ考えに至ったらしいジャンヌが、

「潜航中のノーチラスとイ・ウーに連絡を取る方法が無い以上、撃沈が偽情報でも我々は浮上を待つより他に手がない。浮上しても、両艦がスエズ通過中に無線封鎖する可能性は低くない。日付の信憑性《しんぴょうせい》は分からないが……直接スエズに行き、第2の予定日を待つか？スエズ運河は水深の都合もあり潜水艦でも浮上しなければ通過できないから、目視確認は可能だ」

と、俺に相談してくるが……

ノーチラスでネモは、ノアとナヴィガトリアとは西半球で12月に会合すると言っていた。ノアとナヴィガトリアはオホーツク海からベーリング海へ——北半球を東進していたので、ノーチラスも北半球のスエズを通って西進するのが合理的だ。そして第2の通過予定日にスエズをノーチラスとイ・ウーが浮上航行する場合、そこまでの無事が目視確認できる。

——だがそれは、同時にノーチラスとイ・ウーの動向が何者かに先読みされていた事の不気味な証明にもなってしまうのだ。1回目の先読みの成否がどっちであったにせよ。

そんな事が先読みできて、かつ、先読みする動機のある人間は限られる。

俺の知る限り、その1人がNの教授・モリアーティだ。

ヤツがそれを先読みできているのなら、スエズ運河の北端沖でノアとナヴィガトリアが待ち構えていて、ノーチラスとイ・ウーが奇襲される可能性があるぞ。スエズ運河は浮上して渡らないといけないので、せっかく海中に隠れられる潜水艦でもその間だけは位置が丸分かりになってしまうからな。

だが、今それを俺《おれ》が察知できた以上——

ノーチラスとイ・ウーがスエズ運河の南端に浮上したタイミングで、連絡を入れられる。無線が届くかもしれないし、発光信号や手旗で光学的に伝えてもいいし、何ならボートで乗りつけてもいい。とにかく事態を連絡さえできれば、ネモとシャーロックはいくらでも手が打てるだろう。引き返して喜望峰《きぼうほう》航路に切り替える事もできるし、もし戦うなら俺も手を貸すべきだ。『不可能を可能《エネイブル》にする男』として。

そういった戦略上の理由に加えて……

痩せても枯れても、俺は武偵《ぶてい》。武偵憲章1条『仲間を信じ、仲間を助けよ』に従って、仲間の生存を信じ、仲間を助けに行かなければならない。

「……行くしかないな、スエズに」

俺は、その腹を括《くく》る。

ここからスエズまでは、ほぼ全てが砂漠だ。そこへ、旅立たなければならない。

窓の外の砂漠へ顔を向けると、視線の先では——

俺の挑戦を受けるかのように、大スフィンクスが不敵に笑っているように見えた。

「……セーラ、あと1つ教えろよ」

「なに」

「お前は昔俺の『顔相』を見て、もうすぐ死ぬって見抜いてくれただろ？　今はどうだ？

死相、出てるか？」

そんな質問をした俺に、セーラは——

「教えない。出てようが出てるまいが死んじゃえ」

と、アカンベーで答えるのだった。

5弾　ラシード・カービン

　夕方のオールド・カイロにセーラを連行した俺《おれ》たちは、隠れ家で改めて作戦会議をする。

　ノーチラスとイ・ウーがスエズ運河に入るかどうか、それを目視確認できる場所は——紅海のスエズ湾に面して、スエズ運河の南端にある、港湾都市のスエズだ。全部スエズでややこしいな。

「この距離だと車で1日飛ばせばスエズまで行けそうだな。レンタカーで行くか？」

　インドで車を借りた時の事を思い出した俺がそう言うと、

「外国人が都市部を車で出るのは危険ですよ。砂漠には都会を追われた無法者《バルタギー》だとか武装勢力がウヨウヨいますし。そういうのに遭遇せずとも、軍治安部隊の検問でイスラエルのスパイ呼ばわりされて捕まっちゃうかもしれませんわ」

　それはこの国ではいかにも不用心という事なのか、メメトに軽く叱られてしまった。

　携帯で確認すると、外務省の海外安全ホームページにも大カイロ都市圏、ルクソール、アレクサンドリア以外は危ないので渡航非推奨になっていた。今のエジプトは急速に治安状況が不安定化しつつあり、砂漠地帯では観光客がエジプト政府のテロリスト掃討作戦に巻き込まれて誤射される事件も起きてるらしい。

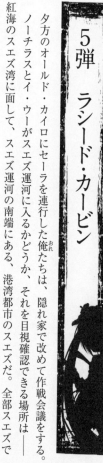

「でもセーラはお兄ちゃんにスカイプしてきた時、スエズにいたんでしょ？　どうやって行ったの？」

かなめが聞いたら、隠れ家のソファーに座らせたセーラ曰《いわ》く、

「電車」

とのことだ。

「なるほど電車。それなら外国人でもそこそこ安全に行けそうですわね」

スエズはカイロっ子も行き方をあまり知らないものらしく、メメトはその手があったかという顔。それから鉄道会社に電話して調べを入れてくれて……スエズ行きはよく運休になる路線らしく今日も運休だが、明日の朝6時半にカイロ郊外のアイン・シャムス駅から出る事が判明した。所要時間は3時間以内との事、って事は6時間はかかるんだろう。

ともあれ、それに乗って行けば——ノーチラスとイ・ウーの次のスエズ通過予定日時＝明後日《あさって》の夜に、丸1日以上の余裕を持って間に合う。

尻尾の女は今夜または明日の午前中でセーラにコンタクトし、報酬を渡し、指示を与え、再び電車でスエズに行かせる予定だったんだろう。しかし、今はもうどうか分からない。

というのも、セーラが現状を連絡した様子はないものの——尻尾の女は何かの手法で、事態に気付いている可能性もあるからだ。たとえば、セーラは俺たちに秘密にしているが、本来は定時連絡をする取り決めがあったとかで。それでなくても、人目だらけのカイロの

街で派手に追いかけっこをしちまったしな。その場合、もう尻尾の女はセーラを見切っているはずだ。

それらの状況を勘案し——

まず俺《おれ》はこのオールド・カイロの隠れ家を改めて拠点とし、守備役《ギャリソン》にジャンヌを置く事にした。なお、セーラもここに置いていく。

ジャンヌはそもそも対セーラ要員として雇ったし、銀氷の魔女は砂漠の暑さにやられて辛《つら》そうな様子が何度か見られた。砂漠を突っ切って行くスエズへの旅には、耐えられない懸念がある。それと尻尾の女が俺たちの動きに気付いてなくてセーラに連絡してきた場合、セーラを監視下に置いたままカイロで動かす係が必要になるからな。

スエズに行くのは、俺、かなめ、メメトの3兄妹《きょうだい》だ。

それが決まった時点で……俺はパートナーのアリアにも移動を伝えておこうと思って、一応メールしておいた。俺が女子にぶっきらぼうなのはメールでもなので、『今カイロだ。これからスエズへ行く』……学校からコンビニに行くみたいなノリの文になっちゃったが、まあこんなもんでいいだろう。

汁かけチャーハンみたいなコシャリ、豆のスープ《フール》——慣れると毎日でも食べられそうなエジプトのソウルフードで腹を満たし、女子4人がギュウギュウ詰めで寝ているベッドに怯《おび》えながらソファーで寝て……

早朝のアザーンのちょっと後、午前5時過ぎ——まだ暗いのに、メメトに起こされた。見ればメメトとかなめは既にシャワーも浴びて防弾セーラー服に着替えており、朝食の準備も出来ている。

「ほらお兄さま。朝にもよわよわなのですか？　早く駅に行かないと大変ですわよ」

とか、起きた俺の口にエジプト風《フェティール》パンケーキを丸めて突っ込みつつメメトが言うんだが……なんでだよ。電車は6時半に出るのに。

ともあれ眠い目を擦《こす》りながら、俺はそのミンチ肉とナスが入った惣菜《そうざい》パンみたいなのを咥《くわ》え、防弾ジャケットを羽織る。そして手錠で互いの手首を繋《つな》げたまま寝てるジャンヌとセーラをベッドに残し、かなめとメメトと3人で隠れ家を出発した。

「長距離電車に乗るとなったら、1時間前には駅につかないと。そんなの常識ですわよ」

どうやらエジプトではそういうものらしく、メメトは既に電話でタクシーも呼んでおり——さすがに夜明け前はそこそこ空《す》いてる道を、カイロ市の北東へ向かう。そうして……

アイン・シャムス駅に降り立つと、そこはメメトが警告していた通り夥《おびただ》しい人出だ。

宿無しの人たちが大勢で寝泊まりしてるかのようにも見えたが、荷物の様子から全員が電車待ちの人々らしいと分かる。カイロの朝は涼しいというか寒いので、石油缶に木片を入れて燃やして暖を取っている人たちもいた。

それが混雑の原因の一つなんじゃないの？　と思う事に、キップ売り場は未《いま》だに人間が窓口で売るスタイル。しかも売り場の係員は俺《おれ》やかなめ——外国人を見て意思疎通が面倒だと思ったらしく「チケットは無《ノーチケット》いよ！」と叫んで追い払おうとしてくる。だがメメトがアラビア語で話しかけたら普通にチケットを売ってくれた。こういうエジプトクオリティにもだんだん慣れてきたな。料金は２００㎞もの道のりをしかも１等車で行くというのに１人４５ポンド。６００円チョイだ。

東の空が白んでくる中を、ホームへと歩く。なんか臭いと思ったら線路脇がゴミだらけ、どころかゴミ捨て場みたいな状態になっている。この国の人々には公共衛生の概念が無く、清掃業も不備あるいは怠慢……って事にも慣れてきたよ。ていうかどこかで見た光景だなと思ったら、蘭豹《らんぴょう》ちゃんの汚部屋《おべや》がこんな感じでしたね。

ここが始発のスエズ行き列車は、既にホームに来ていた。

メメトに先導されてそれに乗り込むと、この車内がこれまたワイルド。

床が砂塵《さじん》でザラザラしているのは想定内だったが……まず、壁に禁煙のフダが貼られてあるのに乗客があちこちでタバコを吸っていて、吸い殻が落ちまくってる。他にも菓子の袋や紙パックのジュースの空き容器、古新聞・古雑誌など、足下はゴミだらけだ。

窓のガラスはあちこちで割れていて、穴がベニヤ板で塞がれている。プラスチック製のイスはキズだらけ……なのはまだマシな方で、壊れてる座席だらけだ。板で補強されてるボックス席に座ると、そこの窓は割れてなかったが泥だらけの砂まみれだった。

「……スゴイね。ニューヨークの地下鉄《サブウェイ》より荒れてる……」

「スエズ方面には古代エジプトの有名な遺跡とかが無いから、観光客の目を気にしなくていいって事なんだろうな……」

かなめと俺はヤレヤレって気分で話すが、メメトに「2人とも先進国《とかい》っ子なんだから♡3等車を見てきます？　イスと窓があるだけでも、この車輛《しゃりょう》が王宮に思えますわよ？」と、クスクス笑われてしまった。そういうもんなのね。

　発車時刻が近づくにつれ――壊れてる座席も客で満席になり、車内は立って乗る客でも満員になってきた。気付けば網棚、頭上にある荷物を置く棚に寝そべる猛者も現れてるぞ。なんという立体的乗車法。敗戦直後の日本の買い出し列車みたいだ。

　その上さらに、人々を押しのけながら――新聞売り、菓子売り、パン売り、よくこぼさないなと感心してしまうヤカンを持ったお茶《シャイ》売り、誰が何故《なぜ》ここで買うんだと思わざるを得ないチョッキ売り、鉛筆売り、ハンカチ売りなどが車内を行き来し始めた。正直ジャマなんだが、どうもこの商人たちは鉄道会社の公認……というかショバ代を払っている連中らしく、乗客から文句は出ない。タバコを吸いつつ検札に来た車掌もそいつらを叱らない、どころかタバコ売りからタバコを買ってたよ。で、吸い殻を床に捨て、禁煙のフダのすぐ前で普通に新しいタバコのパッケージを開けて火をつけてた。そこまで意味がないなら、剥《は》がしたら？　車内禁煙のフダ。

そんなワイワイしてる車内で、

「時間ですわ」

メメトが言った時、発車ベルもあったのか無かったのか分からないままに——電車が、動き始めた。動くかどうか怪しいムードだったけど、定刻で出てくれたじゃん。偉いぞ。

などと思ってたら……

「……なんか、ゆっくりだね……」

「……歩いた方が速くないか？　コレ……」

かなめと俺《おれ》がボヤいてしまった事には、この電車、やたら遅い。

満員も満員なんで、重量オーバー……かな？

「エジプトの鉄道は、保線が十分ではないですので。この辺はカーブが多くて脱線しそうだから徐行してるのです。先の方は大丈夫だと思いますわ。多分」

メメトが怖い事を言う中、駅をノロノロ出た電車は——次の駅でも何でもない、工場と工場の間で停車した。で、またゴトン……と発車する。そしたらまた止まって、どういうわけか今度はちょっとバックして、また停車した。何やってんの……？　とキョロキョロしてるのは俺とかなめだけで、エジプト人の乗客たちはお喋《しゃべ》りしたり、新聞を読んだり、携帯をいじったりとリラックスしてる。メメトも特に何とも思っていないらしく、自分の足下の影にエビのナゲットを食べさせていた。そこにトトがいるのね。で、もちろんこの動きについての車内アナウンスも一切無かった。というか車輌《しゃりょう》にスピーカーが無かった。

電車はカイロ空港の滑走路が見える辺りを抜けて、畑作地帯に入る。

線路は直線になり、やっとしっかりスピードを出して走るようになってきた。

朝靄《あさもや》の太陽が幽玄に照らす、ナイルの分流が燦《きら》めく三角州では——小麦、サトウキビ、綿花の畑が見える。その合間合間に、大きなホウキを逆さまにしたみたいなナツメヤシの木が点々と植えられているのも見えた。教科書で読んだ通り、さすがにナイル・デルタは肥沃だな。

そこに点在するコンクリートの家は、白と砂色の中間色。それがカイロを離れるにつれ、ナツメヤシの葉で屋根を葺《ふ》いた土壁の家に変わっていく。それこそ古代エジプトみたいな葉っぱの屋根でも、ここでは雨が降らないから平気なんだろう。

人々は朝早くから畑仕事に精を出し、あちこちでせっせと手を動かしている。農道にはゴムタイヤ付きの荷車を牽《ひ》くロバが往来しており、それに人々が乗ってたり、作物の束を運んだりしている。

風景としては、長閑《のどか》で微笑《ほほえ》ましいが……エジプトの農業が人力やロバの力で支えられているこの光景は、機械が導入されていない、社会資本《インフラ》が整っていないという事を意味する。あんまり、微笑めたもんでもないのだ。

畑の中を進む内に、土でできた尖塔《ミナレット》みたいなものがあちこちに見えるようになってきた。最初は礼拝所《モスク》かなとも思ったが、それにしては数が多い。トウモロコシみたいな形をしたそれらの塔は高さが10～15mぐらいで、表面に無数の穴が開いている。人が住むにしては粗雑というか、変な形状だ。マジで何なのか分からなかったのでメメトに尋ねたところ、

「あれは農家がハトを飼っている『ハトの塔《ブルジュ・アルハマーム》』ですわ。ハトは乾燥に強く、エジプトでも飼いやすい鳥。あのように穴をいっぱい開けた塔を建てておくと、そこにハトがどんどん勝手に営巣して取り放題になるのです。肉は美味《おい》しくいただきますし、フンは良い肥料になります」

とのことだ。所変われば品変わる。日本だとベランダに巣を作っては追い払われているハトだが、エジプトだとニワトリみたいなノリで飼われてるんだね。

列車は急行なので、駅には停《と》まったり停まらなかったりだ。駅名はアラビア文字のみで英語表記が無いので、今どこなのか携帯で検索する事もできない。というか携帯も3Gの電波を掴《つか》まなくなり、じきにパケットデータ通信のできるGPRSさえ掴まなくなって、GPSもエラー表示が出るようになった。まだGSM《2G》は繋《つな》がっているから通話は可能だが、先進国以外ではこういう不便もあるんだな。

1時間ほどすると、窓の外には畑すら無くなり——電車は幾つ目かの駅に停車した。

ここから先の大地は、全てが砂に覆われている。

ナイル・デルタの東に広がる不毛の地、東方砂漠に入ろうとしているんだ。

満員の客を乗せて長距離を走った電車は、息切れするかのようにホームでシュウシュウ音を立てている。車内も息を入れるムードになり、車輛《しゃりょう》を出てホームをウロつく人たちもいた。メメト曰《いわ》く、ここはまだスエズまでの道を半分も来ていない所にあるファイサル・ジヌーブという駅らしい。

列車は酷《ひど》く揺れたので、俺《おれ》たちも少し疲れを感じた。ちょうどやってきたお茶《シャイ》売りから紙コップのお茶を1杯25ピアストル……4円……で買って、一息入れよう。

「うわ、甘いね。蜂蜜みたい」

「そういえば、喫茶店で飲んだ紅茶も異様に甘かったんだよな」

「日本でストレート・ティーのペットボトルが普通に買われているのが、私には逆に理解できませんわ。味がついてないものをついてるものと同じ値段で買ったら、皆さん損した気分になりませんの？」

などと話しつつ、俺たちはこの駅の東や南に広がる朝の砂漠を窓から眺める。

これからこの電車はこの砂漠を突っ切り、紅海まで行くんだな。

ほんと、俺の人生は想像もしなかった事の連続だよ。

「……」

…………

なんか、しばらく停車したままなので……

俺《おれ》は新聞売りから英字新聞を買い、ムバラク大統領の提灯《ちょうちん》記事以外を読む。スポーツ面――FIFAクラブW杯2010、迫る。初出場のアル・ワフダは初勝利なるか――へー、エジプト人もサッカー好きなんだね。

「……止まったまんまだね……」

「……ですわね。まあ、よくある事ですわ」

かなめとメメトがそんな話をしてる中、車内は少し空《す》いてきた。息苦しい車内から出て、外でプラプラする乗客が増えてきたな。でも俺は一度立ったらこの席を誰かに取られそうだから降りたくないぞ。

新聞を妹たちにも分けてやり、3分の1ずつを回し読みして……30分は待ったんだが、電車が出ない。車内の乗客も減り続けている。

さすがに不審なので、

「何か問題が起きたんじゃないか？」

「そうかもしれませんわね。少し話を聞いて回ってきます」

メメトがスカーフで髪を軽く隠して席を立ち、車輌《しゃりょう》の前後の乗客に話を聞きに行ったり、ちょっと車輌を出てホームで駅員らしき人をつかまえて聞いたりしてくれた。

それで、ホームを戻ってきたメメトは窓の外から……

「どうも、この先の線路が故障してしまったようなのです。修理は難しいそうで、電車がいつまた動くのかは『アッラーのみぞ知る』だそうです。つまり1日や2日では動かないという意味ですわ」

とか言うので、

「マジかよ。明日の夜までにスエズに着かなきゃいけないのに……！」

俺は苛《いら》ついた声を出してしまったが、メメトを含めエジプト人たちは『ここまで来れただけでも御の字』みたいな顔をしてる。そうか。こういう事も、日本基準で物を考えちゃいけないいんだ。エジプト人がいくらいいかげんでも、郷に入っては郷に従えなのだ。辛抱。

「降りる……しかないよね」

「しょうがないな。電車賃の返金はどこでしてくれるんだろうな？」

かなめと俺がガッカリ顔で車輌を降りたら、さっき検札に来ていた車掌も降りてきた。そしてデカい目でウインクしながら「ＩＢＭ！」と言ってから何やらアラビア語で続け、1人でワハハと笑って去っていった。

「ＩＢＭ……？　どこにパソコンがあるんだ」

やってきたメメトに訊《き》いたら、

「ＩＢＭとはエジプトギャグです。『ごめん《インシャラー》、明日《ボクラ》、なんとかします《マラーシュ》』という意味です。

つまり、どうしようもないから逃げるよバイバイってことですわ」

メメトはヤレヤレのポーズで、額の聖蛇《ウラエウス》の髪飾りと共に長い黒髪をシャラシャラ。あっ、衝動的に車掌を追っかけてジャーマンスープレックスしてやりそうになっちまった。辛抱、辛抱。エジプトでは辛抱が必要なのだ。

はぁー、と溜息《ためいき》してから顔を上げると……乗客のエジプト人たちがホームの先にウジャウジャ集まっているのが目に入った。何かあるのか？

——俺《おれ》が妹たちと人だかりの方へ行ってみると、そこがまさに線路の故障の現場。

その壊れ方は酷《ひど》いもので、壊れるというより高熱でネジ切られている。何かを間違えて工事してしまった跡にも見えるし、テロリストが破壊活動をしたのだ言われればそうとも見える。もしこの列車がこの駅を通過してここに突っ込んでたら、間違いなく脱線事故が起きて多数の犠牲者が出ていただろう。ゾッとするね。

「これは……日本でも修理に半日はかかるな」

「エジプトでは1週間以上かかるでしょうね」

メメトが言うのはギャグではなく、マジでそうなんだろう。つまりここから先は、もうこの電車では明日の夜までにカイロ・スエズへ行けないという事だ。

メメト曰《いわ》く、今現在カイロ・スエズ間を運行できていた車輌《しやりよう》——つまり故障しておらずマトモに走行できていた車輌はこの列車だけなんだそうだ。どうりでしょっちゅう路線が運休してたり、この列車が超満員になったりしていたワケだね。つまりこのファイサル・ジヌーブ駅から次の駅まで何かの方法で行けたとしても、そこからスエズへ折り返し運転している別の列車は無いのだ。

（さて、どうする……）

俺は南東、スエズの方角を眺める。

この先は、紅海までほぼ全てが砂漠だ。電車は経由駅を遠回りしていく路線だったので

スエズまではその道のりほどの直線距離は無いが……約１００㎞と思《おぼ》しき遠路を、まさか歩いて行くワケにもいかないだろう。俺は部下達にユタの砂漠を歩かせたジーサードほどパワハラ体質じゃないし、何より俺自身が歩けん。見た限りエジプトの砂漠はアメリカの砂漠より不毛の、砂しかない地獄だしな。

『――アッラーフ・アクバル《アッラーは偉大なり》――……』

昼のアザーンが、砂漠のフチの街に響く。

電車に乗っていた男たちはミニ絨毯《じゅうたん》を敷き、またはできるだけキレイな地べたを選んで伏せ、礼拝を始めている。ほんと、祈れる場所にいるならマジでどこでも祈るんだな。見上げた信心深さだ。

放送のする方向には、寂れてはいるものの街がある。ウェイターとかシェフらしき者が今は礼拝をしている、カフェレストランっぽい飲食店もあるな。

「じゃあ礼拝の時間が終わったら、そこでメシでも食って対策を練るか……」
と、俺《おれ》はションボリ言うしかない。妹たちと揃《そろ》ってついた溜息《ためいき》だけが、砂混じりの風に流れていく。東方砂漠、スエズの方へと。

メメト曰《いわ》く……このファイサル・ジヌーブはムバラクの先代・サダト大統領がカイロに衛星都市を造ろうとして、しくじった町。駅周辺だけに低層ビルがあり、その少し先には開発途中で放棄されたらしき工事現場、穀物倉庫、人の気配があまりない宅地などが点々とある。まあ日本にもあるよね、こういう失敗都市。某第三セクターの某人工浮島《メガフロート》とか。

観光客が来るような所ではないので、町の造りに外国人向けのホスピタリティーなんか一切無い。レストランのテーブルやイスが砂ボコリでザラザラしてるのにはもう慣れたが、参った事には英語のメニュー表が無く、店員にも英語が通じなかった。ので、注文は全てメメトに任せた。

「このレストラン、壁に飛行機の絵がデカデカと描いてあったけど……」
「少し先の一軒家の壁にも船とか飛行機の絵が描いてあるよな。空港も港も無いのに……なんでだろうな？」

かなめと俺が料理を待ちつつ話してると、メメトは、
「壁に乗り物が描いてあるのは『私は巡礼に行った』という意味で、信心深さの表現です。

飛行機が描いてあるのは、『私は飛行機でメッカに行きました』という自慢ですね。より安い船で行った人の家は船の絵が描いてあります。ここはスエズからの紅海経由でメッカ巡礼に行きやすい町なんでしょうね。それも電車が動いていればの話ですが……」

と、それもイスラム教徒の風習なのだという事を教えてくれた。

そうこうしているうちに出てきたのは、カプサ——ハーブの香りがするインディカ米のアラブ風チャーハンみたいなやつ。と、こんがりイイ感じにグリルされた謎の鳥肉料理だ。これが手羽先みたいな感じで骨が多いものの、表面がパリパリで美味《うま》い。

「このチキン、なんか食べた事ない味。おいしい」

「スパイシーで美味いよな。これは何ていう料理だ？」

かなめと俺が尋ねると、メメトはニヤーと笑ってから、

「これはハマム・マシュウィー。チキンではなく、ハトのグリルですわ」

自分もパクパク食べつつそう言うので、かなめと俺は顔を見合わせる。

ハトって、こんなに美味かったのか。じゃあ今後食費に事欠いたら、台場《だいば》の駅前で狩《や》っちゃおうかな……？　いや、鳥獣保護法とかあるからダメか……でも、バレなければ……

とかそこそこマジで考えてる内に、俺の心の奥底でフタをされていた何かの記憶が甦《よみがえ》りそうになってきた。覗《のぞ》いてはならない深淵《しんえん》の向こうから、なんか白雪《しらゆき》らしい女がニコニコこっちを見てル気がスるゾ……はとノ味、はとこノ味、思イ出シソウダ……思イ出シ……

ダメだダメだ！　このフタを開けてはならない！　などと頭を振っていたら――

「――食べながらで構わんぞ。パスポートを見せろ」

割としっかりした英語で、俺《おれ》たちのテーブルに来たサングラスの男が話しかけてきた。背は高くなく、太っていて、短い天パーの黒髪、チョビ髭《ひげ》……風体は典型的なエジプト人男性だ。だが、職業は特別なものっぽい。

カーキ色の制服と制帽、見せてきたバッジ、腰に提げた拳銃《Cz75》と手錠――

「……警察ですわ。お兄さま、かなめお姉さま、この男とはケンカをなさらないように。エジプトでは観光地でもないイナカ町に外国人がいると、ちょっと怪しまれますからね。ですがこの男は制服と階級章から見て、下っ端の保安官みたいなここの地区警察官です。友好的に話し、ちょっと現金を渡せば捕まる事はないですからご安心を」

メメトは俺たちに日本語で素早く言ってから、警官とアラビア語で話す。口調から見てどうも警官を追い払おうとしてるっぽいんだが――

……いや、これは渡りに船かもしれないぞ？　と、俺は――

「俺たちもあんたと似た仕事をしてる者だ。アフリカじゃマイナーらしいが、エジプトも国際武偵《ぶてい》免許制度に批准してる国の1つだから、この徽章《きしょう》を見た事ぐらいはあるだろ？」

武偵手帳を出して見せながら、英語で話す。

警察バッジに対抗するように武偵手帳を出した俺に、チョビ髭サングラスの警官は少し面食らった顔になったな。

「俺たちは捜査のため、スエズに行きたかったんだ。だが今そこの線路がどうなってるか聞いてるだろ？　おかげで立ち往生してる。どうすれば行けるか教えてくれないか」

そう言いながら、モスクの描かれた100ポンド札を握らせると……

「ふむ。そういう事なら……そこに停《と》めたジープで一っ走り、オレが力になってやろう。警察車輛《しゃりょう》で運賃を取るわけにもいかないから、タダで構わないぞ。ただ、さすがに実費のガソリン代は別途払ってもらうけどな。ハッサンだ」

と名乗った警官が握手を求めてきたので、俺は「助かるよ。キンジだ」と応じる。

「えっ、連れてってくれるの？　やったねーお兄ちゃん！」

「これで明日の夜に間に合いそうだな。それに警察車輛で行けば、検問で軍に捕まる事もないだろ？」

かなめと俺はハイタッチするが、

「……ああもう……お兄さまったら。どうせ頼むなら、もっと立派な車の持ち主に頼めばよろしかったのでは？　エジプトの警察は貧乏だから、車輛が廃車寸前の古いやつばかりなのですわよ。ほら、そこのジープだってタイヤがつるつるじゃないですか。ハッサン氏。実費はお支払いしますが、料金は後払いですわよ」

メメトは窓の外にある警察のジープをジト目で見て、セリフの最後の方はアラビア語で何やら釘《くぎ》を刺すのだった。

エジプト警察は陸軍と車輌《しゃりょう》を融通し合っているようで、ハッサンの車輌は元偵察車輌のストーム・マーク1《AIL M240 Storm Mk.1》。屋根や壁のない大型バギーみたいなジープなので、クーラーなどは望むべくもない。気温はグングン上がってきているので、俺《おれ》は渇きに備えてレストランでミネラルウォーターを買っておいた。

ジープの助手席は書類だの警察の備品だの食べ物だので溢《あふ》れており、ハッサンにそれを片付けさせていたら日が暮れそうだったので——俺たち兄妹《きょうだい》はイスが折りたたみ式で硬い事にも目を瞑《つぶ》り、後部座席に乗っていくことにした。

ファイサル・ジヌーブの町を東方砂漠へ出ると、一応あるにはあった車道はロクに整備されていない。しかもそこに砂が積もって凸凹してるから、ジープはビョンビョン上下動する。メメトが警告した通り車体はボロくて、サスペンションもガチガチ。ケツは骨盤が割れそうに痛むが……エジプトの白タクは詐欺師だらけというのもメメトに教わった事だ。どんなボロ車であろうと、警察の車で送ってもらった方がいいに決まってるさ。

周囲に見えるものは、15分もしないうちに砂漠と空だけになった。ナイルの東は標高が少しずつ高くなり、砂の地表の凹凸も増える。地面からは白い砂の塊が時々突き出ており、その横をジープが走り抜けていく。本当にマフラーが付いているのか疑わしくなるほど、うるさい音を上げながら。

「辺りに白い岩があるだろ？　だからここは白砂漠だ！　ナイルの西には溶岩が風化した黒い岩のある黒砂漠や、虹色の地層が見える虹砂漠なんかもあるんだぜ！」

その爆音に負けない大声で、ハッサンが観光ガイドみたいな事を言ってくる。

だが俺は、それにリアクションする元気もない。というのもこのジープには幌《ほろ》も無く、ずっと直射日光に焼かれているからだ。砂漠には雲が無いから陽射《ひざ》しが和らぐ事もなく、白い砂の地面も鏡のように日光を照り返してくる。

夏季でもないのに体感気温は30度を優に超え、40度に至ろうかってレベルだ。それでもハッサンは平気そうで、メメトも「ちょっと暑いですね」ぐらいの顔をしてるよ。さすがだな、エジプト人。

ジープの座席で砂漠の風をモロに受け続けていると、髪が砂で固まってくる。指関節の皺《しわ》や耳の裏にも微細な砂塵《さじん》が溜《た》まり、制服も砂色を帯び、靴もパウダーを浴びせたように白くなってきた。当然、ノドも渇くので――

「俺は無人島で、どのぐらいが自分の水の無補給の限度か知ってる。まあ、まだ大丈夫だ。だから遠慮せず、これはお前が飲め。メメトも飲みたかったら遠慮するなよ？」

熱中症気味のかなめに渡そうと水のペットボトルを取るんだが、そいつがいつの間にか触るのがイヤなほど熱くなってしまっている。これじゃあ水というよりお湯だな。

前後には道が一応見えるが、砂漠では左右どちらを向いても砂しかない。下を見ても、道と砂しかない。他に見えるものは、上——青い空だけだ。

砂を見るのも飽きたのでその空を眺めていたら、空には1680万色のディスプレーを使っても表現しきれないほど繊細な青のグラデーションがある事に気付かされた。そんな青が、どこから始まってどこで終わっているのか分からないほど果てしなく続いている。まるで、青い宇宙空間だ。

かなめも俺《おれ》と同じで砂から逃げたかったのか、空を眺めていて——

「青に、吸い込まれそう……」

暑さにボーッとした目で、そんな事を呟《つぶや》く。

「吸い込まれないようにな」

俺がそう言ったら、かなめは一拍置いてからクスクス笑ってる。聞こえてから反応するまでが、ちょっと遅いな。意識が朦朧《もうろう》としてきているのかもしれない。

これは少し、休ませないと。と、ハッサンの方を向いたら——前方に砂でも空でもない何かが見えた。ジープが進んでそれがシュロの木だと分かってきた頃には、水のきらめきらしいものも見えてきた。

「あれは……？　オアシスってやつか」

俺が尋ねると、メメトも手で目の上に庇《ひさし》を作って前方を見る。

「――地下の伏流水が自然湧出した、泉性オアシスですわね。砂漠では大古の昔からの、道の駅みたいな所です。この辺りのオアシスだと最近はベドウィン《バダウィー》が定住してますから、きっと人家もありますわ。かなめお姉さま、少し日陰で涼めそうですわよ」

俺たちがオアシスやそこの住人について話していると、ハッサンはそれに気付き、

「そこのベドウィンどもの村で補給をしていくぜ。ベドウィンってのは千年前から砂漠に住んでる田舎者どもだ。それでも最近は物好きな観光客がその貧乏暮らしを見に来るんで、物売りもしてやがるんだ」

と、ベドウィンなる人々を見下した感じで言う。

ジープは、そのベドウィンのらしきテントが10張《はり》ほど集まっている所でようやく停《と》まり
……ハッサンは伸びをして、タバコに火を付けている。

テントは日光を反射するためか白く、大きく、スネフェル王の屈折ピラミッドみたいなユニークな形をしている。人の姿は見えないが、気配はあって……ガソリン式発電器から電気ケーブルが各テントに延び、衛星テレビのパラボラアンテナがあったりもしている。

それらのテントが小さな池っぽい水場を背に、ナツメヤシの木陰に集まっている光景は……マンガなんかで見た楽園っぽいオアシスのイメージとは、少し違うな。田舎暮らしの人々の小さなコミュニティって感じだ。

見れば1張《はり》のテントには、缶ジュースだとか袋菓子の写真をアクリル板に挟んだ看板が付いていた。ここはメメトが道の駅と称した通りで、ちょっとしたコンビニみたいな場所なんだろう。

「『ご休憩はコチラ』、『無料』と書いてありますわね。休憩所ですわ。かなめお姉さま、お兄さま、日陰でお休みください。私は冷えた飲み物を買ってきますわ」

メメトがそう教えてくれた場所は、日本の田舎のバスの待合小屋に似た……屋根の下にベンチを入れた、中途半端にしか壁のない木の小屋だった。

そこでなら陽射《ひざ》しが避けられるので、かなめと俺《おれ》はベンチに掛けてやっと人心地がつく。

で、メメトが商店らしいテントへ向かうと……くわえタバコでやってきたハッサンが、

「4人乗って走ると、思ったよりガソリンの減りが早い。ここで給油していきたいから、現金をくれ。ファイサル・ジヌーブからスエズまでだと1300ポンドってとこだ」

そんな事を言ってきた。道半ばでガス欠になっちゃったら困るぞ、と、俺は慌てて金を渡す。それにしても……辺鄙《へんぴ》な所だからか、高いな、ガソリン代。それならファイサル・ジヌーブで給油してから出発すれば良かったのに。という文句がノド元まで出かかったが……ここまで来てしまったからには、頼れる相手はこのハッサンしかいないんだ。機嫌を損ねないためにも、何も言わないでおこう。

(これで、手持ちの金がほとんど無くなったな……でも、エジプトの物価は安いからな。

今後は1食30円のコシャリで食いつなごう）

ハッサンはメメトが入ったのとは別のテントから、手にガソリンの携行缶を提げた赤いヒジャーブ姿のオバチャンを呼び出し、ジープに給油を始めさせている。

それを横目に、溜息《ためいき》をついてたら……何やら、この小屋の裏手に気配を感じた。危険な気配ではないんだが、正体不明なものが裏にいるのは気持ちが悪い。

ベンチを立ち、小屋を出て、日陰になっている裏手をかなめと共にソーッと覗《のぞ》くと——

「かっ……かわいい……！」

「……すごいな、こんなにいるのか」

そこはまるで、ミニ動物園だ。それこそガソリンスタンドも修理工場もない砂漠では、車より動物の方が信用できるという事らしく……エジプトではお馴染《なじ》みのロバ、筋骨隆々としたアラブ馬、白砂漠と同じ白色の毛をした大きなラクダ、あとこれは食用っぽいけど毛の薄い羊、それらの動物が数頭ずつ繋《つな》がれている。

かなめが元気を取り戻して抱きつき、俺もつい笑顔になってしまうほど可愛《かわい》かったのが……赤ちゃんラクダ。体高90㎝ぐらいのミニサイズで、コブも小さく、頭の毛がフワフワしてる。生まれた時からずっと人間に飼われて暮らしているラクダは、かなめが撫《な》でても俺がコブを揉《も》んでも逃げない。それどころか、むしろ甘えてくるぞ。

砂を目に入れないための長い睫毛《まつげ》とか、Wみたいな形の口元とか、ヤバイぐらい可愛い。

ぶひんっ、と、マヌケな声を出したのはクシャミらしい。

「あはっ、クシャミしたよ」

「飼いたいレベルだな、これはもう」

と、俺《おれ》たちが盛り上がっていたら――

――ギュルルルッ――！

という、ジープが急スタートするエンジン音がした。

「……!?」

振り向くと、そこでは砂煙を上げてハッサンのジープが来た道を引き返しているところだった。

俺たちに一言もないどころか振り向きもせず、ハッサンはアクセル全開で逃げていく。

とてもじゃないが徒歩ではもう引き返せない、ファイサル・ジヌーブの方へ。

「――しまった……！　騙《だま》された……！」

砂を蹴って走り出したが、ジープと人間じゃ競争にならない。諦めざるを得なかった。

すぐさまハッサンのジープは、砂の起伏の向こうに見えなくなっていき……

「……置いていかれちゃった……」

かなめが青くなり、メメトも音を聞きつけて慌ててコンビニ・テントを出てきた。

「ああ、ちょっと目を離したスキに！　お兄さま、お金を渡してしまったのですか!?」

「あ、ああ。だってあいつは警官だし……」

「この国では警官だって金を騙し取ったり持ち逃げしたりするんですよっ。日本を出たら、むしろそういう国の方が多いと心得て下さい！」

……叱られちゃったのも、しょうがない。

香港《ホンコン》以来ずっと、俺は世界のスリや詐欺師のいいカモ。典型的な日本人だよ……

しかもそこに、ガソリンを売ってくれていたオバチャンが来て、

「さっきのお巡りさん、支払いはアンタらがするって言ってたんだけど？」

カタコトの英語で、ガソリン代を要求された。ハッサンめ。俺からガソリン代を取って、しかもそれを払わずに給油だけして逃げたのか。そこまで徹底してると、もう参ったって気分になるね。

嘘《うそ》つきハッサンのセリフも、ここでガソリンが高価なことだけは本当で……請求は高額。俺はもう素寒貧だったので、メメトとかなめに手持ちの金をかき集めてもらってギリギリ払えた。

その結果……3人揃《そろ》って、手元に小銭しかない状態になっちゃったぞ。

しかも、行くも戻るもできなくなっている。概算だが、ジープは平均時速50㎞ぐらいで約1時間走った。ファイサル・ジヌーブからは50㎞出てきてしまっており、スエズまではまだ50㎞ある。しかもその行く手の全てが、とても歩いては渡れない灼熱の砂漠だ。

「……」

「……」

「……」

　途方に暮れるとはこの事で、俺《おれ》・かなめ・メメトはラクダの赤ちゃんと一緒に休憩所に屯《たむろ》して呆然《ぼうぜん》とするしかない。これからどうするか考えるんだが、誰からも何の案も出ない。出たのは、ぶひんっ。少々お洟《はな》が出るらしいラクダの赤ちゃんのクシャミだけだよ。

　そしたら、そんな休憩所に……

「──はいここで遊牧民族の魅惑の伝統芸、ララちゃんのベリーダンスをご覧下さーい！写真のモデル料は1枚30ポンド、お客さまと一緒に撮るなら50ポンドになってまーす！」

　上半身は赤と金のビキニ水着、下半身は腰ばきの長いスカートの、12歳ぐらいの少女が躍り込んできた。茶色のポニーテールをぴょんぴょんさせ、英語で料金説明をしながら。

　ララちゃんはアラブの民族音楽みたいなのを流すラジカセを地面に置いて、日本でいう腹踊りみたいなダンスを始める。この休憩所が最初からそれ用の劇場だったかのように、有無を言わさず始まっちゃったミニ・ショーに……俺とかなめは「？」と顔を見合わせ、メメトは溜息《ためいき》だ。

「あー、これは押し売りですわよ。まあ私たちは取られるお金もありませんけど、無視で。最近のベドウィンは食べ物やガソリンを売るだけじゃなく、観光客に踊りを見せて料金を取ったり、遊牧を見せてガイド料を取ったり、土産物を売ったりしているのです。そこの商店にもラクダのキーホルダーだの、魔除《まよ》けの石だのが売ってましたわ」

どうりでララちゃん、ちゃんとした英語で喋《しゃべ》ると思ったよ。普段そうやって観光客から小遣い稼ぎをしてるのね。

ララはまだ踊りながら俺に笑顔を向け、この地域の人特有の大きな目でウインクしたりしてきてるが……後で料金を請求されても払えないので、申し訳なくなってきた俺は、

「あー、済まないが。踊りを見せてもらっても、俺たちは払う金を持ってないんだ」

英語で、そう言う。するとララは……キョトンとしてピタッと踊りをやめ、

「……お金ないの？　さっきガソリン買ってたじゃん。じゃあ支払いはあんたらが乗ってきたジープが戻ってきた後でもいいよ？」

英語は映画で勉強したらしく、俺と似たハリウッド訛《なま》りの米語で返してきた。

「ジープは戻ってこない。スエズに連れていってもらう話になってたんだが、ここであの警官に騙《だま》されて置き去りにされたんだ」

俺が言うと、ララは「はぁ～？」と困り果てた顔をする。

「あんたらねー……金もないのにここに座ってられて、そのまま干からびられても困るんだけど。どうすんのよ？」

「どうするか考えてたんだよ、３人で」

そんな俺《おれ》の回答に、ララが迷惑そうな目でこっちを見てくる。そりゃ平和な田舎の村に不審な外国人たちが屯《たむろ》してたらイヤだよな。メメトはエジプト人だけど。

で、ララはラジカセを止めて拾い上げ、サーッといなくなった。テントの方へ。

「なんか、マズイ流れかもしれないね……」

「金もないし移動もできない俺たちなんか、ジャマ者でしかないもんな……」

「ベドウィンは伝統的には好戦的で、昔から僅かな人数で砂漠を支配している屈強な民族ですわ。都市部を追われた武装テロリストが、逃げ込んだ砂漠でベドウィンに誅殺《ちゅうさつ》される事もあるとか。しかもここのようにラクダを多く飼育しているベドウィンは身分が高い、つまり特に戦闘力の高い氏族です。事を構えると厄介ですわよ」

メメトが冷や汗を垂らしつつ語り、俺とかなめもさっきまで可愛《かわい》く見えていたラクダの赤ちゃんを怖々見つめる。しかしいくら怖くなってこようと、逃げる先もなければ隠れる場所もない。ここは砂漠のド真ん中だからな。

まな板の上の鯉《こい》みたいな心地でいると、ララが……色はさっきの衣装と同じ赤と金だが、長袖の服にショールを肩掛けし、スカーフをかぶって出てきた。で、

「長老《シャイフ》のテントに来な」

さっきまでの歓迎ムードではない口調で、テーブルの上の物をかき寄せるような手つき——俺たちを手招きする。床面積が80㎡ぐらいはありそうな、一番広いテントの方へ。

その、ラクダの毛と植物の茎で織られたテントから……さっきは全くしていなかった、男の気配がする。それも、複数人。オフにしていた存在感を、意図的にオンにした感じだ。そういう事は軍で訓練を受けた者や実戦経験のある者にしかできない。

「……」

俺はかなめとメメトを後ろに連れ、渋いニオイが薄く漂うテント内に入る。

天窓が開いていて明るい屋内には、壁際に沿うように女性が数人座っている。ニオイの発生源は、奥で植物から薬を作っている老婆の皿だ。彼女も含め、女たちは全員赤と金で彩られたヒジャーブをかぶっている。髪を出している女は、幼い子供たちだけだ。

それと全員肌が浅黒く、ヒゲのある……白いローブを着た成人男性が、５人座っている。ゲッ、１人が自動小銃《アサルトライフル》――ＡＫ－４７のハンガリー製コピー銃《ＡＫ－５５》を背負ってるぞ。メメトがさっき言ってたような流れで、イスラム武装勢力から横取りしたんだな。他の男たちも、拳銃やライフルを背後に置いてる。武偵高《ぶていこう》と同じで、この氏族の男たちには武装しなきゃいけない掟《おきて》があるんだろう。で、皆さん揃《そろ》って無言でこっちを見ていらっしゃる。

（ここは、砂漠のド真ん中。俺たちを殺しても、警察の調べが及びにくい場所だ……まあ警察がいようと、ハッサンみたいな連中じゃ意味は無さそうだけどな。どうあれ、争いにならないようにしないと……）

ララに促されて俺たちが絨毯《じゅうたん》の床に座ると、一番奥にあぐらをかいている長い白ヒゲの老人が正面に見える。

老人は頭が倍ぐらいに膨れて見えるターバンをしており、背は丸く曲がっているが……テント内の皆の態度から、彼がとても敬われてる事が分かる。首からペンダントのように提げたナイフの鞘《さや》も、ド派手に宝石で飾られたものだ。彼が、長老だな。

何かをアラビア語でボソボソ言った長老は、水晶体が白濁した——白内障の、だが鋭い眼光を失っていない目をギロリとこっちへ向けている。顔や手の皮膚の弛《たる》み方から見て、この老人は100歳を超えているだろう。そこが砂漠であっても、大自然の中でストレス無く暮らしている人は長命になるのかもな。

（……今の俺《おれ》たちは、彼らにとって何のメリットも提供できない……）

言っちゃ何だが資源に乏しいこの地では、俺たちみたいな流民は砂に埋めてしまうのが一番楽だろう。そういう伝統があってもおかしくない。都会育ちのメメトもベドウィンと交流した事は無いらしく、緊張顔だ。やむなく、俺はホルスターの拳銃を意識する。

ララがアラビア語で何かこっちに声を掛けると、メメトが答え——それからしばらく、俺たちの状況を説明している様子だ。

ベドウィンの男たちも何かメメトに尋ねているが、俺に分かるのは『セウズ』と訛《なま》って聞こえる『スエズ』の地名だけだ。

それからしばらく、ベドウィンたちは自分たちで相談する時間に入ったので……

「……みんなは何て言ってるの？」

かなめがコソッとメメトに聞くと、

「それが……皆さん訛りが凄《すご》くて、半分ぐらいしか分からなくて……とにかく、私たちがイスラエルの工作員じゃない事だけは理解してもらえたようですけど……」

メメトも正確なコミュニケーションができたかどうか自信は無いらしく、表情は硬い。

すると……長老がララに何か言い、ララが俺を手招きする。

「男に話を聞きたいって」

やはりベドウィン社会では男が責任者として扱われるのか、長老はアラビア語が喋《しゃべ》れるメメトより俺をご指名のようだ。

男社会ではナメられたら負けなので、もう俺は開き直って——日本式に一礼してから、長老の前で堂々と胸を張って胡座《あぐら》をかく。

長老の隣には、彼をボディーガードするようなムードで長身の男が座る。２０代中頃と思われるその男は、いつの間にか半自動小銃のラシード・カービンを携えてきている。

「私はムスタファ。ララの兄だ。君たちは外国人でありながら、観光客ではなく思える。それがなぜ、スエズを目指すのか」

めちゃめちゃ濃い顔のその男は英語が出来るらしく、そう尋ねてきたので——

「俺は遠山《とおやま》キンジ、日本の武偵《ぶてい》だ。スエズに行くのは、仲間の安否確認と連絡のためだ。

俺《おれ》は仲間の船がスエズ運河を通るのを、直接この目で確認しなきゃならない」

「その船と連絡ができないのか」

「詳しくは言えないが、できない仕組みの船だ。でもスエズでなら連絡ができる。そしてこの件には、俺の仲間の命が懸かっている。厚かましいとは思うが、どうすれば明日の夜までにスエズに行けるか、知恵を貸してくれないか」

　俺がそう話し、ムスタファが長老に通訳すると……

　長老はしばらく俺をジッと見てから——掠《かす》れ声で、ムスタファに二言、三言だけ返した。命令が短い。殺せ、埋めろ、そのぐらいの言葉量に思える。隠すべき部分を伏せなければならなかった俺の説明も、いかにも不審だったろうしな。一斉に襲って来るか？　いや、疑心暗鬼で構えすぎか……？

「——長老《シャイフ》の命《めい》が下された。私がスエズまで案内する。今から出ると1泊2日になるが、明日の昼過ぎには着けるだろう」

　ムスタファはクールにそれだけ言うと、細かい説明ナシに立ち上がる。声をかけられた妹のララがウキウキと靴を履き替えているところを見るに、彼女もついてくるっぽいな。

　しかしどうやって行くのか、経費がどのくらいかかるのか、その支払いはどうするのかなどの細かい話が何もない。

　エジプト人が相手なんだ。これは後で過大な請求をされるに決まってるぞ。１００万円とか請求されたら困るんだが。

しかし長老が命令した物事は迅速に行わなければならないらしく、今やテントの内外で誰もがムスタファとララと俺たちの旅支度に奔走してる。パンと肉、水とドライフルーツ、ミニ絨毯《じゅうたん》、現金、銃弾、薬などを入れた革袋が次々とテントから運び出されていくぞ。

プクプクと水煙草《シーシャ》をやり始めた長老と、始終ずっと薬を作っている老婆だけは話をする暇がありそうだったが……この2人の訛《なま》りの凄《すさ》まじさは推して知るべしなので、メメトと話させても徒労になるだけだろう。ていうか俺も風や砂から身を守るマントやターバンを渡されて、かなめやメメトもベドウィンたちに旅装束の着付けを始められちゃってるよ。

もう……支払いの事は、後で何とかしよう。こうなったら、ムスタファとララと一緒に打って出るしかないって事だ。この白い、広い、東方砂漠へ。

6弾　不思議は効力を失う

メメト曰《いわ》く、ベドウィン——アラビア語ではバダウィー——とはズバリ、『砂漠の民』という意味。居住地域は砂漠全体なのでメチャメチャ広く、都会人たちが引いた見えない国境線なんかほぼお構いなしに遊牧生活をしている。その生活スタイルは、5千年前からほとんど変わってないらしい。

彼らが移動や輸送に使う動物は近距離ではロバだが、中距離で馬、遠距離だとラクダになるようだ。ロバはチャリ、馬は車、ラクダはトラックみたいなイメージだな。

俺《おれ》たちはその遠距離コースなので、ラクダの隊列で行く事になった。長い赤縄で前後を繋《つな》がれて並ぶ5頭のラクダは、まるで砂漠の列車だ。

先頭のラクダには、ムスタファが乗る。見様見真似《みようみまね》で、俺が2頭目のフタコブラクダのコブとコブの間にある鞍《くら》に座る。

ラクダの前コブには戦闘機の操縦桿《そうじゅうかん》みたいな位置に木製のハンドルが付けられており、それを掴《つか》むと——ラクダが、後肢、前肢と、セーラがピラミッド前で強奪したやつと同じ順番に足を伸ばして立ち上がる。その際前後に物凄《ものすご》く傾くので、俺はラクダのコブに腹と背中をブヨンブヨンぶつけつつ、落ちないよう堪える。

ラクダが立ち上がると、その背中は怖いほどに高い。写真や動画では分かりにくいものだが、ラクダってイメージよりずっとデカい動物なんだよな。

高く上げられた俺の体を、砂塵《さじん》と激しい太陽光がダイレクトに苛《さいな》んでくる。しかし今の俺はベドウィンに借りた白マントを合羽《かっぱ》のように着て、巻き方はどうでもいいらしいので適当に巻いて後ろに流したターバンも付けている。そうして全身を白布で包むと、砂塵は皮膚に付かず、直射日光から頭部が守られる。おかげで、高温の中で厚着したのにむしろ快適になった。

かなめとメメトもここのベドウィン女性たちから借りた赤と金のスカーフとショールを着ており、それにより砂や日光から体を守れているらしい。

3頭目にかなめ、4頭目にメメト、最後尾にララが乗る。ここも彼らの習わしに従って、キッチリ男女はグループ分けされてる感じだね。

「車道に出て道沿いに歩いても良いのだが、警察や軍の検問があると外国人は面倒な目に遭わされる事だろう。アターカ山地は回り込むが、概《おおむ》ね最短距離でスエズへ行く」

「過激派は道路沿いとか線路沿いによく出るんで、むしろ東方砂漠の真ん中を突っ切った方が安全だから」

前からムスタファが、後ろからララが言ってきて……どこんっ、どこんっ。ラクダが、白い砂漠へ蹄《ひづめ》を踏み出していく。

ラクダとラクダは数mずつの距離を取りながら、前後のラクダを繋《つな》ぐ赤い縄を撓《たわ》ませて列になって歩く。俺《おれ》からは、ムスタファが背負うアンティーク銃の趣さえあるラシード・カービンが見える。手入れは行き届いてるが、その使い込まれた木製ストックの味は……実戦、それも戦争を経験した銃だな。多分。

俺は体質的にあまり酔わないタイプだが、ラクダはけっこう揺れる。後ろを振り返ると、カンカン照りの白い砂漠を歩くラクダの隊列はとてもキレイだ。よく躾《しつ》けられているな。車に乗っていた時は熱中症気味だったかなめも今は大丈夫らしく、笑顔で手を振ってきた。

白砂漠と呼ばれるこの砂漠の砂は、本当に純白だ。ジャンヌのガイドブックで読んだが、これは珊瑚《さんご》や貝の死骸の石灰が堆積した石灰岩が風で崩された砂らしい。

風に飛ばされて俺の指に付着する砂塵《さじん》はサラサラした感触で、間近に見てみると細かいガラスのようにキラキラしている。少し大きな砂粒も、指で擦《こす》ると粉のように崩れる。

さっきのオアシスが砂の起伏の向こうに消えると……

今度こそ、世界は全てが砂と空だけになった。道さえもない。まるで砂の海の上だ。

「砂漠以外、何も見えなくなったが……ムスタファは迷ったりしないのか？」

「君には見えないだろうが、私とララには道が見えている」

俺が尋ねると、ムスタファが落ち着いた声を返してくる。

大したもんだなと思いながら進んでいくと、砂漠にボコボコと白い突起が見え始めた。

まだ崩れていない大きな石灰岩らしいな。どれも全く見分けが付かないから、これも俺にとって道しるべにはならないけど。

白砂漠の石灰岩には、高さが2～3mあるような大きなものもある。近くを通過するとそれらは下の方が細くて上が太い、キノコみたいな形をしている。岩は長年をかけて風で崩れていくらしいのだが、崩れるなら上から削れるだろうに……なんでだろうか？　と、その辺のことをムスタファに聞いてみたんだが、

「それはアッラーがお決めになった事だ」

回答は、そっけない。一緒に行く内に分かったんだがムスタファは無口な男で、俺との旅は静かなものだ。なので男子チームが立てる音はラクダが砂を踏むグイッグイッという足音、荷物の革袋が自重でギュッギュッと鳴る軋《きし》み音ぐらいしかない。

あとは、ジープに乗ってた時はエンジンの爆音のせいで気付けなかったが……砂漠には、海鳴りのような風の音がある。それは人間が現れる前とも滅び去った後とも同じ、地球の音なのだろう。低い、鼓動のような、いい音だ。

と、耳を澄まして聴き入っていたい風の音……に上書きされてしまうのが、後ろの女子たちのキャッキャキャッというお喋《しゃべ》りの声。車間距離ならぬラクダ間距離はちゃんとあるのに、まるでそれが真後ろで喋られてるようにハッキリ聞こえている。地上に音を遮る物が何もない砂漠では音がよく通り、全ての音が大きく聞こえるのだ。

青空には、相変わらず一欠片《ひとかけら》の雲もない。俺《おれ》のような日本人は見たことがないどころか想像した事すらない、白と青の2色しかない世界。

そこをノシノシ進むラクダたちも、白い。ラクダたちは実に賢く、前のラクダが付けた足跡を後ろのラクダが踏んで全く同じコースを歩いてくる。アラビアン・ナイトの時代の砂漠を渡った隊商《キャラバン》のラクダも、こんな感じだったんだろうな。

陽《ひ》が傾いてきた頃、砂漠の足下が下り坂になってきた。ラクダは歩幅を少し狭めつつ、気持ちX脚で砂の坂を下《くだ》る。砂漠にも起伏はあるが、ここはハッキリと谷になっているな。砂漠に渓谷があるとは、これも驚きだ。

ラクダ同士は距離を取って歩いているものの、命綱みたいな縄で前後が繋《つな》がっている。坂ではどれかが転げ墜《お》ちると他も共倒れになるので、ここは慎重に、先に谷底まで下りたラクダは後ろのラクダを待つ小休憩タイムだ。

下りた谷底は平坦《へいたん》で、砂と小石が道のように続いている。若干その道は色が土っぽく、濃い。そこでムスタファはラクダを一旦降り、何かを探すように辺りを見ていた。

「ここは何なんだろうな？　ラクダが歩き易《やす》そうだけど。人工の道とは思えないが……」

最後にララのラクダが下りてくるのを待ちながら、近くに下りたメメトに尋ねると、

「ここはワジですわね。日本では馴染《なじ》みがないものと思いますが、涸《か》れ川《がわ》です。砂漠にも

雨期には希《まれ》に雨が降って、その時ここが僅かな間だけ川になるのですわ」

なるほど、言われてみるとここには川底だけがある感じだ。今下りてきたこの坂にも、風紋とは異なる地層っぽいシマシマがあったしな。

そこからムスタファはラクダを縄で曳《ひ》いて歩き、かつて周辺のオアシスから流れてきたらしい流木……と言えるほどの大きさではないが、枯枝《かれえだ》を拾いながらワジを歩く。見ればララも歩いて、枯葉を大切そうに拾い集めている。ので、俺たちもそれは手伝った。

そうしてワジを歩いた後、また俺たちはラクダに乗り直し――ムスタファにはどうして道が見えるのか全く分からない砂漠に出る。

この辺りではキノコ形の岩は見られず、ピンク色をした花崗岩《かこうがん》の岩山が遠くに見えるが……ここがどこなのかは、俺にもメメトにも分からない。携帯はもちろんずっと圏外だし、かなめのテラナさえも人工衛星のカバー圏外らしく電波を掴《つか》まない。

砂漠とは歩いている内にさえ風で地形が変わってしまうものなので、もう俺にはスエズへの道どころか帰り道も全く分からない。悠樹菜《アレハハキ》さんと行った異次元空間《マヨヒガ》より異次元感が強いな。

そして、ラクダに揺られる中で夕刻がやってきて……

あれだけ青かった空が、色を変えていく。勿忘草色《わすれなぐさいろ》から、藍色へ、瑠璃色へ……太陽の周りは、金糸雀《カナリア》色から、橙色《だいだいいろ》、金赤色へ……

そして、深紅の時間が訪れた。日没が始まったのだ。

すると、ここは砂漠の真ん中なのに――ムスタファがラクダを停《と》める。そして荷物からクルクル巻きにしてあったミニ絨毯《じゅうたん》を取り出した。

それを砂漠に敷いたかと思うと、ムスタファは体の向きを決めて両膝をつき――何かを唱えながら砂を手で握り、体に擦《こす》り付け始めた。

彼の真剣な表情と、神妙な仕草から分かる。それは宗教的な行為、日没の礼拝《アザーン》だ。砂を自身にかけたのはおそらく、体を清める所作だな。

「……アッラーの他に神は無しと私は証言する《アシュハド・アン・ラー・イラーハ・イッラッラー》……」

ムスタファは俺《おれ》には分からない詞《ことば》を唱えながら、礼拝を行っている。ハッキリと特定の方角を向いて――メッカの方へ平伏している事から、ムスタファには何の目印もないこの砂漠でも方角が明確に分かっている事も見て取れた。

「……アッラーは偉大なり《アッラーフ・アクバル》……」

イスラム教徒の礼拝は、俺たち日本人が神社で健康や幸運を祈るのとはムードが違うな。お願い事をするというより、ひたすら神を称《たた》え、自分が神を信じていると神に伝えている。そんな感じだ。

この礼拝というものは長いのだが、さすがにジャマしちゃダメな気がするので、黙って待つ。気付けばララも今はラクダの上におらず……砂の丘の向こうで礼拝している事が、かなめとメメトの視線で分かった。やっぱり礼拝も男女別々にするんだな。

　俺は日没の礼拝の詠唱を聞きながら、太陽とは逆の地平に瞬く星を見る。自分の目線の高さよりも下に星を見るのは、ビルや山に囲まれている日本人にとって不思議な感覚だ。無人島の海で水平線に星を見たのを思い出すが、砂漠の星にはそれとまた違う趣があるな。

「今日はここにキャンプするのか？」

「いいや、もう少し進む。今夜は月も出る。今の、あの星とあの星の間の方角。その先がスエズだ」

　俺に尋ねられると、礼拝を終えたムスタファが空を指して言う。この男の頭の中には、方位磁針のみならず時計と全天星図も入っているのか。見ればララも同じ方向にラクダを向けて乗り直している。砂漠の民は皆、それらの事は当然分かるんだ。

　彼らは砂漠の道を巧みに見分け、月や星の位置と運動を正確に記憶・計算し、砂の海を渡る事ができている。あの警官のハッサンはベドウィンを田舎者とバカにしていたが――砂漠の民は、携帯やGPSに頼りっきりの俺たちよりずっと優れた人間だと言えるんじゃないか？　そんな気がしちゃうね、ここだと。

　月明かりだとうっすら青白く見える砂漠を、白いラクダの列が行く。

　アラブ諸国の国旗には、太陽より月を描いたものが多い。それは砂漠では日中の太陽があまりにも厳しく、夜に優しく道標《みちしるべ》となってくれる月の方が好ましいものだからなのかもしれないな。

夜が更けてくると気温は刻一刻と下がり、今は15℃を切ったぐらいだろう。日中は暑さ対策だったマントやショールが、今度は肌寒さから体を守ってくれ始める。

ただラクダの上に座ってただけでも、肉体は無意識にバランスを取る運動を続けていたらしく……だんだん、疲れてきたのを感じるな。振り返って見ると、かなめやメメトにも疲労の色が見える。

「食事にしよう。その後、夜明けまで眠る」

そんな俺《おれ》たちの様子に勘付いてくれたか、やっとムスタファは夜中にラクダを停《と》め——ホテルはおろか、小屋の一つもないだだっ広い砂漠の真ん中でそう宣言した。

その言葉が分かったかのように、ずしん、ずしん。ラクダが前・後の順に脚を折り曲げ座るので、俺は乗った時と同じで腹と背中を前後のコブにブヨンブヨンぶつける。

「お、オシリが痛くなったね……」

「私も、こんな長時間ラクダに乗った事は無かったですわ」

かなめとメメトもラクダを降り、腰を摩《さす》ったり伸びをしたりしてる。俺も膝が笑ってる感じがあったので、屈伸をしていると——視線が下がって分かったが、ここにはタマネギぐらいの大きさの毛玉みたいな植物が点々と転がっていた。小さいが、これはユタで見たタンブルウィードの近縁種らしいな。見ればラクダたちはその草の玉をパクパク口に入れ、クッチャクッチャとガムを噛《か》むように咀嚼《そしやく》してる。

さっきワジで拾った枯枝や枯葉をまとめたララが、焚火《たきび》を始める。焚火は月と砂だけの青白い世界だと殊更赤く光り、それを囲む皆の顔もオレンジがかって見えた。

女子チームは手分けして夕食の準備をしてくれて、まずララが真空パックのヤキトリ《シシタウク》を焚火の周りで焙《あぶ》ってくれた。かなめが水筒から紙コップに注いで配ったのは、砂糖入りのラクダのミルクだ。

メメトが表面を軽く水拭きして砂ボコリを落として配ってくれたのは、3ヶ月間日干ししたというベドウィンのパン。昔ながらの携行食らしいこのパンは石みたいに硬かったが、ムスタファの見様見真似《みようみまね》で割ってミルクに浸すと美味《おい》しく食べられた。

ヤキトリとシュガーミルクとパンだなんて、やった事のない組み合わせだが……疲れた体に、じわじわと栄養が染みわたっていくのが分かる。あと驚いた事にメメトの影からは何とここにもついてきていた黒ネコのトトが現れ、ヤキトリをもらってた。

「トト、お前の神出鬼没っぷりはヒルダといい勝負だな」

などと話しかけつつアプを探したりしてたら、えっ、俺の影からもトトが……？　って、違う！　なんかキツネみたいなイヌみたいなネコみたいな得体の知れない小動物がいつの間にか隣にいる！　毛が砂漠色で、目が電球みたいに光ってるやつが！

「うおおわっ！　なんだコレ！」

「わぁ！　キツネ？　かわいいー！」

俺《おれ》は座ったままジャンプするぐらいビックリし、かなめはその動物に歓声を上げる。

「ファナク。英語だとフェネックだよ。この子たちはヤキトリの匂いが好きだからねぇ」

と、ララはクスクス笑いながらヤキトリを分けてあげている。そしたらフェネックの影から子フェネックが湧いて出て、みんなで食べ始めたぞ。うわうわ、最初はビビったけど、改めてよく見たらめちゃめちゃ可愛《かわい》い。

砂地に伏せたラクダたちは、みんな頭を地面に放り投げるように置き、あさっての方を向いて寝てる。ラクダってそうやって寝るのか。写真撮っとこう。

そのラクダに搭載していた人数分の毛布を取ったムスタファは、

「明け方は冷えるから、これに包《くる》まって寝るように」

とだけ言って、あとは特に説明もなく自分とララも毛布にミイラみたいに包まり、横になってしまった。2人とも、こうなるとどっちが頭でどっちが足か分からないね。

俺たちもマネして、ミイラっぽく毛布を体に巻き付けて砂漠に仰向《あおむ》けになるんだが……地べたに寝そべると、耳が苦しいほどに音がない。砂が音を吸収してしまってるんだな。

そして——視界の360度全方向に、壮大な月と星空が広がっていて——

「うわぁ……キレイ——」

「これはスゴイですわね」

「ていうか、明るいな……」

ここは砂漠のホテル。世界一広いホテルだ。

ベッドは地球そのもの。天井は星空。眩《まばゆ》い月の周りには、大きく虹色のリングが見える。星のシャンデリアも賑《にぎ》やかに燦《きら》めいて、うまく寝られなさそうなほどだ。いいや、寝られなくたって構わない。この美しい空を見続けていたくて、眠るのがもったいないよ。

とか、柄にもなく感動してしまっていたら……ゴソゴソ……

なんだァ……？　右から、かなめがスリ寄ってきたぞ……？

ロマンチックなムードにウットリした表情のかなめは、自らの毛布を中途半端に解いて抱きついてくる。『ミイラが眠りから覚めたと思ったら、実は中身が美少女でした』的な、俺的には二重に怖い光景だ。

「お、おいっ。男女は離れて寝るべきだろ。くっつくなよ」

俺は自分に都合よくアラブの国のルールを持ち出すが、かなめは俺が自分の体に巻いた毛布をくぱぁと開けて中に入ってこようとする。なんでだよ……！

「だってー、寒いんだもん。兄妹《きょうだい》ならくっついて寝てもいいんじゃない？　ララちゃんもムスタファさんにくっついてるし。兄妹は温め合うのが合理的なんだよ」

確かにけっこう寒いし、見ればララ・ミイラはいつの間にかムスタファ・ミイラにスリ寄ってるし、実際かなめが毛布に入ってくると温かいんだが……かなめの脳は白雪《しらゆき》と似た構造なので、昔あれが梅雨寒の救護科《アンビュラス》棟でやらかした『雪山で遭難したときは、ハダカで温め合わないと凍えちゃうんだよ！』的謎理論からの大騒ぎになる危険性がある。

寒さ以外の震えを覚えた俺《おれ》が、体を左に逃がしたら──そっちでも毛布を掻《か》き分《わ》けて、

「あらあら《レーレー》ー？　お兄さまったら、寒いとか言い訳して妹に抱きつくなんてきもすぎ♡逮捕されるべき変態さんですわね♡　はい、メメトのこと触ったから逮捕♡」

俺が言ってもない事を言った事にしながら、メメトがニヤニヤくっついてきたぞ……!?もう1体のミイラも復活したら美少女だった件！

「おいメメトお前もッ、くっつくなよ、かなめも……！」

「えー、じゃあ、お兄ちゃんはあたしが凍えちゃってもいいの？　あっためてよー！」

「そうそう。かわいい妹たちが砂漠で凍死してしまいますわよ？　温めてくださいな」

「……って、そこまで寒くないだろ、ちゃんと毛布を巻き直せば……！」

「だめ！　女の子は体を冷やしちゃダメなの！」

「ダメといったらダメなのですわ！　キー！」

妹たちが右から左から俺の耳に叫ぶので「あーもう……分かったよ。じゃあもう好きにしろ」と言ってしまったが最後。２人は俺に左右から両手で抱きつき、両脚を絡めてきた。

「分かってくれたんだね。お兄ちゃんはイヤがるフリをする事もあるけど、最後には必ず

あたしを理解してくれる。兄妹《きょうだい》は必ず、心と心が通じ合う。いつも、いつまでも……」

「分かればよろしいのです。あら？　お兄さまったら、妹に屈服してドキドキしてるの？　マジきも♡　きもすぎて大好き♡　なさけな♡　よっわ♡　くっさ♡　すき♡　ざこ♡」

かなめとメメトはそれぞれ難解な気に入り方で俺を気に入ってるらしく、2×2の手で──俺の胸やら首筋やら頭やらを愛《いと》おしそうに撫《な》で回《まわ》したり、変な所をつねったり素肌に軽く爪を立てたりしてくる。そうこうしてる内に2人はハァハァフゥフゥという荒い息を立て始め、

「お兄ちゃん……あたし、まだ寒いの。体は温かくなったけど、もっと温めてほしいの。あたしの体の真ん中を、熱くして……！」

「お兄さまったら、メメトがお兄さまの手をメメトの体に寄せたくなるようにしてくるの、最低すぎて笑えますわ♡　えいえい《アイワー》い♡」

とか、俺の右手と左手を引き寄せてそれぞれの胸に当てさせてくるから一大事……！

（ヤバいっ……血流っ……！）

かな胸のせいで右半身を激しく巡る血流が、メメ胸のせいで左半身を激しく巡る血流と俺の正中線で衝突している。そんな事も起きるものなのか。ていうか俺の体内はどういう構造になっているのか。という驚きや疑問はさておき、右と左の血流は互いに勢いを打ち消し合い、おかげで俺はヒステリアモードになる一歩手前で一瞬の時間的猶予を得られた。

この隙に、俺《おれ》は急遽《きゆうきよ》——雪花《せつか》が伝授してくれた『鏡拳《きようけん》』の極意を利用し、『ここにいる自分は半分だけしか自分ではない』と自らに言い聞かせようとする。そう思い込むことができれば血流は半減し、甘ヒスに留《とど》められるという新作戦だ。『自己《ジコ》ガ貳人《フタリ》居ル物《モノ》ト強《ツヨ》ク心理《シンリ》ニ念《ネン》ジル事《コト》』。むむっ、強い精神的ストレスに晒《さら》された人が別人格を作り出すような感じで、なんとなく出来たような気がするぞ。今そこで妹たちにオモチャにされてる俺は別の俺で、この俺は高みからそれを見下ろしている。遥《はる》かなる、高みから——隼《はやぶさ》の頭部をもつ、古代エジプトの天空神・ホルスのように——……

……——って、オイィ!?　かなめとメメトに代わる代わるチュウされて倒れてる方の俺、失神してるじゃん！　今この俺は空からそれを見てるけど、だんだん離れていってるよ!?

これはアレだ、前に巣鴨《すがも》の実家で心を無にしすぎて魂が抜けちゃった時と同じ状態！　自分が2人いる状態のバランスが悪くて、1人が抜け出ちゃったんだ。大失敗だッ。戻せ、戻せ、魂を戻さないと。えっと、ここからそれってどうやるんだっけ。『意識観念《イシキカンネン》ヲ貳《フタ》ツ同時《ドウジ》ニ持《モ》チ各々別個且同時《オノオノベツコカツドウジ》ニ思考《シコウ》スル事《コト》』だっけ。ムズいなオイ！

「……ハイヤー・アラルファラー《いざや救済のために来たれ》……」

無音の世界を切り拓《ひら》くような夜明けの礼拝の朗詠《ムアッジン》で目が覚め、今日が始まる。

祈るムスタファとは別の所で、ララも小さな絨毯《じゆうたん》を敷いて礼拝をしている。

これはきっと千年前から変わらず繰り返されてきた、ここの風景なんだろうな。

天空には何層もの赤橙《あかだいだい》・緋色《ひいろ》・真紅の色調が花開いていく。地平は朝焼けの中にあり、遠い岩に光と影のコントラストが生じ、砂漠の砂が燃えるように色付いていく。

その光で気付いたが、燃え尽きた焚火《たきび》の周囲に砂色の蛾《が》がいる。それを食べに来たのか、フェネックより小さいネズミみたいな小動物の足跡もあった。最初この砂漠は全くの不毛地帯に見えていたが、けっこう動植物がいたんだな。

ちなみに昨晩の俺はその後なんとか自分の意識をもう1つ作る事に成功して、失神した自分の体にその意識を入れる事にも成功している。とはいえその意識はデキが大変悪く、俺の体は暴走したエヴァンゲリオン初号機みたいな這《は》い方でかなめとメメトから逃げて、夜空に吼《ほ》えていた。俺が鏡拳を使いこなせるようになるまでは、まだまだかかりそうだな。なお、妹たちがその後ドン引きして俺から離れて寝てくれたのは不幸中の幸いである。

「――キンジ。ここから向こうを見ろ」

ムスタファに手招きされて、少し盛り上がっている砂の丘に上がると――

（……？）

砂の地平線に、直線が見えた。左右どちらにも見渡す限り続く、白っぽく見える直線だ。直線は自然界に存在しない。すなわちそれは最低でも数十㎞はある人工物という事になる。よく見ると、その直線に沿ってシュロの木が植えてあるのも分かった。道路か、線路だな。

その直線の向こう側は、青い。水の青さだ。海か。方角から考えて、紅海だろうか？
だが、これは奇妙な光景だ。直線的な道に沿うように、海岸線も直線になっている。俺《おれ》は海に囲まれた日本から来た人間だが、あんなまっすぐな海岸線は見たことがないぞ。

「あれがスエズ運河だ」

ムスタファに言われて、俺は「あれが……運河なのか……！」と目を見張る。

てっきり海かと思ったが、運河だとは。俄《にわか》には信じがたい程の大きさと広さだが、あの水辺が直線である事——人工物である事が、あれが運河だという証拠でもある。となるとその手前の直線は、俺たちが電車で行く予定だった鉄道と、それに沿う車道って事か。

——スエズ運河。紅海と地中海を行き来できる、海上の要衝。ヨーロッパ・アメリカとアジア・アフリカを繋《つな》ぐ、地球の近道。その水路が、ポートサイド側——北側を見ても、スエズ側——南側を見ても、地平の果てまで続いている。

「まさに海の大動脈ですわね。小学校では全長１６３㎞と習いました」

「東京から静岡までよりも長いんだね、スエズ運河って……」

メメトとかなめも起きてきて、肉眼で見えたスエズ運河に驚いている。

——明日、ノーチラスとイ・ウーがスエズを通過する。それを信じて長旅をしてきたが、ようやく辿《たど》り着《つ》いたな。

それから俺たちは涼しい内に毛布をラクダに積み直し、再び旅立つ。

日が高くなってきて視界が広がり、歩く内に距離も縮んできた事で、スエズ運河の水の青さが一層ハッキリしてくる。薄いクリーム色をした砂漠に一筋通された、ストレートで、涼しげで、清らかな青だ。そして運河の向こう、北シナイ半島《シャマール・シーナ》──アジア側にもこっちと同じ砂漠が広がっているのも見えた。

何度も拡張工事をしたものだとはいえ、よく砂漠のド真ん中にこんな巨大な水路を開削《かいさく》しきったもんだな。そこにはピラミッドを建設しきったエジプト人の気の長さにも通じるタフな精神性が感じられる。

俺たちのラクダの隊列は次第に運河へ近づきながら、その南端を目指す。運河から漂う水蒸気の気配は心地よく、ニオイは完全に海水のそれだ。スエズ運河は海水を引き入れた水平式運河だからな。

電車は走っていなかったが、線路もだいぶハッキリ見えてきた。車道には大型トラック、運河には浚渫船《しゅんせつせん》が見える。どうやら周囲が砂地だから、絶えず運河の底の砂を浚《さら》う必要があるっぽいな。ともあれ久々に見た、自分たち以外の人間の営みだ。嬉《うれ》しくて、ラクダの背からしばらく眺めてしまうよ。砂漠の空漠たるムードが、遠くて小さく見える車や船によってむしろ強調されている。これこそ写真や動画には残しがたい、旅愁ってやつだね。

だが……その旅情をぶちこわしにする、醜い物がある。

港に近づくにつれて現れて、次第に増えていく、廃墟《はいきょ》――無残に崩れたコンクリートの建物や、砂漠に転がる錆《さ》びた鉄クズの数々。ゴミ捨て場とも打ち棄《う す》てられた工事現場とも違う、もっと殺伐とした人間の行為の跡。

普通の人ならこれが何なのか気付かなかっただろうが、俺《おれ》にはすぐ分かった。

――戦場跡だ。

それも、戦後数十年しか経《た》っていない、現代のもの。

運河に沿う線路はかつて激しい空爆や砲撃に晒《さら》されたらしく、現役のレールの周囲には無残に曲がったレールが打ち捨てられてある。監視所と思われる、倒れた鉄骨の櫓《やぐら》。砂にかなり埋もれているが、長い塹壕《ざんごう》の跡もある。型式も判然としなくなるまでやられ、錆び、砂の中に擱座《かくざ》した戦車も見られた。そういった無残な光景が、運河沿いの至る所にある。

昔空爆されたらしき、コンクリートの建物――折れ曲がりながらも、今なお怨嗟《えんさ》の砲身をイスラエルの方角へ向けている砲台跡もあった。

「これは……」

「戦《いくさ》の跡だ。私の祖父もスエズで死んだ。この背の銃は、彼がここで使っていた形見だ」

ムスタファが教えてくれて、思い当たる。

――スエズ戦争。

アラブの国々はイスラエルと４次にも及ぶ、果てなき戦争を行っている。中東戦争だ。

その第2次中東戦争が、1956年のスエズ戦争。スエズ運河の莫大《ばくだい》な権益を巡る戦火がパレスチナ問題と結びついて拡大し、多くの血が砂漠に流された。

……こんな美しい所でも、人は戦争で汚さずにはいられないんだな。

溜息《ためいき》をつく俺を乗せ、ラクダはその古戦場を淡々と進む。俺たちの後には、ただ、風が吹き抜けていく。

そうして、次第に……砂漠の向こうに、運河と同名でややこしい港町・スエズが見えてきた。そこがスエズ運河の南端、出入口だ。

今や俺たちは幅200mはある運河そのものにもかなり近づいて進んでおり、

「やっぱりコンテナ船が多い……あっ、あっちに客船がいる。けっこう混んでるね」

「スエズ運河は年間2万隻が往来する運河ですからね」

「意外かもしれないけど、スエズは漁港でもあるんだよ。魚がサイコーに美味《おい》しいの」

かなめ、メメト、ララも無事スエズに着けて、観光ムードで仲良く話してる。

足下がアスファルトに変わり、チラホラと現代的な平屋の住宅が見え始め……俺たちのラクダは市街地の北端、デカい駅舎のある駅に到着する。相変わらずアラビア文字なので表示は読めないが、分かる。ここが——俺たちが電車で目指していた、スエズ駅だ。

まだカイロからの電車は止まっているようでホームは閑散としていたが、運河の北端のポートサイド方面には運行ができているらしく、電車を待つ労働者風の乗客は少人数いた。

他はここを一応守っているらしいエジプト軍の兵士ぐらいで、ヒマなのか軍用自動小銃《ツァスタバM77B1》の銃床でお互いを小突き合っている。

駅近《えきちか》には礼拝所《モスク》があって、その入口脇には石造りの子供用プールみたいな水場がある。

そこでムスタファとララに続いて俺《おれ》たちもラクダを降りると、ラクダたちはその水場の水を涸《か》らす勢いでガブガブ飲み始めた。礼拝所には動物用の給水所があるんだね。

少し開《ひら》けたここから見渡すと、スエズはそこそこ広い地方都市だと分かる。高層ビルが林立しているワケではないが、海運会社が入ってる感じの商業ビル、港湾関係者が住むのであろう住宅地、学校やスーパーマーケットなんかが平べったく広がっている。しっかり整備された車道も通っていて、そこには乗用車が疎《まば》らに走ってる。道には街灯もあって、さっきまで人外魔境を歩いていた身からするとホッとするものがあるよ。

ここまで来れたら、後は自力でノーチラスとイ・ウーの通過を監視しに行けそうだな。

そう思った俺は、気持ちも新たに街を眺める。

「——友の船が来るのを確かめるなら、旧市街タウフィークの運河通り《カナルストリート》にあるホテル街がいいだろう。そこからだと運河の入口がよく見えるので、船を撮影するのが好きな外国人観光客がよくいると聞く」

ムスタファは、俺にそう教えてくれたきり……

何も言わず、水を飲むラクダの様子を見てる。

ララは「久しぶりの町だよー！　もう買いたい物が山ほどある！　ニンテンドーＤＳｉ買うためにコツコツお金貯《た》めてきたし！」とか、かなめとメメトと笑顔で話してるが……男子チームには会話もなく、ムスタファは無言でラクダの世話に入ってしまっている。

ていうか……

ここまでの礼とか、どうすりゃいいんだろう。

ムスタファは俺たちのため、２日も働いた。ララもだ。彼らはテロリストのいかねない危険な砂漠で50㎞以上も俺たちを導き、ラクダを5頭使い、食事と水も提供した。帰路に要される時間と費用だって当然ある。かかった労力も上乗せすれば、経費は1万ポンドを下らないはずだ。

「……ムスタファ、助かったよ。あんたたちがいなきゃ、スエズに着く事はできなかった。俺たちは金を騙《だま》し取《と》られたから、今は１３４ポンドしか無いんだけど……足りない分は、仲間に頼んで必ず送金してもらうから。とりあえずは、これを頭金にして我慢してくれ」

俺はアラブ人のジェスチャーが分からないので、まずは日本流に頭を下げる。そして、本当に少額しか無いのだが――自分が持っていた小銭と、かなめとメメトから集めた金をあるだけ出した。恥ずかしながら、２千円にも満たない額を。

「……」

しかしムスタファは真面目な顔でラクダの方を向き、鞍《くら》を整えているだけだ。

俺《おれ》の金を受け取らないし、こっちを向きすらしない。無視している。

（……）

見れば、ムスタファは……さっきより少し、ムッとしてる顔になっているようだ。

彼は表情が豊かな方ではない。それが見て分かるほどに顔つきを怒らせたという事は、かなり腹を立てたという事だろう。

見るまでもないほど少ない報酬の頭金に、怒っているんだろうか。

沈黙は、何か他に金目のものを出せという意味だろうか。

だが何も言われないと、俺もどうすればいいのか分からない。

なので、ただ所在なくそこに立っていると……

「私たちが金のために君を助けたと思うのか」

やっと、ムスタファが俺の方を向いて口を開いた。

「長老《シャイフ》が、君は嘘《うそ》つきではなく、本当に仲間のため遥《はる》か遠くから来た旅人だと見抜いた。正しい目的のために旅をする者が眼前で困っていたなら、それがたとえ異教徒でも無償で助ける――私はコーラン《アル・クルアーン》にある、アッラーのお命じになった事に従っただけだ」

それだけ言うと、ムスタファは少し赤くなってラクダの世話に戻る。やって当然の事をやって礼を言われたり金を払われたりするのは、もらいすぎなのだというムードで。

そしてそれきり、俺には本当に何も要求しない。

「……」

カイロ空港の詐欺師から警官のハッサンまで、エジプト人は俺から金を取ろうとばかりしていたのに……

田舎者と見下されていた砂漠の民が、こうも気高いとは。

それをこっちの物差しで疑ってしまった事が、心から恥ずかしい。

これも日本を出るたびに思う事だが、やっぱり『何人《なにじん》は全員悪い』、『何人は全員良い』なんて事は無いな。断片的なネットニュースとかを見てると、ついそう思いがちだけど。

一歩入ってみれば分かる。どこの国にだって、良い人もいれば悪い人もいる。中国でもそうだったし、アメリカでもそうだった。日本でもそうだし、エジプトでもそうなんだ。

荒れてきた今後の世界でも忘れる事がないよう、改めて肝に銘じておこう。

――それでも！　こっちも、たとえ形だけになってしまおうとも、お礼はしたいのだ。

なぜならそうせよと日本人のＤＮＡがお命じになるからだ。なのでララにコッソリ渡しておこうと思ったんだが、それは先読みされていて、

「あたしも久々に町に来たかったし、お兄ちゃんと旅行できてハッピーだし？　こっちがお金払いたいぐらいだなぁ」

ララはムスタファにスリ寄り、こっちにウインクしてきてる。

ムスタファは俺に困り顔を見せてきて、

「正直に付け加えると……私個人が、君に同情したというのもあるよ」

ヤレヤレと、苦笑交じりの溜息《ためいき》をついた。

あー……

お兄ちゃんっ子の妹を持つ似た者同士、同情してくれてたんだね。お互い苦労しますな。

「私とララは、しばらくスエズの新市街に滞在する。長老の目に良い薬が無いか、薬屋を訪ねてみるつもりだ」

ムスタファはララと並び立ち、俺《おれ》たちに言ってから……初めてそのクールな顔を和ませ、

「君たちの友の船は、必ずや無事スエズを通ることだろう。幸運を祈る《インシャアッラー》」

両手のひらを上に向けて左右の小指をつけ、その手で自らの顔を撫《な》でる——彼らの神に祈る手つきをしてくれるのだった。


結局ムスタファとララには1ポンドも払えず、手元に金が残ったとはいえ……たかだか百ポンド強では首が回らない。だがスエズには銀行もあり、残高は無いがメメトが口座を持っているエジプト国立銀行《NBE》の支店もあるという。やっと圏内になった携帯でジャンヌに連絡が出来たので、今日明日中には宿泊費や交通費を送金してもらえそうだ。助かった。

ちなみにセーラはおとなしくAtari 2600 Jrでバーガータイムやギャラクシアンをやっているが、尻尾の女からのコンタクトは今のところ無いという。やはり、関係を切られたな。

——時計を見ると、13時過ぎ。通過予定時刻は夜なので、まだ時間はかなりある。それまでは、旅の疲れを癒やしておこう。134ポンドで出来る範囲内で。

豪遊はできないが、この国の物価でなら3人で腹いっぱい食べるぐらいはできる。腹もペコちゃんだし、さっきララが褒めていたシーフードで英気を養おう。

せっかくなので東京でいう築地《つきじ》みたいな魚河岸を目指そうという事になり、俺が携帯でマップを検索し、かなめがテラナでAIに問い合わせ、メメトが道行く主婦に聞き込みをかけ……俺たち3人は砂色のアパート・マンションが続くスエズの街をテキパキ縦断していく。この三兄妹《きょうだい》の団結力は、食べ物が懸かるとハネ上がるのである。

町の南で潮の香りが強くなり、視界に海が広がり——5トン級ぐらいの漁船が100隻ぐらいギチギチに碇泊《ていはく》しているハーバーに出た。そこで人々が獲《と》れたての魚を運ぶ光景は、苦笑してしまいそうなほど日本の漁港とソックリだ。

思ったより立派な建物の鮮魚市場が、そのすぐ近くにあり……中に入ってみると、木やプラスチックの箱に入れられた魚があっちこっちへ運ばれている。すごく生臭いが、このタイプのニオイには日本人は慣れっこだ。むしろ美味《うま》い魚介が手に入りそうな予感がして、テンションが上がるまである。エジプト人のメメトも俺と同じじらしいが、アメリカ育ちのかなめだけ少しキツそうにしてるね。あ、いるかもと思ったけどネコがいた。

「そういや……カイロの市場では細かく見てなかったんだが、エジプト人ってどんな魚を食べるんだ？」

「ここですと紅海側なので、ボラ、ティラピア、ナマズ、サメなんかが有名ですわ。あとナイルのヘビといって、ウナギもよく食べます」

「意外と日本と似た種類の魚を食べてるんだね。あっ、イカ売ってる。こっちはアジ」

などと3人で歩いてたら、驚いた事に『小杉《こすぎ》水産』と漢字で書かれた発泡スチロールのケースに入った冷凍サバも売られていた。明らかに日本からの輸入品だが、サバにしては妙に小さいので……その辺をメメトに聞いてもらったら、日本ではサバは大きいやつしか売れないので小さいのはエジプトに安く売り飛ばしてるんだそうだ。全然知らなかったな。

「――そこの観光客、おいで！　新鮮なエビが今入ったよ！　エビを生で食べるチャンスなんてそうそうないよ！　この味は一生の思い出になるよ！」

アラビア語で呼び込まれたので詳細は分からないが、エビの即売をしているオッサンが――俺《おれ》を見ろ！　というジェスチャーをしてから、山積みになっているエビを1匹取ってパキッと割り、プリプリの身を生のまま食べて見せてくる。それから、もう1匹取り……ウインクして、俺に差し出してくる。薄ピンク色で何というエビなのかは分からないが、う、うまそう……光り輝いて見える……

実際ここの市場の魚はどれも一目で分かるほど獲《と》れたてで、鮮度は極めて良い。だが、『生食用』などという親切な表示はもちろん無い。とはいえ、俺だって刺身の国の男だ。

行ってやるぜ！　と、受け取ったエビをバキンッと割って中にかぶりつくと……

「……っ……！」

うまい！　甘エビより甘くて、甘エビよりずっと大きい、大甘エビだ。

というわけで、俺たちはその大甘エビを――驚くほど安かったが――何尾《び》も買い込んで、市場の中にあったパン屋で買ったエーシュ《パン》に挟み、即席の生エビバーガーを作る。

エビバーガーを手に新魚市場を後にし、海がよく見える道に出ると……そこは車通りも少なく、街灯の他には何もない。いいね、ここは無料のテラス席だ。

俺たちは心地よい海風に吹かれながら、道端の縁石に並んで腰掛ける。

「スエズ運河は喫水《きっすい》が20ｍしかないし、潜水艦は浮上して航行しなきゃいけない決まりだ。ノーチラスとイ・ウーはどっちもタンカー並みの巨艦だから、ムスタファが教えてくれたホテル街で張ってれば見落とす事はないだろう」

「何時に通るか分からないから、3人でシフトを決めて徹夜で見張らなきゃね」

「2人ずつで見張りましょう。お兄さまが寝てて見過ごしたら大変ですし」

張り込みの計画を話しながら、俺たちは生エビバーガーをモリモリと食べる。これで、ジャンヌから送金があるまで持つぐらいは栄養が摂《と》れたな。

と、そこで食休みをしていたら……

……フワリ、ガチャリ。

俺《おれ》たちの背後の砂っぽい地面に、何かが落ちてきた。

振り返った俺たちは、落ちたものを見て慌てて立ち上がる。

「……――!?」

それは……

ララの赤いスカーフと、ムスタファのラシード・カービン……!

飛んできたというより落ちてきたので、俺は慌てて上を確認するが――そこにあるのは、今は灯《とも》っていない車道の街灯だけだ。遅まきながら気付いたが、何かの気配は確かにある。だがこれを落とした主が周囲に見当たらない。車も、俺たちが来てから1台も通ってない。空にも鳥やドローンは見当たらない。

スカーフはヒジャーブの一部。ここのイスラム教徒の女性が身につけなければならないものだ。ムスタファの銃も、祖父の形見。見るからに父権的だったあのベドウィン社会の男が、それを易々《やすやす》と奪われるワケはない。

「マズい。取られるはずのないものを取られてるぞ。つまりあの2人は攫《さら》われたか……」

……『殺された』という言葉を遮るように、スカーフを拾ったメメトが俺を手で制する。

「私たちを呼んでますわ。とんだ招待状ですこと」

そう言ってメメトが見せてきたものは、スカーフに殴り書きされたアルファベット――

『SITE OF DESTROYED BATTERY』――普段から英語を使う者ならこうは書かない、

少しクセのある字と文言だった。このコンテクストだと、BATTERYとは電池ではなく砲台……『破壊された砲台の跡』という意味になる。

「まさか、あたしたちに尾行者がいたって事？　あの砂漠で……？」

かなめもすぐそれを読み取り、訝《いぶか》しんでいるが――

――俺には、覚えがある。

この呼び出し方と……昔メモ紙で見ただけとはいえ、筆跡に。

だが、なぜだ。その記憶と、ここスエズでそれが起きている事がすぐには繋《つな》がらない。

……この事件、きっとまだ裏があるぞ。思ったより根が深そうだ。


詳細な場所は、示されるまでもなく分かった。スエズの街に入る前に見た、戦場跡だ。

かなめとメメトを連れてそこへ駆けつけると、さっき俺たちが脇を通過した砲台跡から何やら濛々《もうもう》と上がる砂塵《さじん》と共に大きな音がしている。工事現場みたいな、激しい金属音だ。

俺は警戒しながら、妹たちを左右後方に従えて砲台跡に近づいていく。

近づいて分かってきたが、音は既にボロボロの砲台から飛び出ていた鉄骨が切断されて落ちる音だった。鉄骨は砲台を防御するように、バリケードのような具合に落ちている。

そしてその切り口は――あのファイサル・ジヌーブ駅で見た切断された線路と同じように高熱でネジ切られたものだった。

……あの線路の事故も、ここにいる敵の仕業だったんだな。

こいつはカイロで俺《おれ》たちを見つけて、尾行していた。そして同じ電車に乗ってカイロを出て、長めに停車したファイサル・ジヌーブ駅で降りてレールを切断したんだ。

砲台跡の傍らには……見覚えのあるジープが、停車している。武偵《ぶてい》の習性でナンバーを図形として覚えておいたから分かる。あの悪徳警官ハッサンのジープだ。本人はいないが。

「その黒い服に——また一本取られたよ。ずっと人ごみに紛れて俺たちを見てたんだな」

砲台の折れ曲がった砲身に腰掛け、黙ってピンヒールの足を組んでいるのは——黒子のような、ニカーブの女。

だが俺たちから防弾セーラー服を盗んだり、逃げる時に現地のイスラム教徒に紛れたりするためにニカーブの女を演じていたのは、セーラだ。セーラは今、カイロでジャンヌの監視下にある。これはまた別の、ニカーブの女なのだ。

つまり俺たちに敵対していた『ニカーブの女』は、2人いた——

「セーラとは別に、あたしたちを尾《つ》けてたんだね。駅で電車を止めて、妨害もした」

「奇妙な事故でしたが、『理由が分かれば不思議は効力を失う』。エジプトの諺ですわ」

かなめとメメトもそこまでは理解できたらしく、それに呼応するように——にょろん。

ニカーブの女の背中側に、尻尾が黒布を持ち上げて露出した。

その尻尾は、玉藻《たまも》・猴《コウ》・ルシフェリアのような動物っぽい尾とは異なる。固そうな鱗《うろこ》に覆われた、爬虫類《はちゅうるい》の長い尾だ。先端には、針のような毛が広がっている。

――尻尾の女。

その正体とは――

「……ハラショー《хорошо》……久しぶりだなァ、遠山《とおやま》」

「そんなに久しぶりでもないだろ。俺もだが、お前も死に損なってたか。しかし、お前が他人と協力できるタイプだったとは思わなかったぞ。金もセーラにキッチリ払ってたそうじゃないか。どういう風の吹き回しだ？」

彼女の体の大部分はまだニカーブの中だが……

その尻尾を見て、俺の推理は確信に変わっている。なので俺は彼女をその人物だという前提で語った。するとやはりニカーブの女との会話は成立し、

「あのシャーウッドの小娘にだって、仕事だけさせて殺して金を払わない手もあったんだ。でも、どうもアタシはあれから――相手が弓矢だとうまく戦えないようになっちまってな。だから、弓矢使いとはケンカしないようにしてるのさ」

訛《なま》った英語で喋《しゃべ》る尻尾の女は、マニキュアをした指先で自分の胸の少し上を示している。

彼女のニカーブは変装用のニセモノなので、その手はもちろん素手だ。

「そのジープはどこから拾ってきた」

「せっかく電車を止めてやったのに、ファイサル・ジヌーブ駅からお前たちが消えた時は

焦ったぜ。スエズに行ったのかカイロに戻ったのか分かんなかったしなァ。でもあの駅でどうしようかって思ってたところに、お前のニオイのついたこのジープが通りかかった。アタシの竜にはニオイを覚えられるのもいてな。遠山《とおやま》、お前のニオイを覚えさせておいて正解だったぜ」

「ジープに乗ってた男をどうした。殺したのか」

「いつの時代のどこの国でも、お巡りを殺すと面倒だからな。まあ前歯を4、5本折ってやったら風通しがよくなったらしくてペラペラ喋《しやべ》ったさ。で、スエズに先回りして待ってたら、近くを……お前のニオイのついたラクダを連れてた、コイツらが通ったって事よ」

と、砲身から砲台側に移ったニカーブの女が——瓦礫《がれき》をヒールの足で小突いて落とし、その陰にいた姿をこっちに見せつけてきたのは……倒れたムスタファと、ララ……！

「——そうさ遠山、これはお前のせいだ！」

バサァァッ！　ニカーブを脱いで、白い肌をほぼ丸出しにするビキニのような略鎧《りやくよろい》姿を現したのは——

やはり、ラスプーチナ。

ラスプーチナはレクテイアとこの世界を行き来する、竜使いの魔女。かつて俺《おれ》は品川《しながわ》のジオフロントでエルフのエンディミラと共にコイツと戦い、レクテイアへ追いやっている。

それがまた、こっちの世界に戻ってきていたようだ。

ラスプーチナの使役していた透明な竜は視力がなく、またさほど賢くもなく、主《あるじ》と敵の見分けがつけられず――エンディミラに誘導され、ラスプーチナを食い殺したかのように見えた。でも、生き延びてたんだな。

とはいえ当然、あの巨大な竜たちに襲われたラスプーチナは重傷を負ったらしい。

その右腕は肘から先が失われ、今はカギ爪のついた5本指の義手を嵌《は》めている。頭部も囓《かじ》られたらしく、右目には眼帯を掛けている。非常にレベルの低い――多分レクテイアで――縫合手術を受けたらしく、囓られた傷痕はその顔面をナナメに大きく横切っている。彼女は元が美人なので、それもタトゥーであるかのような別種の美貌を保ってはいるが。

左肩と左胸の間辺りには、エンディミラに射られた矢傷が大きく残っている。おそらく焼灼《しょうしゃく》止血、近代以前の止血法を施した痕だ。どれもこれも、よくそんな原始的な治療法でこんな短期間に復活できたもんだな。

ラスプーチナは水墨画の龍《りゅう》みたいな頭部のツノを……わさぁ……と、金髪頭の両側面で起こして広げる。ツノは自分で動かせて、さっきまでニカーブの中で後ろ向き・下向きに倒していたようだ。

「アタシはやられたら倍返しがモットーだ。お前の両腕を捥《も》いで、両目を抉《えぐ》り出《だ》してやる。だがエンディミラが今どこにいるのか教えれば、片目と片腕を残してやるぜ」

カギ爪で俺《おれ》を指したラスプーチナのセリフには、少し安心させてもらえた。どうやら、ラスプーチナとエンディミラはジオ品川《しながわ》を最後に遭遇していないようだ。エンディミラはレクテイアへ行き、ラスプーチナはこっちの世界へ来て、行き違いになったんだな。結果、エンディミラはこの危険な魔女との戦いを避けられた形になっている。

カツッ、と、ピンヒールを強調するように片足を瓦礫《がれき》に上げたラスプーチナが、

「――罪深き者たちに、慈悲深き死を――挽いで、抉って、竜のエサにしてやるぜ」

ロシア正教会古儀式派の十字の画《か》き方で、右手のカギ爪を額・胸・右肩・左肩と動かし――ビッ。バチ当たりにも、ノド笛をカッ切る仕草に繋《つな》げて見せてきた。

俺は、かなめとメメトに『敵は強い』『人質救出を最優先』『以下、臨機応変に動け』と武偵《ぶてい》流のハンドサインを送る。

ここに来るまでに妹たちを密《ひそ》かに使ったレヴェリで半分ほどヒステリアモードになれているとはいえ、ラスプーチナは強い。しかもアイツが砲台の周囲に鉄骨を落として作った瓦礫のバリケードは、意地悪な立体迷路のような造りをしている。あれを突破して人質を助け出しながら、同時にラスプーチナと戦うのは極めて難しいだろう。

ここは手分けして――俺がラスプーチナを引きつけて、かなめとメメトにムスタファとララを救出してもらうんだ。

「暴行罪、略取誘拐は大抵どこの国でも事犯だ。ハッサンの前歯の件はまけてやるから、他の罪を認めておとなしく俺に逮捕されておけよ。そうすりゃ残り少ない腕と目を無くす

リスクを減らせるぞ」

安い脅しに釣り合う脅しは、このぐらいの安さでいいだろう。と、俺《おれ》は義務上の警告をしながら――右手でベレッタを、左手で光影《コウエイ》を抜く。

ラスプーチナは物理攻撃と炎の魔術を併用し、近距離・中距離と交戦距離を切り替えて攻撃してくるからな。一剣一銃《ガン・エッジ》で可愛《かわい》がってやる。

「いいモノ持ってやがるな。高く売れそうじゃねえか！」

ギラリと光った日本刀を見たラスプーチナは、あの戦いから何も学んでなかったらしく――光影を金目のものと見るやいなや、砲台から飛びかかってきた。その跳躍は、魔術を併用しているものに違いない。ワイヤー・アクションのように宙を駆けてきて――

ババッ！　バババッ！　と指切り連射《タップバースト》したベレッタの弾を、ギギンッ！　ギギギンッ！

ラスプーチナはこっちに向けた鎧《よろい》の肩当てで防ぐ。銃口の向きを見た瞬間に空中で姿勢を変え、丸みを帯びた鎧の側面に当てて弾《はじ》いた。

アイツの鎧は――レクテイアの魔術の数々、ラプンツェル大佐が見せたような投剣花《トウケンカ》や爆裂果《バクレッカ》の存在を前提とした物と思われる。銃弾ぐらいには当たり前のように耐えられるし、それを弾き飛ばす防弾術も技として確立している当たり前感があった。

それだと、こっちの世界の感覚で拳銃を使うのは危険だ。有効なつもりの武器が無効なまま戦っていると、気付いたら取り返しがつかないほど分が悪くなっているという事にもなりかねない。今の不完全なヒステリアモードでラスプーチナを相手にするなら、きっと刀で戦った方がいい。その方が感覚通りの戦いができる——

そう思って俺が構えた刀めがけて、ガギィイインッ！　ラスプーチナが、カギ爪の手で飛びかかってきた。全体重で刀に飛びつかれたので、俺は刀を盾にし、右手のベレッタも光影の峰に当てて踏ん張る。靴は砂のせいで地面をなかなかグリップせず、ズザザザッ——と、５ｍほど後ろに滑らされた。が、押し倒されはしなかった。踏み留《ふとど》まれたぞ。

辺りを舞う砂塵《さじん》の中——

「……ッ……！」

間近に見えるラスプーチナのカギ爪は、５指とも鋭利な刃物になっている。しかしその素材の金属は重くともそれほど硬質ではなく、むしろ光影が刃を指に食い込ませていた。

「ヒャハハッ！」

今の俺のヒステリアモードが前ほど強固なものではないと見抜いたか、ラスプーチナは笑い——ガチンッ！　と、バネ仕掛けらしい義手の手指を握らせた。レクテイア製らしいその義手には、ローテクながら握った指が戻らないようなロック機構がある。

そのせいで……しまった、刀身を引き戻せない。このままだとラスプーチナに光影ごと振り回されかねないぞ。やむを得ない、刀を捨てて拳銃で活路を見出《みいだ》すか——？　という定まらない思考の隙を突くかのように、ラスプーチナは左手で俺が銃を持つ右手を掴《つか》んできた。しまった。刀も銃も封じられた——

俺《おれ》の脳裏を再び、あの東京でのメメトの占いがよぎる。俺が砂嵐の中で出会う『決して勝てない敵』とは、セーラではなくラスプーチナだったのか——!?

「——お兄ちゃん!」

窮地に陥った俺に気付いて焦る、かなめの声がする。

かなめは鉄骨のバリケードをまだ乗り越えられていないから、俺の所に戻ってこようと思えば戻ってこられる位置にいる。しかし今かなめの科学剣はバッテリー切れ中なので、有効な掩護《えんご》はできないだろう。砲台の裏側からバリケードを突破しようとしているらしいメメトの姿は今は見えない。

この俺のピンチは、俺が何とかしなければならないのだ。

俺の両手を塞ぎ、そのために自らの両手も塞がっているラスプーチナは——

「ここまで近づけば、こういう事もできるんだぜ」

ぐいっ! 俺の刀と銃を俺ごと自分の方へ引っぱり寄せて、自分の口を俺の目の辺りに近づけた。そしてビキニ鎧《よろい》の胸が膨らんでギチギチになるぐらい、大きく息を吸っている。

(……!?)

その大きな胸、いや、ノドと胸の間あたりの白い肌が——薄オレンジに、光っている。

何らかの熱源がそこにある。

その光景に、俺の脳裏でフラッシュバックする攻撃があった。首都高湾岸線で戦った、ヴァルキュリヤが騎乗していたワイバーン。

この半人半竜の魔女はきっと、あの竜と同じように——口から炎を噴けるんだ！

だとすると、この位置関係。俺の目の辺りに炎を吐かれるぞ。ラスプーチナは宣言通り、それで俺の両眼《りょうめ》を灼《や》き潰すつもりか。

なんとかして両腕を振り払い、刀と銃を捨ててでも後ろに逃げる——そう判断した俺の後ろ腰に、ラスプーチナの長い尻尾がニョロッと回されてきた。尻尾で抱きしめられて、体重を後ろに傾けられなくなる。しまった、捕まった……！

（……ッ……！）

ずうううぅうぅうぅっ！　と、ラスプーチナは『ワラキアの魔笛』のように大きく息を吸っていく。間違いない、これは炎を吐く寸前の吸気だ……！

その時、俺の脳裏を——あのＡＮＡ６００便の記憶がよぎる。騒ぐアリアの二丁拳銃を両手で押さえつつ、声を上げるのをムリヤリ止めさせた時の光景が。

「ここまで近づけば、こういう事もできるんだぞ——！」

——俺は後退をあきらめ、むしろ前に出た。少し落としていた腰を伸ばし、頭の高さをラスプーチナと揃《そろ》えながら。そして、ぐいっ！　顔を前に突き出し、むにゅ。

「——!?」

という顔をしたラスプーチナの口に口を押しつけて、すぐさま人間音響弾《ヒューム・カノン》の準備動作に入る。ワイバーンが火炎を吐いた時の光景から類推するに、今このドラゴン女のノド元で光っている熱源は火種でしかなく、肺から吐き出す息も炎の向きを定める気流でしかない。竜が炎を噴くには、意識して消化器の奥から可燃性のガス・分泌液を上げて吐かなければならないハズなんだ。だから——

イチかバチかで、俺《おれ》は、ずおおおおおぉぉっ！　と、ラスプーチナの肺にある空気を、ラスプーチナの口から吸っていく。口紅のせいなのか、女子の口の中を通過して出てくる息は女っぽい香りが強い。だがそれだけじゃなくて、このニオイ——軽くナフサみたいな蒸発性燃料の刺激臭も混ざってるぞ……！　いろんな意味で刺激的なキスだな。

「〜〜〜〜〜〜〜〜ッ！」

びびーんっ！　と、ツノを立てたラスプーチナが、どんっ！　俺の刀と銃を封じていた両手を離し、俺を突き飛ばした。

２人は弾《はじ》けるように離れて、お互い砂の地面に伏せてゲホゲホと咳《せ》き込《こ》む。俺の推理が合ってたのかはともかく、ラスプーチナが最後の辺りに吐いた息はめっちゃ熱かったよ。ロウソクの炎を吸っちゃったみたいな感じだ。あとどういう仕組みかは知らないけど、今咳《せ》き込《こ》んだら俺の口からもライターぐらいの小《ち》っちゃい火が出た。

「テ、テっ、テメぇー！　お、乙女の唇をッ、奪い、げほげほっ、やがって……！　ふぁ、ファーストキスだったのに……！　と、年下のくせにィ……！　死んで詫びろォ！」

どこかで聞いたような事を言うラスプーチナが、真っ赤になって手の甲で口をゴシゴシしながら立ち上がる。

「俺はキスした事を謝ったりはしないよ、ラスプーチナ。それは君に対して失礼な事だし、後悔も全くしてないからね」

光影《コウエイ》とベレッタが手元に残った俺は、光影を背中――制服の中の鞘《さや》に収める。代わりに、砂漠の鷲《わし》――デザート・イーグルを抜いた。ラスプーチナとの熱い・キスのおかげで、今のヒステリアモードは完全版。今までは彼女に合わせていたが、ここからは改めて俺の得意武器・拳銃で戦わせてもらう。

「～～～～バカヤロー《ブリャーチ》！！！」

ラスプーチナは立ち上がると、バチイィィィッ！　赤黒いカギ爪で自分の鎧《よろい》のフチを擦《こす》りながら振るう。するとそこから上がった火花が爪全体に燃え広がり、カギ爪は炎を纏《まと》って俺の腕めがけて襲いかかってきた。傷口を焼き、縫い合わせる事もできなくする斬撃だ。躱《かわ》す俺の右肘を、掠《かす》めた爪の炎の尾が盛大に焙《あぶ》る。そのカギ爪には最初から可燃性の油が塗布されてあったんだな。

気付けばいつの間にかラスプーチナは左手にもカギ爪のついた手甲を嵌《は》めており、俺の右目めがけて親指を突き出してきた。これはバック宙で躱したものの、ジャリイッ！　と左右のカギ爪を擦り合わせて、両手を炎の手にしたラスプーチナの挟み打ちクローが俺《おれ》の右腕めがけて繰り出される。これはタイミングがバッチリだったので、橘花《きっか》で躱《かわ》さざるを得なかった。

バチィインッ！と、爪から炎を散らしてで柏手《かしわで》を打つラスプーチナは――執拗《しつよう》に俺の目と腕を狙っている。しつこいタイプなのかな。でもまあ、嫌いじゃないよ。男として、女が自分にこだわってくれるのは悪い気分じゃないものだからね。

「ただでさえ暑いのに、美女のファイヤーダンスを観賞していたら一層熱くなってきたよ。ラスプーチナの狙いとは別に、ここが」

ウィンクしながら自分の胸を指でトントンしてあげたら、ラスプーチナは、かああぁぁ。北方系の白人女子特有の大赤面を見せ、細い髪質の金髪をフワッと逆立たせちゃってる。

「――ペエベ、ベエペ、ライジェッ！」

ネイティブのロシア語ではない、おそらくレクテイア語でラスプーチナが吠《ほ》えるように叫ぶ。それに俺のヒステリアモードが危険を感じ取った次の瞬間――

――俺の右腕の脇、砂の地面の上、地上1mぐらいの空間に異変が生じた。

（……!?……）

何もない所に、横向きに、赤い糸のようなものが生じたのだ。何の前触れもなく。

俺の腕めがけて飛来するそれがガバッと広がり、赤い口腔《こうくう》と白いギザギザの牙が見えた。

これはジオ品川《しながわ》で俺たちを苦しめた、見えない竜……！　その口だ！　しかも動きから見て、飛べる種《しゅ》らしい。そのかわり頭部、すなわち口のサイズは小さいが——

——ガブゥウウウゥッ！　と、俺の右肘を万力で挟むような衝撃が襲う。急激に生じた重みが、その不可視の竜が犬ぐらいのサイズだという事を物語ってくる。物凄《ものすご》い咬合《こうごう》力で食らいついた竜は、ガジッ、ガジッガジッガジッ！　上顎と下顎をノコギリのように擦り、腕を噛《か》み切ろうとしてくる。制服下に着込みプロテクターが有るのでそれは不可能だが、もし無かったらとっくに俺の腕は食いちぎられていただろう。

見えない竜は俺の腕に歯が立たない事を理解し、それでも口を離さず——見えない手足、それとおそらく尾で俺の右半身にへばりついた。見えない何かにぶつかられる感覚があり、左半身にもう1匹——手足と尾が、俺の腕や腰や足を掴《つか》んでくる。

俺にしがみつく竜達の力は、強烈なものだ。今さらながら気付いたが、ラスプーチナは最初にも俺の動きを封じる動きを見せていた。これは、セーラがギザで俺を追い詰めた技——超竜巻の生贄《テンペスト・サクリファイス》を参考にしているのかもしれないな。

というのも、ギザの俺たちはラスプーチナに監視されていた事が分かったからだ。この透明の竜たちは、ギザの市場《スーク》で俺とメメトが隠れていた売店を破壊した犯人。あの売店の梁《はり》を囓《かじ》って削るリズムは、俺の腕を食いちぎろうとした今の牙の動きと全く同じだった。つまりあれはセーラじゃなくて、ラスプーチナの攻撃。その後、瓦礫《がれき》の下の俺たちを炎で追撃したのも、マジェスティで市民を撥《は》ねて逃げたのもラスプーチナだったんだ。さらにその後、俺《おれ》たちとセーラのピラミッド前での戦いも見に来てたんだな。ニカーブ姿で。

（スカーフとラシード・カービンを俺たちの所に届けるおつかいをしたのも、この竜たちだったって事か——）

　セーラを利用して俺の攻略法を用意していた、周到なラスプーチナが——

「くたばれ《サバーカ》！」

　俺の目の前で走り込み前宙を切りながら、マグネシウムか鉄セリウム《フェロセリウム》合金らしい両踵《かかと》のヒールをジャリジャリッ！　と左右のカギ爪に擦り合わせ、炎の尾を大きな車輪のように曳《ひ》かせながら飛びかかってきた。狙いは、俺の顔面……！

　竜にしがみつかれて、腕を上げられない。足も尾で封じられて使えない。この世界での近接戦闘《CQC》に関しては様々な攻撃を想定して訓練をさせられてきた俺だが、透明な竜で敵の動きを封じて炎の爪で斬りかかるなどというレクテイアの近接戦闘術は想定した事がない。この爪撃《クロー》を躱《かわ》せない——！

　その時、シャンッッッ！　と俺の背から抜かれた光影《コウエイ》が、

「——お兄ちゃん、刀を借りるよ——！」

　俺とラスプーチナの合間に、突っ込まれてきた。

——ガギイィイインッッッッ——！

光影の刃が、再びラスプーチナのカギ爪と切り結ぶ。

「……かなめ……！」

俺がラスプーチナに不利な戦いを強いられているのを見た、かなめが——砲台側から、引き返してきたのだ。

——先端科学兵装《ノイエ・エンジェ》の力を失ったかなめは、総合的な戦闘力がヒステリアモードの俺より格段に劣る。それでも剣の使い手ではあるし、光影は優良な刀剣だが……ラスプーチナと戦わせるには力不足と言わざるを得ない。

そう思っていたが……どういう事だ。

かなめの存在感が、俺の想定より遥《はる》かに大きい。

まるで、ヒステリアモード化した時の雪花《せっか》のように。

「——妲對《だったい》が間に合ったよ。やればできるものなんだね」

かなめが言った『妲對』とは——

駒込《こまごめ》の武道場で雪花がかなめに伝授した、ヒステリアモードの異変形だ。今のかなめの様子から、それは女でも男と同様の神経系の強化ができる技と思われる。

女でも心の持ち方ひとつでヒステリアモードによる強化が可能な事は、雪花が身を以《もっ》て証明している。

義のため、ヒステリアモードを頼りに何百年も悪との戦いに明け暮れてきた遠山《とおやま》家には

——当然、女にも戦うヒステリアモードを伝えてきていたんだ。

その一つが、姐對《だつたい》……！

「——妹は——絶対に、お兄ちゃんを助ける！」

かなめは野球のヒッティングのような体勢で、ブゥンッ！　と、光影《コウエイ》をフルスイングする。ラスプーチナは切り結んだ状態からでもカギ爪や体を切断される事を恐れたらしく、自らバック宙を切って——俺《おれ》とかなめから離れた所に着地した。だが俺の体にしがみつく見えない竜たちには、撤退命令を出さない。

「ペエベ、ベエペ、いい竜《こ》だ。そのまま男を押さえておけよ……今からアタシがこの女の血《ち》を撒《ま》き散らしてやるから、後で腹一杯啜《すす》れ。ご褒美だ」

ラスプーチナは俺の動きを止めたまま、まずはかなめを倒すつもりらしい。威嚇のため俺たちにも分かる英語で喋《しゃべ》ってはいるが、透明竜たちはニュアンスで理解してるっぽいな。前は知能の低い竜に裏切られたから、今回は小型でももっと賢いやつを飼い慣らしてきたって事か。

「——散らせるものなら、散らしてみな」

かなめは右足を引いて、ラスプーチナに対してほぼ横を向いたスタンスになる。そして光影を地面と水平に構え、顔とほぼ同じ高さに上げた。柄《つか》を握る両手は後ろに大きく引き、右腋《わき》を大きく開けたアクティブな構えだ。

「姐對《だつたい》は、遠山《とおやま》家の女が遺伝子の近い者——兄弟に生命の危険が迫った時に強くなれる、HSSだよ。でも、覚醒させるのにコツがいるの。それを雪花《ママ》が教えてくれた……」

ヒステリアモードは本来、自分の遺伝子を残すための力。

自分と近い遺伝子を持つ者、すなわち兄弟姉妹の遺伝子を守る事は——自分の遺伝子を残すためにも有益だ。兄弟姉妹は自分やその配偶者、そして子孫を守ってくれる可能性が極めて高い人々だからだ。

ただ……兄弟姉妹は敵対する事もよくあるし、同じ異性を取り合う事だってあり得る。なので姐對は必ずしも自然にヒステリアモード化が発動するものではなく、心理的な修練、コツを学ばないと出来ないものなのだろう。

「……その刀をアタシによこせ。人質がどうなってもいいのか？　アイツらの近くには、このリモコンで起爆できる手榴弾《しゅりゅうだん》が仕掛けて——」

車のリモコンキーを改造した物らしい起爆スイッチを胸元から出し、砲台で倒れているムスタファとララを指さしたラスプーチナは——ハッと気付き、「くそっ《チヨールト》！」と叫んでる。

ようやく気付いたんだね。

気付かれたからには、と、メメトが術を解いたらしく……デキが微妙だったもんでいつバレるかヒヤヒヤしてた砂のムスタファとララが、サラサラと崩れ始めた。

さっき俺《おれ》がラスプーチナと戦ったりキスしたりしている間に、メメトは砲台の裏側からバリケードを突破し、とっくに2人を救出している。ラスプーチナ、やっぱり君も女だね。いい男と遊んでいる間は、他の事が目に入らなかったみたいだ。

とはいえ、ラスプーチナにとって人質は俺たちをここに呼び寄せるのがメインの用途。戦う上で無くてはならないものではない。いなくなったからといって、降参したりはしてくれなさそうだ。むしろ、してやられた感で怒りを増幅させてしまったかもな。

「〰〰〰クソッ《ブリャー》、クソッ《ブリャー》、クソッタレ《スーカブリャット》〰〰〰！」

ラスプーチナが地団駄を踏み、パキ……バキバキ……と、体から異音を上げ始めた。

その音に反応するように震えてから、俺にしがみついていた見えない竜たちが……パッ、パッ、と離れていった。かなめを攻撃するために移動するのかと思ったが、バサバサッと羽ばたいてから滑空する気配は——この場から遠ざかっていくものだ。逃げ出したんだ。

（……）

さすが、動物は危険に敏感なものだな。

そして、出来る事なら俺もここから逃げ出したい気分になってきたよ。

「……覚悟しろ。こうなるとアタシは、竜も人間も美味《うま》そうに見えてきちまうんだ……」

長くなった犬歯を剥《む》くラスプーチナは——ビキニ鎧《よろい》の下にもう1領鎧を着込むように、背中や肩、左前腕、下腿《かたい》などにガンメタ色の鱗《うろこ》を発生させている。その姿は今まで以上にドラゴン娘然とした、凶悪な印象のするものだ。

それは魔術というより、変身に見える。ラスプーチナは南《みなみ》ヒノトが以前やったように、自分の意志で第2態になれるんだ。

透明竜たちが逃げたのは、そのラスプーチナを恐れてのこと……だけではないだろう。

俺《おれ》も気付いたが、この場にはもう一つ、強大な存在が迫り来ているのだ。

それは、星──

「──ラスプーチナ。この国では星が人を導く。東の空を見るんだ。俺たちを導く星が今、そこに輝いている。これ以上戦うようなら、星は君を厳しく罰するだろう。今のうちに、俺に優しく逮捕されておいた方がいい」

そう言いながら、俺はスエズの対岸方向の青空に煌《きら》めく小さな光を指さす。

だが──ラスプーチナはそっちに目もくれず、俺やかなめを見て舌なめずりした。俺の話がいかにも視線を逸《そ》らさせるための妄言っぽかったせいか、或《ある》いはラスプーチナは変身した事で人から竜に近づき……もう人語が通じる状態ではなくなってしまったのかもな。

やむなく俺は、秋草《しゅうそう》の体勢を取り──ドォォンッッ！　足下を爆発させたかのような猛烈な砂塵《さじん》を巻き上げて、ロケットスタートした。ラスプーチナの方へ。

「ウルルルルルウゥゥゥ──ガァァウゥウゥウッ───！」

吼《ほ》えたラスプーチナは猛獣の瞬発力で飛び出し、ぶぅんっ！　長い尻尾を振った反動でその場から消えるような方向転換を見せ、俺を躱《かわ》して擦れ違い──そしてその動きのまま牙を剥《む》き、かなめに飛びかかっていく。

だがそれは、俺の計算の通りだ。ＨＳＳのかなめがラスプーチナの攻撃を受けきれると信じ、俺は敢《あ》えて大仰に襲いかかる事でラスプーチナをかなめの方向へ回避させている。

東方の空の光は、さっきより大きくなっている。俺を殺そうとしたラスプーチナに星が天罰を下すまで、もう時間が無い。ドラゴン娘も娘、つまり女性だ。女性はできるだけ、優しく倒してあげたい。だが星はそうでもないと俺は知っている。だから……

「――触れなば斬れん《レイザー・シャープ》――！！！」

前に東京でこの星を見ていたのか、その接近に気付いていたかなめが――

――ガキイイイイイイインッ！！！

刀身に砂漠の太陽光を反射させて、光影《コウエイ》を横薙《よこな》ぎに一閃《いっせん》させた。金属音のような音が、刀を受けたラスプーチナの鱗《うろこ》がまさに金属のような硬さだった事を示す。

日本刀がただの美しい刀だと思い、切れ味を甘く見ていたか――ラスプーチナは自分の左腕の鱗に刀が食い込んだ事に青い眼《め》を丸くしている。今日の今まで、自分の鱗はどんな剣の斬撃でも弾《はじ》けると信じていた顔だな。

その隙を突いて――

「――んっ！」

かなめは刀を食い込ませたラスプーチナの腕を引っ張り寄せながら、体勢を低くした。

そして自分の肩を、ラスプーチナの胸の下にくっつけるようにして――

「やぁああっ！」

――気合いの声を上げ、ドォンッッッッッッ！　爆発でフッ飛ばしたかのように、ラスプーチナの体を正面ナナメ上の空中へ高々と打ち上げた。接触状態からの体当たり技、秋水《しゅうすい》だ。かなめのやつ、婆《ばあ》ちゃんから習ってたんだな。

「……で、できた」

ラスプーチナの鱗《うろこ》から引き抜いた光影《コウエイ》を手に、かなめ自身が驚いている。秋水は強化系ヒステリアモード時でなければ出来ない技。つまり習ってはいたけど、いま初めて実戦で姐對《だったい》したんで、秋水も初めて出したって事か。術理しか知らない技を本番でキメる辺りは、俺《おれ》に似てるのかもね。

高々と宙を飛ばされたラスプーチナが――

「……!?」

とうとう東に輝く星の気配に気付き、空中でブウンッと尻尾を振ってその方角を向く。

星はシナイ半島の更に東、サウジアラビア方面からこっちへ飛来している。

その光は上下左右に少し伸びて十字キーみたいな形になったかと思うと、中心を含めて5つの光点に分離した。上下左右の光は噴射炎と白煙の尾を曳《ひ》き、コロリョフの十字架と呼ばれる光景を青空に描く。

その星の光の正体は、短距離弾道ロケットの噴射炎。分離した4つの光は、燃え尽きて切り離された4基の補助ブースター《SRB》だ。

中心の光がロケットの本体であり、それは身軽になってぐんぐん加速してくる。

もう肉眼でも見える弾頭の尖《とが》った先端外殻《フェアリング》が、パカッと花開くように分離され――

その内部で横向きにしゃがんでこっちを見据える、YHS《イース》を装備したアリアが見えた。

「――マルハバン《ようこそ》、アリア」

俺がウインクしたのをガン無視で、ゴッッッ！　ホバー・スカートに点火したアリアが燃料を切らしたロケットから飛び出す。後退翼のように構えたツインテールで、宙を舞うラスプーチナへと飛行方向を微修正しつつ。

「――があああぁぁぁぁッ！」

第2態のラスプーチナは義手のカギ爪をパーにしてアリアの方に向け、盾にする構えだ。

対するアリアは、右・左。防弾セーラー服の背から小太刀を二本抜き、X字に構えた。

そして、ガギイイイインッ！！！　火花を飛び散らせて、空中で両者が激突し――

「……ぐるううぅっ！」

歯ぎしりするラスプーチナのカギ爪が、双刀を受け止める。しかしアリアの体当たりの勢いを止める事は到底できず――ホバー・スカートの推力で方向をナナメ下に向けられ、ダァンッ！　ラスプーチナは地面に叩《たた》きつけられた。だが竜化した両脚と尻尾の棘《とげ》で踏ん張り、ダウンせずに着地してのけてる。凄《すご》いなあれは。俺《おれ》だったら多分受けきれないぞ。

着地してもアリアの慣性エネルギーは止まらず、ズザザァァァッッッ！！！　俺が予測した通り、砂塵《さじん》を巻き上げて砂漠をスリップしてくる。ラスプーチナを押しながら、いま俺が立っている所へ。

「——ここは暑いから……」

俺は腰を落とし、両手をそっと広げて——滑ってきたラスプーチナの背中側から、鎧《よろい》や鱗《うろこ》に守られた両肩を優しく抱き留める。勢いを止めるために腰を落とし、片足だけ大きく後ろに下げて踏ん張り、全身をアルファベットのL字のようにした体勢で。

「薄着になろう、ラスプーチナ。スエズのビーチもすぐそこにあるよ」

ズザザザザァァァァーッッッ——と下がりながら、砂煙の中——俺はゼロ距離桜花《おうか》でラスプーチナの全身の鎧を撫《な》で回《まわ》し、破壊していく。肩当て、胸当て、草摺《くさずり》、脛当《すねあ》て……それらがバリバリと、愛撫《あいぶ》の絨毯《じゅうたん》爆撃で粉々にさせられていく。アリアと俺の間に挟まったら、どんな悪者もオシマイだ。名付けて、XLクロス・ボンバー——

「……っ……！」

バリバリと自分の鎧、さらには鱗も砕かれていくのを見ながら……

ラスプーチナは、みるみる内に第２態から第１態……元のラスプーチナへ、戻っていく。

割れた鱗は服が脱げるようにどんどん剥《は》がれ落《お》ち、尻尾の棘《とげ》もバラバラと落ちていった。

鎧の下に着ていた水着みたいな肌着は、柔らかくて逆に破壊できなかったが……それはそれでよかった。ビリビリとやってしまったら後でラスプーチナはもちろん、アリアにもボコボコにされちゃうところだったからね。

メメトが診てくれたところ、ムスタファとララは眠気を誘う魔術で眠らされているだけらしかった。とはいえ念のためハッサンのジープでスエズの病院へ運ぼうという話をし、それにはかなめとメメトの2人を行かせる事にした。実質、妹たちには休みを与えた形だ。2人ともいいかげん、長旅と戦闘で疲労が溜《た》まっているだろうからな。

アリアは俺の妹たちへの挨拶もそこそこに、「なかなかの大物を捕まえたわね、キンジ。このドラゴン女は国際刑事警察機構《ICPO》からも手配状《フダ》が出てた超能力犯罪者よ。アメリカでもお尋ね者になってたし、前も話したかもだけどロシアじゃ生死を問わず《デッド・オア・アライブ》で追われてた」とホクホク顔でラスプーチナを縛り上げていた。

俺は、荷台にムスタファとララを寝かせたジープに乗り込むかなめに向き直り――

「かなめ、ありがとうな。キレイな秋水《しゅうすい》だったよ。俺より上手《うま》かったんじゃないか？」

「ううん……あたし、足を引っぱってばっかりだよ」

せっかく褒めてやったんだが、かなめは元気がない。

言葉に出しては言わないが、運転席のメメトをチラッと見たその視線で分かる。

かなめは俺《おれ》の妹の座を巡ってメメトに対抗心を持っており、今回の作戦に参加する事で自分の有能さをアピールしようとしていたみたいだが……現場がエジプトという事もあり、やはりチームの活動には地元民のメメトが最も貢献していた。それで、しょげてるんだ。

マッシュやジーサードもそういう所があったが、人工天才は自分が生まれながらにして優秀な人間だという自意識がある。実際のところ遺伝形質的には優れた人間だからそれは正しい認識とも言えるんだが、そのせいで負けず嫌いというか、プライドが高いんだよね。

俺は女性恐怖症で高校中退で借金まみれで警察に目を付けられてる人間なので、自分が優秀な人間だなどとは思えたためしが無いのだが……その分、この負けっぱなしの人生を受け入れる心の持ちようを知っているのである。

俺も日常的にウワーってなっちゃうのでよく分かるが、人は自分より優れた人を近くで見るとツライ。相手は自分より優れているだけで何も悪くないからいきなり殴るワケにもいかないし、劣等感というやつは行き場がない苦しみなのだ。

そういう時はまず、自分の長所や過去の成功を思い出すのが良い。これには自信を回復させる効果もあるが、それよりウジウジとした思考を強制停止できる大きな副効用がある。人間は二つの事を同時に考える事ができないので、脳から鬱を追い出せるのである。

なので――

「そんな事ないぞ、かなめ。お前はここまでお前のいい所を活《い》かして、頑張ってくれた。

今だって、ラスプーチナを倒せたのは——お前が機転を利かせて、秋水《しゅうすい》をアリアと俺とのツープラトンに繋《つな》げてくれた名アシストがあったおかげだ」

まず俺は、かなめの功績をちゃんと評価しておく。

それと——劣等感に苛《さいな》まれない人生を送るには、もう一つ大切な心得がある。そもそも競争心を持たない事だ。天は人の上に人をいっぱい造ってる。誰かに勝ってもどうせ上はいる。なので競争心はどこまでも繰り返され、いつまでも満足が得られないものなのだ。

そして人と自分を比べる行為がストレスを伴う事は、予備校の偏差値シートを見ずとも明らか。人生に努力は必要だが、努力と競争心は切り離した方がストレスは少ない。人と競わず、自分という花を咲かせる事にだけ一生懸命になればいいのである。特に負けてる方は。

「——かなめ。少し疲れた顔をしてるよ。無理をしなくていいし、無理をしちゃだめだ。かなめは俺の大切な、オンリーワンなんだから……」

誰に対しても競争心なんか持たなくていい、というメッセージを込めて——俺は優しく、かなめの頭をナデナデしてやる。頭から、耳へ、耳から、頬《ほお》へ……手を下ろしていくと、かなめは幸せそうにその俺の手に自分の手を寄せ、

「やっぱりお兄ちゃんは、あたしのことを大切に思ってくれてる……好き、大好き……」

ウットリと目を細め、息と頬を熱くしていく——ヒマを与えずに、

「——さ、行きますわよ！」

ジト目でこっちを見ていたメメトが、ドルルルッ。ジープをスタートさせた。で、俺《おれ》とかなめをプリプリ顔で引き離す。

ははっ——こっちを立てれば、そっちが立たず。妹マネジメントは大変だよ。

ビキニ水着みたいな肌着で大の字になって倒れ、目を回しているラスプーチナは……ヒステリアモードの俺の優しさもあって、ほとんど傷つけずに倒す事ができた。しかし疲労困憊《ひろうこんぱい》しているらしく、しばらくは悪事どころか立つ事もできなさそうだね。

「さてアリア。俺たちの接近禁止令の解除は2日の22時。今はまだ2日の15時過ぎなんだけど、その辺は大丈夫かな？」

俺が苦笑いで自分の腕時計を示すと、

「日本時間では22時過ぎよ」

アリアはキリッと仁王立ちして、解除を宣言。じゃあ、まあ、そういう事で。

——砂色の瓦礫《がれき》の壁を背にしたアリアは、トレードマークのツインテールにスカーフを掛けてはいない。郷に入っても郷に従わない、いつもの天上天下唯我独尊アリアさんだね。

「——俺に会えなかった間、淋《さび》しかった？」

接近禁止令も解除された事だし、俺は心置きなくアリアに近づき——白い砂にキラキラ覆われた壁に追い詰めて、囁《ささや》く。

白い壁と砂の地面のキャンバスを、目映《まばゆ》いアフリカの太陽がもっと白く照らして――

その中に俺たちの姿だけが、色彩を持って存在している。絵画のように、ハッキリと。

「えっ、さ、淋しかったとか、べっ別に、そんなこと……」

ハハッ、まだ出してくれるんだ、口癖の『べっ別に』。理子《りこ》がアリアのモノマネをする時以外で聞ける正真正銘本物の『べっ別に』には、感動すら覚えてしまうね。

「俺は、淋しかったよ」

「嘘《うそ》つき。ジャンヌにちょっかい出したの聞いたわよ。ジャンヌから。それに、メメト？またカワイイ子を連れ回して……あんたって昔っから黒髪好きよね、白雪《しらゆき》とか。何をどこまでされたか、あとで3人から聴取するから。でも良かったわね、あたしの来年の目標は『エコのため、キンジにムカついてもまずはフルオートじゃなくてセミオートで風穴』にしたところよ」

アリアは浮気の証拠のように、パカッ。携帯で、俺・かなめ・メメトがピラミッド前で一緒に写ってる写真を見せてきた。それ、セーラを追っかけてる時に撮ったやつじゃん。ジャンヌが軽い気持ちで送ったね？　それで俺がガミガミ言われるかもって、一瞬考えてほしかったなあ。

それはそうと、アリアの新しい目標は大変良いものだね。先生は二重マルをあげます。

でも来年の目標ってことは、この件ではフルオートで来るんだろうね風穴。

「好きとか嫌いとかじゃなくて、またできた妹がたまたま黒髪だったんだけどね。それで焦って、俺《おれ》のために会いに来てくれたのかな？」

「あんたのためって何よッ、あたしはノーチラスとイ・ウーの件で来たの！」

「それでも結局、ほら――今、俺にくっついてくれている」

最近のアリアは壁ドンの体勢にされても、俺を見上げてキャンキャンと言い返してくるようになったね。赤くなりながらだけど。そしてちょっと、どことなく嬉《うれ》しそうにだけど。

「べっ別にあんたにくっついてるんじゃなくて、あんたが事件に巻き込まれすぎるから、パートナーのあたしもそこに行かざるを得なくなって、それで来てるのよっ。あんたって男は、あたしがいなきゃダメなんだし！」

「逆じゃないかな？」

「はぁ？」

「アリアが、俺がいなきゃダメなんだ。俺に、そうされた」

ヒス俺が耳元で囁《ささや》くと、アリアは「うぅ〜っ……」と呻《うな》りながら、キョロキョロ左右を確認して（倒れているラスプーチナ以外）誰もいないのを確かめてから……

「……そう思うんならそういう事にしといていいから。だから、ずっとあたしの隣にいるようにしなさい。接近禁止令とか、もう出されないこと！　いいわね？」

とか、早口で捲《まく》し立《た》ててきた。クチナシの匂いのする、甘酸っぱい息で。

――ずっとあたしの隣に――か。なんかプロポーズっぽいね、それ。でもそう言ったらそろそろガバメントがフルオートになりそうだ。からかうのはこのぐらいにしてあげよう。

と、俺《おれ》はアリアのおでこにキスしてあげてから――

「未来から来た妖怪は？」

「つ、つつ、捕まえたけど。不知火《しらぬい》に横取りされたわ。今なにした？」

へー。アイツも命知らずだな。アリアから手柄を横取りするとは。

「それですぐ、あのロケットで地球を半周してきたのかな。前にインドから日本へ飛んだのとは逆向きに……」

「ショートカット・ポラリス《SCP》。平賀文《ひらがあや》に頼んで、ポラリスの短距離弾道版を作らせたの。まあ推進器は有り物で、新作なのは弾頭の有人カプセルだけなんだけど。今回はそれごとイギリス海軍《ロイヤルネイビー》の輸送ジェット機にサウジまで相乗りさせてもらって、そこからピョンよ」

あっ……またオヤジさんのコネで、海軍をタクシー代わりに使ったな？

「あんたがスエズに行くってメールしてきてたから、スエズに向けて飛んでたら……町の郊外で濛々《もうもう》と煙が上がってたから。ああ、あれキンジのせいだなって思って近づいたの。そしたらやっぱりキンジだった」

「悲しい信頼だけど、正解。俺でした。ラスプーチナはケンカ慣れしてる人だったから、手こずってたんだ。アリアが不意を突いてくれて、やっと畳めたけど……」
と、俺はラスプーチナの方へ歩み寄る。
近くに片膝をついて様子を見ると、ラスプーチナは意識のある目を向けてきたので――
俺はアリアが持っていた対超能力者用《アンチ・ステルス》の手錠を……その左手首と、俺の右手首に掛けた。
右の義手は壊さないであげたけど、外そうと思えば外せそうなやつだったからね。
「……ちぇっ……」
ラスプーチナは悔しげに舌打ちしたが……
なんか少し嬉《うれ》しそうな目で、自分と俺が繋《つな》がったのを見てもいるな。なんでだろう。
アリアは尋問の取っ付きは俺に任せるという事か――YHS《イース》の側面をガシュッと開き、
しまってあったビニール袋入りのももまんを開封してもぐもぐし始めた。そこ、予備弾倉
とかにしといた方がいいんじゃない？　けっこうマジで。
「ラスプーチナ。君を見くびるわけじゃないが、『ノーチラスとイ・ウーが撃沈された』
という怪情報は君が考えたものではないね？　セーラ・フッドを伝言人《メッセンジャー》に使ったことも。
君はセーラ同様お金をもらって命令通りに働いただけで、この絵を画《か》いて資金を提供した
ボスは別にいる。君のように自ら戦いを挑むタイプではなく、裏から糸を引いて人を操る
卑劣な知能犯だ。そのボスについて、教えてくれないか」
女の子座りするところまで抱き起こしてあげながら、俺が尋ねると……

どうせすぐには何も言わないだろうなと思った予想に反し、ラスプーチナは、

「……『尻尾の女』だよ」

と、奇妙なことをすぐ答えてくる。

「それはセーラがラスプーチナをそう呼んでた、アダ名みたいなものだろう？」

「あのシャーウッドの弓使いがアタシを何て呼んでたかなんて知るか。それにアタシには足もあるだろ、失礼だぜ。『尻尾の女』には尻尾だけで、足はない」

――そう来るとは、ヒステリアモードの俺《おれ》にも予想外だったな。

この件、『ニカーブの女』だけじゃなく、『尻尾の女』も2人いたって事か。

そしてそいつは、今度こそレクテイア人のようだね。下半身がヘビで、上半身が女――ギリシャ神話の、ラミアみたいな子かな？

だがもう何が出ても驚かないぞ。ハーピーやスライムもいたんだし、今話してる相手のラスプーチナだって竜人なんだしな。

「ボスはどこにいるの」

アリアがガンチラしているガバメントを指でトントンしながら聞くと、ラスプーチナは
……ふーんだ、という感じでソッポを向く。

「ボスはどこにいるんだい」

改めて俺が尋ねると、なんでか尻尾をにょろにょろ振ったラスプーチナは、

「この町にいるんだ。旧市街タウフィークの運河通り《カナルストリート》のホテル街だよ」

とか、笑顔を向けてきて答えるんだが……

……タウフィークの運河通り、ホテル街。

そこは俺たちも行ってみようと思っていた、スエズ運河を通る船舶を監視できる場所だ。

自ら、ノーチラスとイ・ウーを見に来ているというのか。尻尾の女は。

「なあ、でも、どのホテルか分からないだろ？　案内してやるよ。その代わり、その……

お前、死なないで済んだら、アタシにお礼しろよ。約束だぞ」

急に親切になったと思ったら、お礼が目当てだったか。ラスプーチナの事だからどうせ金を要求するんだろうけど、金は無いからキンジ債券でも作ってプレゼントしようかな。

返すアテもない、不履行確定の紙キレだけどさ。

Go For The NEXT!!! 尻尾の女《エンジェロファニー》

スエズは漁港やドック、住宅地や商業地、リゾート地を併せ持つ都市だ。運河の入口はその一部に過ぎず、それが口を開けているのが南東部のタウフィーク地区。スエズで最も古い街区の一つだ。

そこの運河沿いをまっすぐ通る運河通り《カナルストリート》には港湾局や税関の古い建物が少しあるだけで、意外と空き地が多く、人けも少ない。今や町の中心となっている新市街からかなり離れた、不便な地域だからだろうな。

日が暮れてきた空には珍しく雲が流れてきており、寂れたムードの運河通りをより一層薄暗く感じさせる。エジプトに来てから初めて見た、天然の雲だ。強まってきた風の中を飛び交うカモメも、なんとなく天候の急変に慌てているムードだな。

間近に見た運河の水は、思ったよりずっと澄んでいた。雨がほとんど無いこの地域では、川から海に土砂混じりの水が注ぎ込まれないからだろう。

そしてその美しい運河に沿って、何軒かのホテルが点在している。ここに着くまでにも海辺には大小のホテルが数多くあったが、ここのは古くて安そうな宿が多い。

「スエズは町の規模に比べて、ホテルの数が多いのね」

「外国人は砂漠を見にエジプトへ来るけど、エジプト人は休暇になったら砂漠から逃れて海に来たくなるんだろうね」

そう語る、アリアと俺《おれ》は——女性の服装に厳しいこの国を肌着姿でも平然と歩いちゃうラスプーチナに連れられて、ホテル街を横目に運河通りの南端へ向かう。

「……エジプト人だけじゃないみたいね。休暇で来てるのは」

アリアが言う通り、ホテルのテラスやロビーにはむしろ欧米人の姿の方が多く見られる。

彼らは何をしているのかというと、何もせずゴロゴロしている様子だ。ソファーに沈没するようにして水煙草《シーシャ》を吸っていたり、エジプトでも探せばあるらしい酒を飲んでたり、やっちゃダメ系と思われる草や粉をやってたり。それで、ひたすらグダグダしてる。髭《ひげ》や髪はボウボウ、シャツやズボンはシワシワで。

彼らはどうやら先進国で金を貯《た》めてから物価の安いこの国に来て、ダラダラと長期滞在してる人たちらしい。日本人にもいるよね、東南アジアに行ったきりこんな感じになって帰ってこなくなっちゃう人。俺もカイロでちょっと考えたけど、この不健康そうな実態を見て考えを改めました。やめとこう。

そういう男たちにベタベタしている、水商売風のお姉さんたちもチラホラいて——この光景は、かなめとメメトの教育にも良くない。もし2人目の尻尾の女との戦いになったら未熟な2人は連戦には耐えられないだろうと思って連れてこなかったけど、正解だった。

「ここだ」

ラスプーチナが俺《おれ》の手を引っぱりつつ尻尾で示したのは、そんな阿片窟《あへんくつ》じみたホテルの一つ。かなりの部分が木造の、ボロい洋館だ。多分、築50年は経《た》っているな。古めかしいネオン管の看板は外国人にも読めるアルファベットで、メロウ《Merrow》・ホテルとある。

それを見上げる俺とアリアの視界に――ちら、ちら、と――

「……ウソでしょ？　雪？」

アリアが小さい手のひらを上に向ける仕草をして、俺も見間違いじゃないと理解した。

――雪だ。ガイドブックにはエジプトにもごくごく希《まれ》に降る事があると書いてあったが、実際この目で見ると異様だな。砂漠の町に、雪とは……

『――アッラーは偉大なり《アッラーフ・アクバル》――……』

タウフィーク地区にもある礼拝所《モスク》から鳴る、日没のアザーンの中……風で舞い上がった砂が雪と共に建物の壁にぶつかるパチパチという音がする。

木のエントランス・ドアが開け放たれているメロウ・ホテルに踏み込むと、ロビーには昼からずっとそうなのか電気が点《つ》いておらず、暗い。とはいえ天井のサーキュレーターはゆっくり回っている。停電とかではないな。

骨董品《こっとうひん》じみたソファーには誰も座っておらず、フロント係もいない。

風の音と、波の音。それらにむしろ引き立てられた静けさの中――

……ポロン……ポロンポロン……

旋律が、聞こえてきた。弦鳴楽器の音。撥弦《はつげん》しかしていない。ハープ……竪琴《たてごと》か。

音域から考えて、小型のアイリッシュハープ。いや、もう一回り小さい気もするな。

聴き入ってしまいそうに美しい、だが……聞いた事のない曲だ。

いや、聞いた事がないどころか……奏鳴曲《ソナタ》、小奏鳴曲《ソナチネ》、幻想曲《ファンタジア》、嬉遊曲《ディヴェルティメント》……ハープでよく奏でられるどのジャンルにも属さない、奇妙な楽曲だ。他のクラシックでもないし、ジャズでも、ロックでも、ポップスですらない。即興で爪弾いている印象もない。優れた音楽家が作曲した、どこかの民族音楽だ。

クラシック音楽の素養がある貴族のアリアに視線を送ると、首を横に振った。やはり、この奇妙な曲には心当たりがないらしい。

しかも時折、竪琴の音には海に潜ることを表現するようなくぐもった音が混じっている。きちんと楽曲として物語性を感じられるタイミングでその音が混じるという事は、わざとそうしているという事だ。竪琴を水に浸《つ》けたり上げたりして弾《ひ》くなんて、そんな奏法……ありうるのか？

ともあれ、俺たちの気配を感じてから曲を始めたという事は……

「呼んでるわね、あたしたちを」

「風流な人みたいだね、君のボスは」

俺《おれ》と手錠で繋《つな》がっているラスプーチナの背中にアリアが銃口《ガバ》をあて、その価値があるかどうかは分からないが人質にしながら——俺たちは、海風の流れ込むロビーを通り抜ける。

その先は手狭なプライベートビーチへと下《くだ》る、小さな庭だ。

一番星が燦《きら》めく、藍色の空の下——

粉雪が風に舞う紅海のほとりに、第2の『尻尾の女』はいた。

案の定、この世界の女じゃない。レクテイア人だ。

それも二世、三世じゃないだろう。というのも彼女は、今まで見たレクテイア人の中で最も人間離れした姿をしているからだ。アリアも赤紫色《カメリア》の瞳をギョッとさせてるね。

（……こいつは、華やかだな……）

砂金を敷き詰めたように燦めく砂浜の汀《なぎさ》に、金彩と花束《ブーケ》の彩色がされたバスタブがある。アンティーク・ティーカップを巨大化させたような、中世ヨーロッパの貴族が使っていたような、豪華絢爛《ごうかけんらん》な陶器の浴槽だ。

バスタブには水が満たされており、その水面にはスイレン、極楽鳥花、ガーベラ、薔薇《ばら》、カモミール、サルビア……花手水《はなちょうず》のように、色とりどりの花が浮かべてある。チラチラと泳ぐ、赤や青の小さなものも見えた。まるで蝶《ちょう》のように水の花畑を舞うそれは、熱帯魚。

その煌《きら》びやかなバスタブに半ば寝そべるように浸《つ》かっている女には、

（……天使の……翼か……？）

いや、ヒレだ。金魚、それも華やかな琉金《リュウキン》のような、華麗なヒレがある。
ヒレの色は紺碧《こんぺき》色を基調としてはいるが、何色とも言いがたい玉虫色。構造色だ。
頭部には長い頭髪があり、髪色はライトブルーとピンクのツートンカラーをしている。
胸はホタテ貝を模しているらしい水着で隠しているが――下半身は、裸だ。というのも
この女には、人間の下半身がない。腹部より下が、魚なのだ。アンデルセン童話の人魚姫
みたいな、人魚の形をしている。
顔は、十代の少女のそれに近いが――泣きはらした面倒くさい女のような化粧を目元に
している。踏んだら地雷、って印象だね。彼女は水棲《すいせい》っぽいから、機雷かもしれないけど。
側頭部にも小さな翼のようなヒレを生やした、『尻尾の女』は――水かきのある手指で
器用に竪琴《たてごと》をかき鳴らし、こっちを見て……にぃ、と笑った。その口元には、ギザギザの
牙が並んでいる。
「クヴェリアス、イーリシァナ、フェリガナナス、ローロ――リービアーザン」
どうやら名乗ったようだ。明瞭な声だった。咽頭の構造は人間と同じなんだな。
――リービアーザン――
それは以前シャーロックが言っていた、レクテイアの女神の名の一つだ。
だが、それよりも俺とアリアは――
尻尾の女と共にいた、もう1人の人物を見て言葉を失ってしまう。

関与は疑っていたが、自らお出ましとはな。不意を打たれた。

ちょっと、心の準備が出来てないぞ。こっちは。

風が強まり、俺《おれ》の周囲を砂塵《さじん》が吹き流れ……

『砂嵐の中で——決して勝てない敵に会うことでしょう。お兄さまは死に、敵は生きる。それが定めです』

俺は三度《みたび》、メメトの占いを思い出す。

「……セーラの裏にラスプーチナ、ラスプーチナの裏にリービアーザン。その裏にお前か。ずいぶん奥の奥に隠れてたんだな」

その思いを振り払うように、俺は先手を打って話しかける。

リービアーザンの曲に聴き入るように、庭にあるブロンズのイスに座っている——

「慎重にもなるさ。なにしろ私は人並みに、死ねる回数があと1回しかないのだからね」

やっぱり、本人だな。カーバンクルの事をチクリと言ってきた……

——モリアーティ教授に。

Go For The NEXT!!!!!!!

あとがき

XL＝40巻！　次は……XLI＝41巻！　覚えていて下さいね！　赤松《あかまつ》です。

さて、本日は赤松の身に降りかかった悲劇についてお伝えいたします。

皆さんはX（旧ツイッター）をやってますでしょうか？

赤松も @akamatsuc というIDでアカウントを持っており、フォローして下さってる読者さまもいらっしゃるかと思います。ありがとうございます。

ところがこのアカウントに、ログインできなくなってしまいました！

数ヶ月前「たまには変更しなくちゃな〜」ぐらいの軽い気持ちでログインパスワードを変更したところ、ログイン時の2段階認証の2段階目が通れなくなってしまったのです。

本来は認証アプリというもので認証コードやバックアップコードを作っておかなければならなかったのですが、赤松はそのアプリを入れてなかったので打つ手ナシ。

Xのヘルプセンターにメッセージを送信しても、解決には繋《つな》がらない自動返信メールが返ってくるだけ。Xには電話相談窓口もありません。手紙を送ってもみたのですが、梨のつぶてです。それで結局、ログインできないままになってしまいました。

というわけで、新たに @chugakua というIDで新アカウントを作りました！

今はこの @chugakua の方で新刊案内や日々の話題をポストしています。直リンクは、https://twitter.com/chugakua です。Xユーザーの皆様は、この新アカウントをぜひフォローして下さいね！

この件でネットを調べて分かったのですが、私のような理由も含め、Xのアカウントが意図せず使えなくなってしまった人は少なくないようです。それでなくてもXは最近色々改修が行われ、そのたびトラブルが起きている模様。せっかく作ったこの新アカウントも、いつどうなることやら……

そんな時に頼りになるのが、1世代前の技術。ご存知でしょうか？　私は『赤松中学《ちゅうがく》のページ』というホームページも持っているのです。今回のXの悲劇を受けて、私は状況をこのホームページでも公開しました。

アドレスは http://akamatsuc.seesaa.net/ です。ブックマークしておいて下さいね！

停電したらロウソクを灯《とも》すように、弾が尽きたら刀で戦うように、私はXが止まったらホームページを更新します。Xの新アカウントも何週間も続けて沈黙してるようでしたら、ぜひホームページを覗《のぞ》いてみて下さいね。生きている限り、そこに必ず私がいます。

２０２３年１２月吉日　赤松中学

祝！40巻!!
■アリアも40巻！！
すごいですねえ…
今回はセーラ！！
エンディミラ以来の
弓タイプ表紙です。
それではまた次巻で
お会い致しましょう

MF文庫J

緋弾のアリアXL
尻尾の女《エンジェロファニー》

2023年12月25日　初版発行

著者　赤松中学

発行者　山下直久

発行　株式会社KADOKAWA
〒102-8177 東京都千代田区富士見2-13-3
0570-002-301（ナビダイヤル）

印刷　株式会社広済堂ネクスト

製本　株式会社広済堂ネクスト

Printed in Japan　ISBN 978-4-04-682981-8 C0193

【ファンレター、作品のご感想をお待ちしています】
〒102-0071 東京都千代田区富士見2-13-12
株式会社KADOKAWA　MF文庫J編集部気付「赤松中学先生」係「こぶいち先生」係